오이디푸스 왕

Οιδίπους Τύραννος

세계문학전집 217

오이디푸스 왕

Οιδίπους Τύραννος

소포클레스

강대진 옮김

민음사

옮긴이 서문

이 책은 희랍 고전기(기원전 5세기)의 가장 유명한 세 비극 작가 중 하나인 소포클레스의 비극 네 편을 옮겨 묶은 것이다. 이 중 「오이디푸스 왕」과 「안티고네」는 매우 유명한 작품으로 이미 오래전부터 국내에 희랍어 원전 번역이 나와 있었고, 「아이아스」와 「트라키스 여인들」은 그다지 많이 알려지지 않은 작품으로 근래에 와서야 국내에 번역·소개되었다.(뒤의 두 작품은 작업할 당시만 해도 국내에 번역된 책이 없었는데, 이 책의 출간이 미뤄진 사이 다른 번역본이 나왔다.)

내가 이 번역을 시작했다는 소식을 듣고서 한 동료는 "연극에서도 사용할 수 있는 번역을 부탁한다."라고 했다. 하지만 나로서는 별로 그럴 생각이 없었다. 연극에서도 사용할 수 있으려면 아주 매끄러운 우리말이 되어야 할 텐데, 가능한 한 원문대로 옮기자는 것이 나의 원칙이기 때문이었다. 내 식으로 하자면 매끄러움과는 거리가 먼 '읽기 불편한' 문장이 나올 수밖에 없다.(나는 이런 문장을 '한 걸음마다 멈춰 서서 뒤를 돌아보게 하는 문장'이라고 '미화'하곤 한다.) 사실 번역문을 매끄럽게 다듬을수록 원문에서는 멀어질 수밖에 없으니, 문장이 너무 매끄러우면 그것이 혹시 번역이 아닌 '창작'이나 '번안'이 아닌가를 의심해야 한다. 나의 은사이신 이태수 선생님의 말씀을 빌리자면 "번역도 일종의 문화 충돌이기 때문에 다소간 어색한 점이 생기는 것은 피할 수가 없다." 사실 (고의인지 실수인지는 모르겠지만) 그동안 원문과 거리가 먼 번역들을 충분히 봐 오지 않았던가.

한데 이런 애초의 의도는 독자의 이해를 돕고자 손보는 과정에서 상당 부분 약해지고 말았다. 처음에는 희랍어 단어의 품사까지 그대로 옮겼던 것이 결국 상당히 '매끄럽게' 바뀌었고, 이해하기 어려울 수 있는 문장은 보다 설명적인 표현으로 대체되었다. 그래도 혹시 읽기에 좀 뻑뻑한 문장이 보일 때에는 원래 작업의 흔적이려니 생각하면 좋겠다.

대부분의 독자들이 여기 실린 작품들을 희곡이라고만 생각할 텐데, 이들은 희곡인 동시에 시이다. 코로스(합창단)의 노래는 물론이고, 대사들도 모두 정해진 운율에 맞춰 쓰였을 뿐 아니라, 일부러 일상에서 잘 쓰이지 않는 어휘와 표현을 택해 쓰고 있다. 그래서 비슷한 뜻의 단어가 중복되기도 하고, 서로 어울리지 않는다고 생각되는 단어들이 한데 묶여 나오는가 하면, 얼른 이해하기 어려운 대담한 은유가 쓰이기도 한다. 아쉽게도 이런 특징들은 번역 마지막 단계에서 상당히 약화시키는 수밖에 없었다.

이런 변명을 늘어놓는 것은, 스스로 아쉽게 생각하기 때문이기도 하거니와 한편으로 이런 '글다듬기'를 못마땅하게 여길 분들이 있기 때문이다. 많지는 않겠지만, 희랍어 원문을 대조해 보거나 특정 단어의 쓰임을 추적하려는 분들(주로 학자들)이 그러할 것이다. 이런 분들께 특히 죄송한데, 일반 독자를 위한 번역과 학자들을 위한 '엄밀한 판본'을 따로 낼 수 없는 실정 때문에 번역이 다소 어중간하게 절충되었으니 양해를 부탁드린다.(문법적으로 어떤 해석, 어떤 교정본을 따랐는지 모호하게 된 경우도 마찬가지다.)

특히 안타까운 것이, 합창에 자주 등장하는 감탄사들을 그대로 읽어 적으면 너무 낯선 말로 보이는 까닭에 할 수 없이 '아아'나 '오오' 따위로 밋밋하게 옮긴 점이다. 그 감탄사들이 어떤 것인지 궁금하신 분들을 위해 그리고 나 자신의 섭섭함을 달래기 위해 번역에 옮기지 못한 탄식들을 적어 보자면 이런 것들이다. '오이모이', '오 포포이', '토토토이', '이우 이우' 등.

번역 원문은 대체로 로이드-존스(H. Lloyd-Jones)와 윌슨(N. G. Wilson)이 편집한 옥스퍼드판(Sophoclis Fabulae, 1990)을 따랐으나, 항상 그 판을 좇은 것이 아니라 본문비평 각주(apparatus criticus)를 참고하여 결정하였다.(일반적으로 영미권 학자들은 원문에 문제가 있는 듯 보이면 대담하게 고치는 쪽이고, 유럽 대륙의 학자들은 어떻게든 원문을 유지하려는 성향을 보이는데, 나는 대체로 원문을 유지한 쪽을 따랐다.) 코로스의 합창 부분은 학자마다 행갈이가 다른데, 이것 역시 대체로 옥스퍼드판을 따랐다. 그리고 실제 인쇄된 행수가 옆에 표기된 행수와 맞지 않는 경우가 있어 설명을 붙인다. 어떤 학자가 선대 학자들과 다른 방식으로 운문 분석을 하는 경우, 전통적으로 전하는 것과 다르게 시행을 인쇄하기도 한다. 이를테면 전통적으로 5행으로 인쇄해 오던 것을 4행이나 6행으로 인쇄해 놓고 행수는 그대로 적어 놓는 것이다. 때문에 독자로서는 의

문을 가질 수 있다. 이를 해결하기 위해 여러 학자의 판본을 비교하여 전통적인 방식대로 한 것을 따를 수도 있겠지만, 한 가지 판본을 따르는 것이 혼란이 적을 듯해서 이 번역본에서는 대체로 그렇게 했다. 하지만 행이 워낙 길어서 어차피 다음 줄로 넘어가 인쇄될 경우, 행을 나눈 학자가 있으면 그를 좇았다.

작품으로 들어가기에 앞서 희랍어 고유명사 표기에 대해서도 설명이 필요하겠다.

우선 예를 하나 들어 보자. '그리스어의 y는 '이'로 적는다.'라는 국립국어원 표기 규정에 따라 표준어가 '디오니소스'로 등재된 신의 이름을 이 책에서는 '디오뉘소스'로 표기한다. 디오니소스라는 표기는 Dionysos를 위의 규정에 맞춰 우리말로 옮긴 것일 텐데, 문제는 이 신의 이름을 로마자로 표기할 때 Dionysos뿐만 아니라 Dionusos라고도 표기한다는 것이다. 대부분의 독자들은 Dionysos라는 '영어' 단어를 자주 보았던 탓에 앞의 표기법에 더 익숙할 것이다. 이 신의 이름을, 강세 표시를 빼고 희랍어로 적으면 Διονυσος가 된다. 문제의 핵심은 이 단어의 다섯 번째 글자(υ)를 어떻게 적을까 하는 것이다. 앞서 디오뉘소스의 경우에서 보았듯이 υ을 로마자로 옮겨 적는 방법에는 두 가지가 있다. y로 적기도 하고 u로 적기도 하는 것이다. 국립국어원의 표기 규정은 y로 적는 경우만 생각한 데서 나온 듯한데, u로 적는 경우까지 생각하면 '위'로 옮기는 게 훨씬 타당하다.

다른 예를 들어 보자. 보통 '신화'라고 옮기는 '뮈토스'라는 단어가 있는데, 이 단어는 로마자로 옮길 때 mythos, muthos 두 가지로 옮길 수 있다. 독자들은 앞의 것에 익숙하겠지만 이 역시 영어 단어 myth의 익숙함 때문일 것이다. 학자들 사이에서는 이 두 가지가 모두 통용되고 있는데, 요즘은 오히려 후자가 더 자주 보인다. 그러면 이 단어를 어떻게 옮겨 적을 것인가? 같은 개념인데도 mythos로 쓰인 것은 '미토스'로, muthos로 쓰인 것은 '무토스'로 적을 것인가? 마찬가지로 희랍어에서 중요한 개념인 '휘브리스(오만)'도 hybris와 hubris로, '뒤나미스(능력)'도 dynamis, dunamis로 두 가지 표기를 모두 쓰는데, 앞의 표기를 좇아 '히브리스', '디나미스'로 할 것인가 아니면 뒤의 표기를 좇아 '후브리스', '두나미스'로 할 것인가? '오뒷세우스'의 경우에도 원칙상 Odusseus라고 적을 수 있고 실제로 이렇게 표기하는 학자들이 있는데, 그러면 이때는 '오둣세우스'라고 옮길 것인가?

υ을 '위'로 적는 방식의 타당성을 가장 잘 보여 주는 예는, 티탄족 바다의 여신 Τηθυς(Tethys)와 그보다 후대에 등장하는 바다의 여신이자 아킬레우스의 어머니인 θετις(Thetis)의 우리말 표기이다. 전자는 '테튀스', 후자는 '테티스'로 적으면 될 것을 둘 다 '테티스'로 적어 놓고 구별을 위해 1, 2를 붙이는 것은 너무 소모적이다.

앞에서 많은 예를 들었지만, 아마도 가장 확실한 근거가 되는 것은 바로 υ이라는 글자의 이름을 우리말로 표기하는 문제일 것이다. 이것의 희랍어 이름은 υψιλον, 즉 '윕실론'인데, '입실론'이 표준어로 등재되어 있기 때문에 '윕실론'이라는 표기 역시 외래어 표기법에 어긋난다. 그런데 이것을 로마자로 옮길 때에는 ypsilon이 아니라 upsilon이라고 적는다. υ이 항상 y로 옮겨지는 것은 아니라는 사실을 가장 잘 보여 주는 사례이다. 이 로마자 표기에 따라, '희랍 글자 '윕실론'은 '이'로 적는다.'라고 할 것인가? 이러한 사례들을 놓고 봤을 때, υ을 '위'로 옮기는 것이 가장 융통성 있다고 생각

되어 이 책에서는 그렇게 했다.

　다음으로 생각할 것은 표준어로 등재되어 있는 라틴어식, 영어식 표기를 배제하는 문제다. 디오뉘소스를 박코스(Bacchos)라고 달리 부르기도 하는데, 표준어로 등재된 표기는 '바쿠스'이다. 하지만 이것은 희랍어 '박코스'를 라틴어식으로 적은 것에 불과하다. 따라서 작품에 등장하는 박코스라는 말을 바쿠스로 바꾸면, 희랍 사람인 극중 인물이 라틴어를 입에 올리는 상황이 벌어진다. 조선 시대 사극에서 영어 단어가 튀어나오는 것만큼이나 어색한 일이다. 마찬가지로 '트로이', '님프' 등의 영어식 표기도 '트로이아', '뉨페' 같은 원 희랍어 발음으로 표기하는 것이 마땅하다.

　지명 표기에도 비슷한 문제가 있다. 희랍 중심 도시의 이름은 거의 언제나 문법상 복수형 '아테나이'로 쓰여 왔다. 단수형 '아테네'가 도시 이름으로 쓰인 사례는 단 한 번, 『오뒷세이아』에서 운율을 맞추기 위해 그렇게 썼던 것뿐이다. 그렇다면 '아테네'가 표준어로 등재된 것은 이런 희귀 사례까지 고려한 결과일까? 내가 생각하기에는, 누군가가 희랍어 Aθηναι를 라틴어로 옮겨 적은 Athenae[아테나이]의 마지막 이중모음을 '아테내'로 잘못 읽고, 외래어의 마지막 음절을 '애'로 적는 것이 어색하다고 생각해서 '에'로 바꾼 것이 '아테네'라는 국적 불명의 단어를 낳게 한 것이 아닌가 싶다. 참고로 영어의 Athens나 독일어의 Aten 모두 복수 형태를 유지하고 있다.(현대 희랍어에서는 이 도시 이름을 '아시나'라고 부르는데, 이 책의 작품들은 고대극이므로 맞지 않는다.) 이와 관련된 문제가 여신 아테네의 한글 표기이다. 보통 적는 대로 도시 이름을 '아테네'로 표기할 경우 혼란을 피하기 위해 이 여신의 이름은

'아테나'로 표기하는데, 이것은 희랍 여신의 이름을 라틴어식으로 적는 것이다.(물론 희랍의 특정 지역에서는 '아테나'라는 방언 형태를 사용하기도 하지만 일반적이지 않다.) 책에 실린 「아이아스」라는 작품에 이 여신이 등장하고 대사 중에도 이름이 나오는데 그것을 '아테나'로 옮기면, 우리는 희랍인의 입에서 라틴어가 튀어나오는 진기한 광경을 보게 될 것이다.

테바이라는 도시의 경우에는 희랍어 원문에서 간혹 '테베'라는 단수형으로 쓰이기도 하지만, 대체로 '테바이'라는 복수형이 사용된다. 따라서 통일성을 위해 어느 한쪽을 택해야 한다면 당연히 사용 빈도가 훨씬 높은 복수형을 취해야 한다. 옥스퍼드 희랍어 사전에도 복수형이 표제어로 올라 있고, 영어의 Thebes, 독일어의 Theben도 복수형을 유지하고 있다. 페르시아 전쟁 당시 소수의 희랍 군이 페르시아 대군을 막다가 전멸한 곳으로 유명한 '테르모필라이'도 마찬가지로 '테르모필레'라는 한글 표기가 표준어로 등재되어 있지만, 원래 어형을 밝혀 '테르모필라이'로 적어야 한다. 이 지명 역시 영어에서 Thermopylae로, 독일어에서 Thermopylen로 모두 복수형으로 표기한다.

그리고 이 고대극들의 배경이 되는 국가명을 표기하는 문제가 있다. 나는 '그리스'라는 말 대신 '희랍'이나 '헬라스' 둘 중 하나를 써야 한다고 항상 주장해 왔다. 그리스(Greece)라는 말은 영어이기 때문이다. 원래 이 단어는 라틴어 '그라이키아(Graecia)'에서 유래했을 뿐더러, 로마인들이 희랍 땅 가운데 그네들 나라에 가까운 지역을 부르던 이름이었다. 고대 희랍인들은 자기 나라를 헬라스라고 불렀는데, 이를 비슷한 발음으로 음역한 것이 희랍(希臘)이다. 이 책에 실린 「아이아스」의 대사 가운데 '희랍인'에 해당하는 단어가 나오는데 만약 이를 '그리스인'으로 고치면, 희랍인이 영어를 사용해 자기 민족을 지칭하는 것이 된다. 희랍이라는 말이 생경한 독자들도 있겠지만, 그 어원을 따져 봤을 때 그리스보다는 희랍으로 적는 것이 원전을 보다 정확하게 옮기는 것이라 생각한다. 하여 이 책에서는 그리스라는 말 대신에 희랍이라는 말을 사용하였다.

  마지막으로, 오해를 피하기 위해 인쇄상의 문제를 한 가지만 언급하겠다. 극 진행 중 이따금 인물들의 감정이 격해지면, 한 사람이 한 행을 다 채우기도 전에 다른 사람이 말을 시작하는 경우가 있다. 그럴 때는 같은 행을 두 사람에게 나누어 주어야 하므로, 뒷사람의 말은 앞쪽에 여백을 두고 인쇄하게 된다.(이런 것을 antilabe라고 한다. 예를 들면 「오이디푸스 왕」 626행과 같은 경우이다.) 사정을 모르는 사람에게는 편집상의 실수로 보일 수 있지만, 의도적인 편집임을 알아주시기 바란다.

  책을 읽다 보면 간혹 익숙지 않은 대목들이 있겠지만, 고전 자체가 가진 매력과 향기가 이러한 문제들을 덮어 주었으면 하고 기대할 따름이다.

차례

오이디푸스 왕

등장인물

오이디푸스 테바이의 왕

사제

크레온 오이디푸스의 처남

코로스 테바이 노인들로 구성

테이레시아스 눈먼 예언자

이오카스테 오이디푸스의 아내

코린토스의 사자

라이오스의 하인

전령

오이디푸스　　오, 자녀들이여, 옛적 카드모스[1]의 새 자손들
　　　　　이여,
　　　　　대체 왜 이러한 자세로 그대들은 앉아 있는가,
　　　　　양털을 둘러 감은 탄원의 나뭇가지를 들고서?
　　　　　한데 도시는 온통 향 연기로,
　　　　　온통 파이안[2]을 부르는 소리와 탄식으로 가득하구나.　　　5
　　　　　자녀들이여, 나는 그것을 전령에게서, 다른 사람에
　　　　　게서
　　　　　듣는 것이 옳지 않다 여겨 직접 듣고자 여기 왔노라,
　　　　　오이디푸스라 불리는, 모두에게 알려진 내가.
　　　　　오, 노인이여, 말하시오, 그대가 이들을 위해

---

1) 테바이의 건립자.
2) 치료의 신. 아폴론과 동일시되기도 하고, 별개의 신으로 여겨지기도 한다.

발언하기 적절한 위치이니. 그대들은 어떤 뜻으로

와 있는 거요?　　　　　　　　　　　　　　　　　　　　　10

두려워서인가요, 아니면 뭔가 바라서인가요? 나는 무엇이건

시행할 준비가 되어 있으니. 진정 그대들이 이같이 앉아 있는 것을

동정치 않는다면, 나는 괴로움 모르는 굳은 사람일 거요.

사제　오, 내 조국을 다스리는 오이디푸스시여,

당신의 제단 가에 앉아 있는 우리가 어떠한 나이인지,　　15

그대는 보고 계십니다. 일부는 아직 멀리

날아갈 힘도 갖추지 못했고, 일부는 나이 들어 몸이 무거워졌습니다.

저는 제우스의 사제이고, 이들은 젊은이들 가운데

가려 뽑은 자들입니다. 다른 무리는 양털 두른 가지를 들고

시장 거리에, 그리고 팔라스의 두 신전[3] 앞에,　　　　20

또 이스메노스 강의 신탁을 주는 재[4] 곁에 앉아 있습니다.

당신께서 직접 보시다시피 도시가 지금

너무나 요동치고, 이제 심연으로부터, 피의 파도로부터

---

3) 팔라스는 아테네 여신의 별칭이며, 두 신전은 아테네 앙카(포이니케식 이름)와 아테네 카드메이아(또는 이스메니아) 신전을 가리키는 것으로 보인다.

4) 아폴론 이스메니오스(이스메노스의 아폴론)의 신전에 제물을 태워 바친 후, 그 재에 의해 신탁이 주어졌다.

머리를 치켜들 수 없기 때문입니다.

도시는 죽어 가고 있습니다. 땅의 열매를 담은 이삭
들도 그렇고,   25

풀 뜯는 소의 무리도 그러하며, 여인들은 아이를

낳지 못하고 있습니다. 거기에 불을 가져오는 신이,

더할 수 없이 적대적인 질병의 소용돌이 속으로 도

시를 몰아가고,

카드모스의 집은 전염병으로 비어 가고, 검은 하데

스[5]는

신음과 애곡으로 번영을 누리고 있습니다.   30

지금 저나 이 아이들이 그대의 화덕 가에 앉은 것은

당신을 신들과 대등하게 여겨서가 아니라,

당신이 인생에 늘 있는 재난들에서나 신적인 일들을

처리하는 데서나 인간들 중 으뜸이라고 판단해서입

니다.

당신은 카드모스의 도시로 오셔서 우리가 가혹한

노래꾼[6]에게   35

바치던 공물을 없애 주셨으니까요.

그것도 우리에게서 특별한 어떤 것을 알아내거나

배워서가 아니라 그저 신의 도움으로

우리 삶을 바로 세웠다고, 사람들은 말하고 또 생각

합니다.

---

5) 저승 또는 저승의 왕.

6) 스핑크스. 그의 수수께끼를 풀지 못한 사람은 죽임을 당했다.

그래서 이제, 오, 만인의 눈에 가장 강하신 오이디푸
스의 머리여[7],   40
여기 탄원자로 온 우리 모두가 당신께 청원합니다,
우리를 위해 방어책을 찾아 달라고, 신들 중 어떤
분의
음성을 들어서든 인간이 알 수 있는 것에서 알아서든.
저는, 경험 많은 이들의 계획은 대체로 그 결과가[8]
좋다는 것을 알기 때문입니다.   45
오, 필멸의 인간들 가운데 가장 뛰어나신 이여, 어서
도시를 일으켜 세우십시오,
어서 명성을 지키십시오. 지금 이 땅은, 그대가 예전
에 보여 주신 예지로 인하여
당신을 구원자로 부르고 있으니 말입니다.
우리가 당신의 통치에 의해 처음에는 바로 섰다가
나중에는 넘어졌다고 기억하게 하지 마십시오.   50
이 도시를 확고함으로 바로 세우십시오.
당신은 그때도 상서로운 징조에 따라 우리에게
행운을 가져다주셨으니, 이번에도 그런 이가 되어
주십시오.
당신이 지금처럼 통치를 계속하실 거라면,
텅 빈 도시보다는 백성 가득한 도시를 지배하시는
게 더 나으니까요.   55

---

7) 어떤 인물을 부를 때 '~의 힘이여' 또는 '~의 머리여'라고 하는 것은 희랍어의
   관행이다.
8) '경험 많은 이들이 계획들을 비교하면, 그것은'으로 옮길 수도 있다.

탑이든 배든 그 안에 사람이 함께 살지 않아 황폐하
다면

아무 소용이 없을 터이니 말입니다.

오이디푸스　　오, 불쌍한 자녀들이여, 그대들은 내가 모르지
않고 잘 아는 그것을

희망하여 여기 왔구려. 나는 그대들 모두가 앓고 있
다는 것을

잘 알고 있으니 말이오. 하지만 그대들이 앓는다 해
도, 그대들 중 누구도　　　　　　　　　　　　　　　　60

나만큼 이토록 앓고 있는 이는 없을 것이오.

그대들의 고통은 제각기 한 사람에게만 해당되고

다른 이와 무관하지만, 내 영혼은

도시와 나 자신과 바로 그대들을 위해 동일하게 신
음하고 있으니 말이오.

그러니 그대들은 잠들어 쉬고 있는 나를 일깨운 것
이 아니오.　　　　　　　　　　　　　　　　　　　　65

오히려 내가 이미 많은 눈물을 흘렸고

생각의 많은 길을 헤매어 다녔음을 그대들은 알기
바라오.

그리고 나는 잘 살피어 유일한 처방을 발견했고 그
것을

행하였소. 메노이케우스의 아들

크레온을, 나 자신의 처남을 퓌토[9]에 있는　　　　　70

---

9) 델포이의 별칭.

포이보스[10]의 집으로 보냈으니 말이오, 어떤 것을 행해야,

또는 어떤 것을 말해야 이 도시를 구할 수 있을지 알기 위하여.

그리고 소요된 시간을 생각할 때, 이미 하루하루가 나를 괴롭히고 있소,

그에게 무슨 일이 일어났는지. 그가 적절한 정도를 넘어,

필요 이상으로 오래 떠나 있기 때문이오.　　　　　75

한데 그가 도착했을 때, 신께서 밝히시는 모든 것을 내가 행치 않는다면, 나는 사악한 인간일 거요.

사제　당신은 정말로 맞춤하게 말씀하셨습니다. 저 사람들이 때맞춰 제게

크레온이 다가오고 있다고 신호를 보내는군요.

오이디푸스　오, 왕[11]이신 아폴론이시여, 크레온이 얼굴에 띤 빛만큼이나　　　　　80

구원의 좋은 운을 가져오는 중이기를!

사제　제가 보기엔, 반가운 소식을 갖고 오는 중입니다. 그렇지 않다면 저렇게

머리에 온통, 열매가 잔뜩 달린 월계수를 두르고 오지는 않을 테니까요.

오이디푸스　우리는 곧 알게 될 것이오, 이제 그가 들릴 만

---

10) 아폴론의 별칭.

11) 희랍어에는 '왕'으로 옮길 수 있는 단어가 여럿 있는데, 그중 anax는 신이나 존귀한 사람을 부르는 존칭으로 쓰인다.

한 거리에 있으니.

(크레온에게) 왕이여, 나의 인척, 메노이케우스의 아 들이여,　　　　　　　　　　　　　　　　85

그대는 우리를 위하여 신의 어떠한 말씀을 가지고 서 당도하였느뇨?

크레온　좋은 것입니다. 괴로운 일이라 해도 좋은 결말을 얻으면, 모든 면에서 잘되었다고 말할 수 있을 테니 까요.

오이디푸스　대체 어떤 말씀이오? 지금 그 말로는 내가 용 기도,

두려움도 얻지 못하였으니 말이오.　　　　　　90

크레온　이들이 곁에 있는데도 듣기를 원하신다면, 저는 말할 준비가 되어 있습니다. 또 안으로 들어가 시기를 원하셔도 그렇고요.

오이디푸스　모두가 있는 데서 말하시오, 나는 심지어 내 영 혼보다

이들을 위하여 더 큰 고통을 느끼고 있으니.

크레온　그러면 제가 저 신께 들은 바를 말씀드리겠습니다.　　95 왕이신 포이보스께서는 우리에게 분명히 명하셨습 니다,

이 땅에서 생겨난 오염을 나라에서

몰아내라고, 치유할 수 없는 것을 키우지 말라고 말 입니다.

오이디푸스　어떤 정화를 통해서 그리하란 말이오? 그 나쁜 일은 어떠한 것이오?

크레온 추방을 통해, 아니면 살해로써 살해를 다시   100
       풀어 정화하라는 것입니다, 그 피가 도시에 폭풍을
       몰아왔다고요.

오이디푸스 진정 신께서 어떤 사람이 당한 불운에 대하여
       밝히시는 거요?

크레온 오, 왕이시여, 당신이 이 도시를 제대로 나아가게
       하시기 전에는
       라이오스가 우리를 위한 이 땅의 지도자였습니다.

오이디푸스 들어서 잘 알고 있소, 내가 그를 직접 본 적은
       전혀 없소만.   105

크레온 그분은 피살되셨습니다. 신께서는 지금 그 살해자
       들이 누구든 간에
       손으로 그들에게 보복하라고 분명히 명하시는 것입
       니다.

오이디푸스 그들은 대체 어느 땅에 있소? 어디서 이 옛 범
       죄의
       희미한 흔적을 찾을 수 있단 말이오?

크레온 '이 땅에서'라고 신께서는 말씀하셨습니다. 한데 추
       적하는 것은   110
       잡을 수 있지만, 신경 쓰지 않는 것은 달아나게 마련
       입니다.

오이디푸스 그런데 라이오스가 살해를 당해 쓰러진 것이
       집에서였소, 아니면 들이나 다른 나라에서였소?

크레온 본인 말로는 신탁을 구하러 가노라고 했는데, 일단
       떠나간 후

26

다시는 집으로 돌아오지 않았습니다.   115

오이디푸스 그걸 본 어떤 전령도 동행자도 없었단
　　　　말이오? 우리가 증언을 듣고서 도움을 얻을 수 있
　　　　을 만한?

크레온 한 사람만 빼고 모두 죽었습니다. 그런데 그는 두려
　　　　움에 사로잡혀 도망쳤기 때문에
　　　　자신이 본 것에 대해 한 가지밖에는 분명하게 말할
　　　　수가 없었습니다.

오이디푸스 그게 무엇이오? 하나가 많은 것을 가르쳐 줄
　　　　수 있으니 말이오,   120
　　　　우리가 희망의 작은 출발점을 잡을 수 있다면.

크레온 도적들이 라이오스 일행과 마주쳐, 하나의 힘이 아
　　　　니라
　　　　다수의 손으로 그를 죽였다고 했습니다.

오이디푸스 그렇다면 그 도적[12]은, 도시 내부인이 금품을 가
　　　　지고
　　　　일을 꾸민 게 아니라면, 어떻게 그런 대담한 짓에 뛰
　　　　어들 수 있었겠소?   125

크레온 사실 그렇게 생각해 왔습니다. 한데 라이오스께서
　　　　스러진 후
　　　　재앙이 닥쳐서, 그를 위해 도움을 줄 사람이 없었습
　　　　니다.

---

12) 라이오스를 죽인 범인을 지칭하는 데 있어 단수와 복수가 계속 혼동되어 쓰이
　　고 있다.

오이디푸스   왕권이 그렇게 추락했는데 대체 어떤 불행이

그걸 조사하는 일을 발[13] 걸어 막았단 말이오?

크레온   교묘하게 노래하는 스핑크스[14] 때문에 우리는   130

불분명한 일은 제쳐 두고 발 앞의 것만 보게 되었던

것입니다.

오이디푸스   하지만 이제 내가 또다시 처음부터 밝히겠소.[15]

포이보스께서 아주 적절히, 그리고 그대도 적절히

고인을 위하여 이렇게 주목해 주었으니 말이오.

그러니 그대들은 나 또한 정당하게, 동맹자로서,   135

신과 더불어, 이 땅을 위해 복수해 주는 것을 보게

될 것이오.

나는 먼 친척[16]을 위해서가 아니라,

이것을 나 자신과 관계있는 오염으로 여기고서 흩어

버릴 것이니 말이오.

왜냐하면 누구든 라이오스 왕을 죽인 자라면 곧장

---

13) 오이디푸스의 이름이 '부은 발'이어서 그런지, 이 작품에는 '발'이란 말이 들어
   간 표현이 많이 쓰이고 있다.

14) 테바이에 나타나서 수수께끼를 내고 그것을 풀지 못하는 사람을 죽였다는 괴
   물. 보통 여자의 얼굴에 몸은 사자인 모습으로 그려지지만, 어떤 경우에는 새의
   몸을 가진 것으로 표현되기도 한다. 이 괴물은 보통 노래를 부른 것으로 되어
   있는데, 그 내용이 수수께끼이므로 '교묘한 노래'이다.

15) 이 번역문에서 '또다시'라는 것은 '내가 전에 스핑크스의 수수께끼를 풀었던
   것처럼'이란 뜻이다. 이 문장은 '현재 컴컴한 상태인 그 사건을 다시금 처음부터
   조사해서 밝혀 놓겠다.'는 뜻으로 옮길 수도 있다.

16) 라이오스는 오이디푸스의 아내의 전 남편이므로 완전히 무관한 사이는 아니라
   고 할 수 있다.

그 손으로 나까지도 해치려 할 테니까.[17]   140
그러니 그를 도움으로써 나 자신을 이롭게 할 것이오.
한데 자녀들이여, 그대들은 얼른 바닥에서
일어나시오, 그 탄원의 나뭇가지를 들고서.
그리고 누군가 카드모스의 백성들을 이리 모이도록
해 주시오,
내가 모든 조치를 다 취할 것이니. 우리는 신과 함께   145
운 좋은 자들임이 드러나거나 아니면 파멸할 것이오.
                                    (오이디푸스 퇴장)

사제 오, 자녀들이여, 일어나자꾸나, 우리가 목적하고
      왔던 일에 대해 이분이 스스로 뜻을 밝히셨으니.
      그저, 이 신탁을 보내신 포이보스께서   150
      구원자이자 질병을 멈추는 분이시기를!

(등장가)

코로스 (좌 1)
      오, 달콤하게 말씀하시는 제우스의 전언이여, 그대는
      대체 어떤 모습으로 황금 많은
      퓌토에서 영광스러운 테바이로
      오셨습니까? '이에' 외침 받으시는 델로스의 파이안[18]
      이시여,
      저는 겁먹은 가슴으로 두려움에 떨며, 당신에 대한

---

17) 원문은 '나에게도 보복하려 할 테니'로 되어 있어서 여러 가지로 해석 가능하다.
18) 치유자로서의 아폴론을 지칭한다. 델로스는 그의 탄생지이며, '이에'는 그를 부
    르는 외침이다.

경외심으로 굳어집니다. 당신이 제게서 어떤 새로운   155
빚을 갚으라 요구하실지, 아니면 세월이 두루 돌아
한 매듭을 지을 때마다 되풀이되는 것을 요구하실지.
제게 말하소서, 오, 황금 같은 희망의 자녀여, 불멸
의 목소리여!

(우 1)

제우스의 따님, 불멸하는 아테네시여, 먼저 당신을
부릅니다.

그리고 그의 자매이자 땅을 차지하신[19]   160

아르테미스를, 아고라[20]에 에워싸인 이름 높은 보좌
에 앉으신 분을,

그리고 멀리 화살 쏘시는 포이보스를. 이오[21]!

죽음을 막아 주는 세 겹의 방어자로 제게 나타나소서.

당신들이 이전에도 도시에 닥친 재난들에 맞서   165

재앙의 불길을 밖으로 쫓아내신 적이 있다면, 이번
에도 와 주소서.

(좌 2)

아, 아, 나는 진정 헤아릴 수 없는 재앙을

당하고 있구나. 나의 온 백성이

병들어 있는데, 그것을 막아 줄   170

---

19) 대개는 '테바이 땅을 차지하신'이란 뜻으로 보지만, 아르테미스를 헤카테(갈림
   길, 마법, 밤, 달의 여신)와 연결하여 저승 신으로서의 면모를 부각시키는 표현
   일 수도 있다.
20) 희랍 시민의 경제 생활과 예술 활동이 주로 이루어지던 공공 광장.
21) 희랍어의 감탄사. 기쁨, 슬픔, 분노를 모두 나타낼 수 있다.

창은 지혜로 찾을 수 없구나. 명성 높은 땅의 열매도
성장하지 않고, 여인들은 '이에' 하는 신음의
수고를 견디고 새 아기 낳는 것을 하지 못하니.
그대는 볼 수 있으리라, 한 사람에 이어 다른 이가,
날개 갖춘 새처럼,   175
맞싸울 수 없는 불보다 더 빨리 솟구쳐
서녘 신의 해안으로[22] 떠나는 것을.
(우 2)
이들의 헤아릴 수 없는 죽음으로 도시는 스러져 가
고 있습니다.
들판에는 자손들이 동정받지 못하고,   180
애곡도 없이 죽음을 퍼뜨리며 누워 있습니다.
또한 아내들과 많은 어머니들도
제단 가 여기저기
고통스러운 괴로움의 탄원자로 신음하고 있습니다.   185
파이안 부르는 소리 높이 울리고, 신음 섞인 목소리
함께 들립니다.
오, 제우스의 황금의 따님이시여, 이 불행들에 대항
하여
아름다운 얼굴의 방어책을 보내 주소서.
(좌 3)
그리고 잔혹한 아레스가   190

---

22) 서쪽은 해 지는 쪽이므로, 어둠의 땅이고 죽은 자들의 영역이다.(호메로스, 『오
뒷세이아』 12권 81행 참고.)

지금 청동 방패도 없이[23)]
들이닥쳐 와서는 에워싸고 고함치며 나를 태우고 있
으니,
그가 내 조국에서 등 돌려 급히 달아나게 하시기를,
순풍 받아 암피트리테의
거대한 침실[24)]로든   195
아니면 손님을 쫓아내는 항구로,
트라케[25)]의 파도 속으로든 사라져 버리도록!
밤이 뭔가 남기면, 낮이
완결 지으러 거기에 들이닥치니.
오, 불 나르는 번개의   200
힘을 다스리시는 이여,
오, 아버지 제우스여, 그를 당신의 벼락 아래 멸하소서.
(우 3)
왕이신 뤼케이오스[26)]여, 황금 꼬인 시위의
구부러진 활로부터
이길 수 없는 당신의 화살이 쏟아지기를 원하나이다,   205
우리 앞에 막아서서 도움 주는 화살이, 그리고 아르
테미스께서

---

23) 아레스는 보통 전쟁의 신으로 통하지만 여기서는 일반적인 파괴의 신으로 그
   려졌다. 전쟁이 아니라 질병을 퍼뜨리고 있으므로 그는 '방패 없이' 온 셈이다.
24) 암피트리테는 바다의 신 포세이돈의 아내이다. '암피트리테의 침실'은 바다 일
   반을 가리키나, 여기서는 '거대한'이란 말이 붙어서 대서양을 가리키는 것으로
   보인다.
25) 희랍 쪽에서 보자면 마케도니아 너머 북동쪽 지역.
26) 아폴론의 다른 이름.

뤼키아[27] 산중을 쏘다닐 때 함께하는

불 나르는 빛살도.

또 황금 머리띠를 하신 분,

이 땅과 같은 이름을 가지신[28]   210

포도주 빛 얼굴의, '에우오이' 외침 받는 박코스를,

마이나데스[29]와 동행하시는 이를,

동맹자가 되어 환하게 빛나며

타오르는 횃불로써, 신들 중 명예 없는 저 신[30]과

맞서도록 와 달라고 부릅니다.   215

오이디푸스   그대 기원하고 있구려. 한데 만일 그대가 내 말

을 듣고 받아들여,

그대의 소원에 대해 이 질병이 요구하는 대로 따르

겠다면,

그대는 불행들의 방어책과 그 불행을 가볍게 할 방

도를 얻을 것이오.

나는 저 얘기와도 관련 없고 저 행위와도

관련 없는 자로서 이것들을 공표할 것이오. 아무 실

마리도 없다면   220

---

27) 소아시아 중서부 지역. '뤼케이오스'에 맞추기 위해 비슷한 발음의 지명을 사용
한 것일 수 있다.

28) 디오뉘소스는 '카드메이아 신부의 영광'(「안티고네」 1115행)이라 불리고('카드
메이아'는 테바이의 옛 이름), 테바이에는 '박케이아'('박코스의'라는 뜻, 「트라키
스 여인들」 510행)라는 수식어가 붙어 있다.

29) 디오뉘소스(박코스)를 따르는 여신들.

30) 지금 이 땅에 질병을 몰고 온 전쟁의 신 아레스를 가리킨다.

나 혼자서는 멀리 추적할 수 없겠기에 말이오.

한데 사실 나는 그 일이 있은 후에야 시민으로 받아들여졌소.

그래서 그대들 카드모스의 후손 모두에게 선포하노니,

그대들 가운데 누구든지, 랍다코스의 아들 라이오스가

어떤 자에게 죽었는지 아는 사람이 있다면,   225

나는 그에게 모든 것을 내게 고하라고 명하오.

그리고 누가 그 범행에 대해 두려워하고 있다면, 스스로 밝혀

위험을 치워 버리라 명하오. 왜냐하면 그는 다른 그 어떤

불쾌한 일도 겪지 않고, 피해 없이 이 땅을 떠날 터이니 말이오.

하지만 만일 다른 나라에서 온 사람이 그 살인자임을 아는 이가   230

있다면, 침묵하지 마시오. 내 그의 이익을

채워 줄 것이고, 다른 호의도 덧붙여 줄 터이니.

하지만 만일 그대들이 계속 침묵하고, 누구든 걱정이 되어

친구나 자신에게서 이 명령을 멀리한다면,

그때는 내가 어떻게 할지 들어야 할 것이오.   235

나는 이 살인자가 누구이든, 내가 권력과 왕좌를

차지하고 있는 땅으로부터 배척하는 바요.

누구도 그를 받아들여 접대하지 않고, 말을 걸지 않

도록,
또 신들께 드리는 기도나 제사에
함께하지도, 성수(聖水)를 뿌리지도 못하게 말이오.   240
외려 나는, 우리를 오염시키는 그를
모두가 집에서 쫓아내라 명하오, 신께서 내리신 퓌
토의
신탁이 방금 내게 밝히신 것처럼.
이렇게 함으로써 나는 저 신과
고인의 동맹자가 될 것이오.   245
나는, 저 짓을 행한 자가 혼자서
숨어 있든 다수와 함께든 간에,
사악한 그자가 불행하게 되어 비참한 삶을 마치길
기원하겠소.
그리고 나 자신에 대해 기원하겠소, 만일 저자가 혹
시 내 집안의
같은 화롯가에 있고, 내가 그걸 알고 있다면,   250
내가 방금 저들에게 한 저주를 나 자신이 당하기를!
또 그대들에게는 이 모든 것을 행하도록 명하겠소,
나 자신과 신과, 이렇게 신에게 버림받아,
열매 맺지 못하고 스러져 가는 이 땅을 위하여.
왜냐하면 신이 보낸 재앙이 없더라도, 그대들이   255
이렇게 부정한 일을 그대로 방치하는 건 옳지 않기
때문이오.
고귀한 인물이자 왕의 지위에 있는 사람이 죽었는데
말이오,

그럴 것이 아니라 수색했어야 하는데. 하지만 이제
내가 통치하기도 하고,
그가 전에 가졌던 왕권도,
그의 침상과 씨 뿌릴 아내도 이어받았으니,   260
— 지금은 그의 머리 위로 불운이 들이닥쳤지만,
그가 자식 얻기에 실패하지 않았더라면
같은 어머니에게서 난 자녀들로 인해 함께 묶어 주
는 끈도 생겨나 있었을 것이오. —
그러니 나는 이것을 위해, 마치 내 아버지의 일인 양
싸워 나갈 것이고, 그 살인을 저지른 자를   265
잡고자 찾으며 모든 곳을 뒤질 것이오,
랍다코스의 아들을 위하여, 폴뤼도로스에게서 나고
그전으로 거슬러서 카드모스에게서, 또 더 옛날로는
아게노르에게서 난 이를 위하여.
그리고 이것을 행치 않는 자들에 대해 이렇게 기원
하겠소, 신들께서
그들을 위해 땅에서 어떤 곡식도 내지 않기를,   270
또 여인들에게서는 자녀를 내지 않기를, 오히려 지
금과 같거나
그보다 더한 악운으로 소멸하기를.
하지만 다른 카드모스의 후손들, 이것을
지지하는 이들에게는, 늘 동맹자가 되시는 디케[31]와
모든 신께서 영원히 호의로써 함께하시길 기원하오.   275

---

31) 정의의 여신.

코로스 장 왕이시여, 당신께서 저를 저주 아래 놓으셨으니
그에 맞춰 아뢰겠습니다.

저는 죽이지도 않았고, 그 죽인 자를 적시(摘示)할 수도

없습니다. 그 과제와 관련해서, 대체 누가 그 짓을 저질렀는지는

그 일을 보내신 포이보스께서 말씀하셔야 합니다.

오이디푸스 옳게 말했소. 하지만 한 인간이 신들에게,   280

그들이 원치 않는 일을 강제할 수는 없을 것이오.

코로스 장 제가 두 번째로 괜찮아 보이는 건 말할 수 있습니다.

오이디푸스 세 번째 것이라도 있다면, 말하기를 아끼지 마시오.

코로스 장 저는, 고귀한 테이레시아스께서 존귀한 포이보스와 아주 똑같이

본다는 것을 알고 있습니다. 오, 왕이시여, 이 일을 수사하는 사람은   285

그분에게서 가장 분명하게 배워 밝힐 수 있을 것입니다.

오이디푸스 하지만 나는 이 일에서도 게으르지 않았소.

크레온의 말에 따라 두 번이나 그를 부르러 보냈으니 말이오.

한데 그가 아직 오지 않은 걸 의아하게 여기는 참이오.

코로스 장 그런데 정말로 다른 건 제쳐 두고, 그 얘기는 오래되고 흐려졌지요.   290

오이디푸스 어떤 것 말이오? 나는 모든 얘기를 살피고 있소.

코로스 장 그분은 어떤 나그네들에게 죽임 당했다고 하지요.

오이디푸스 나도 들었소. 하지만 누구도 그 짓을 저지른 자
를 보지 못했소.[32]

코로스 장 하지만 그가 진정 조금의 두려움이라도 있다면,
당신의 그러한 저주를 들으면서 그냥 머물러 있지는
못할 것입니다.   295

오이디푸스 행동하는 데 겁이 없는 자라면, 말도 두려워하
지 않을 것이오.

코로스 장 한데 여기 그자를 정죄할 사람이 있습니다. 이
제 이 사람들이
신 같은 예언자를 이렇게 모셔오니 말입니다, 인간
들 중
유일하게 진리를 몸에 담은 분을.

오이디푸스 오, 가르칠 수 있는 것이든 말할 수 없는 것이든,   300
하늘의 것이든 땅을 밟는 것이든, 모든 것을 살피는
테이레시아스여,
도시가 어떤 질병을 앓고 있는지, 그대가 눈으로 보
지는 못한다 해도
그래도 알고 계십니다. 오, 왕이시여, 우리는 당신을

---

32) 전하는 사본들에는 '목격자(idonta)를 본 사람은 없다.'라고 되어 있다. 그래서
일부 학자들은, 오이디푸스가 그 살해 현장의 생존자가 있다는 사실을 아직 모
르고 있다고 해석한다. 하지만 296행을 보면 지금 문제되는 사람이 목격자가 아
니라 살인범인 듯하므로, 이 구절을 조금 고쳐서 '누구도 그 짓을 한 자(dronta)
를 보지 못했소.'로 보는 의견이 (현재로서는) 우세하다.

그 질병의 유일한 방어자요, 구원자로 찾아냈습니다.

왜냐하면, 혹시 그대가 전령들에게 뭔가 듣지 못하

셨다면 말입니다만,   305

우리가 사람을 보냈을 때 포이보스께서 답해 보내셨

는데,

우리가 라이오스를 죽인 자들을 제대로 알아내어

죽이거나, 아니면 땅에서 추방하여 내보내는 것만이

이 질병의 유일한 해결이라 하셨기 때문입니다.

그대는 이제 새들에게서 나오는 소리도,   310

아니면 다른 어떤 예언의 길을 갖고 있다면 그것도,

아끼지 마시고,

그대 자신과 도시를 지켜 주십시오, 또 나를 지켜

주십시오,

그리고 피살자에게서 나오는 모든 오염을 막아 주십

시오.

우리의 운명은 그대에게 달려 있으니 말입니다. 한

데 사람이 할 수 있고 가능한 데까지

남을 돕는 것은 수고 중에서 가장 아름다운 것이지요.   315

테이레시아스   아아, 현명함이 득이 안 될 곳에서 현명하다

는 건

얼마나 끔찍한 일인가! 내 그걸 잘 알고 있었으면서도

잊었으니! 그러지 않았더라면 여기 오지 않았을 것을!

오이디푸스   그건 또 무슨 말씀이십니까? 어찌 그리 맥없이

들어서십니까?

테이레시아스   나를 집으로 돌려보내 주시오. 그대가 내 말

을 따르겠다면 그대는 그대의 것을,   320

나는 또 내 것을 견뎌 내는 게 가장 쉬운 일이 될

것이오.

오이디푸스 그대는 예언은 주지 않으면서, 합당치도 않고,

그대를 키워 준 이 도시에 우호적이지도 않은 말을

하셨습니다.

테이레시아스 그대의 말이 적절치 않음을 내가 알기 때문

이오.

그래서 나도 같은 일을 하게 될까 봐 그러는 거요.   325

오이디푸스 신들의 이름으로 청컨대, 그대에게 지혜가 있다

면 돌아서지 마십시오,

우리 모두가 탄원자로서 그대 앞에 엎드려 있으니.

테이레시아스 그건 그대들 모두가 지혜가 없기 때문이오.

하지만 나는 결코 나의 불행을

— '그대의 불행'이라고 하지 않기 위해 이런 말을

쓰자면 — 드러내지 않으려오.

오이디푸스 무슨 말입니까? 알면서도 말을 하지 않고서,

우리를 배반하고   330

도시를 멸망시킬 생각입니까?

테이레시아스 나는 나 자신도 그대도 괴롭히지 않으려오.

왜 공연히

이 일에 대해 힐문하시오? 그대는 내게서 알아낼 수

없을 텐데 말이오.

오이디푸스 오, 악인들 중 최악인 자여! — 그대는 바위조

차도

성나게 할 테니까. ── 사실을 이르지 않고, 335

그렇게 뻣뻣하게 제 뜻대로만 할 터인가?

테이레시아스 그대는 나의 성정을 꾸짖지만, 함께 살고 있

는 그대의

것[33]은 알아보지 못한 채 나를 비난하고 있소.

오이디푸스 대체 누가 이런 말을 들으면서 성내지 않을 수

있겠는가, 그대가 지금 이 도시를 무시하며 하는 말에? 340

테이레시아스 진정코 저절로 올 것이오, 내가 침묵으로 감

춘다 하더라도.

오이디푸스 그러니, 올 것이라면 당신은 내게 말해 주어야

할 것 아니오.

테이레시아스 나는 너무 많은 말을 하진 않을 것이오. 이

일에 대하여, 그대가 원한다면,

가능한 데까지 격하게 분노하며 날뛰어 보시오.

오이디푸스 진정 나도 화가 났으니, 내가 생각한 바를 345

아낌없이 말하겠소. 자, 잘 알아 두시오. 그대는 내

게, 그 만행을

함께 계획했고, 또 직접 죽이지는 않았지만

실천까지 한 것으로 보인다는 점을. 만일 그대가 앞

을 볼 수 있었다면,

나는 당신이 혼자서 그 일을 저질렀다고 말했을 거요.

테이레시아스 참말이오? 그러면 나는, 그대가 지키겠노라고

---

33) 얼핏 듣기에는 '그대의 성정'이란 뜻 같지만, 오이디푸스가 같이 살고 있는 아
내 이오카스테를 가리키는 말일 수도 있다.

공표했던   350
저 선언대로 행하라 명하겠소, 그리고 오늘부터
이 사람들에게도 내게도 말을 걸지 말라고.
이 땅을 오염시킨 불경스러운 자로서 말이오.

오이디푸스 그토록 뻔뻔하게 이런 말을
내뱉다니? 그러고는 어떤 근거로 그 벌을 벗어날 생
각이오?   355

테이레시아스 나는 이미 벗어나 있소. 진리를 든든하게 부
여잡고 있기 때문이오.

오이디푸스 누구에게 배워서요? 당신 재주에서 나온 것은
아닐 터이니.

테이레시아스 당신에게서. 바로 당신이 원치 않는 나를 말
하게끔 내몰았으니까.

오이디푸스 어떤 말이오? 다시 말하시오, 제대로 알게끔.

테이레시아스 진작 알아듣지 못했소? 아니면 공연한 말로
더 끌어내려는 거요?   360

오이디푸스 이해된다고 할 수 있을 만큼은 아니오. 다시 말
해 보시오.

테이레시아스 나는 당신이 찾고 있는 바, 저 살인자가 바로
당신이라고 말하는 거요.

오이디푸스 그대가 두 번이나 그런 오명을 씌웠으니 벌 받
지 않고 지나가진 않으리라.

테이레시아스 그러면 다른 것도 말해 주리까, 그대가 더욱
성나도록?

오이디푸스 원하는 만큼 그리하시오, 헛소리를 지껄인 게

될 터이니. 365

테이레시아스 내 선언하건대, 그대는 가장 가까운 사람들과
가장 수치스럽게 어울리면서
그 사실을 모르고 있고, 어떤 악에 처해 있는지도
보지 못하고 있소.

오이디푸스 그대는 그런 말을 계속 지껄이고도 정말 대가
가 없으리라 생각하는 게요?

테이레시아스 진리에 힘이 있는 한 그렇소.

오이디푸스 진리에 힘이 있긴 하지. 그러나 당신을 위해서
는 아니오. 당신에겐 힘이 없소, 당신은 370
귀도, 정신도, 눈도 멀었기 때문이오.

테이레시아스 그대는 불쌍하게도, 곧 이 모든 사람들이
그대를 꾸짖을 그런 말로 날 꾸짖고 있구려.

오이디푸스 그대는 영원히 이어지는 밤 속을 헤매고 있구
려, 그러니 나든 다른 사람이든
빛을 보는 사람은 결코 해칠 수 없으리다. 375

테이레시아스 그대가 나에 의해 쓰러질 운명은 아니기 때
문이오.
이 일을 이뤄 내는 데 관심을 가진 아폴론으로 충
분하니까.

오이디푸스 이것들은 크레온이 생각해 낸 것이오, 아니면
당신이 그런 거요?

테이레시아스 크레온은 당신에게 아무 재앙도 아니오, 당신
스스로 자신에게 재앙이지.

오이디푸스 오, 부(富)여, 왕권이여, 경쟁 심한 인생에서 380

기술을 넘어서는 기술[34]이여,
너희는 얼마나 큰 질시를 곁에 간직하고 있는가!
내가 청하지도 않았는데, 이 도시가 내 손에
선물로 쥐어 준 권력 때문에
크레온이, 믿음직하고 처음부터 우호적이었던 이가   385
몰래 기어 들어와, 권좌에서 나를 몰아내길 갈망하여,
이 계략을 꾸며 내는 마법사, 기만적인
구걸꾼, 이익에만 눈 밝고
재주에는 눈먼 자를 은밀히 보냈다면!
왜 이런 말을 하는고 하니 ─ 자, 말해 보시오, 당신
은 대체 어떤 일에 밝은 예언자요?   390
저 노래하는 개[35]가 여기 있었을 때, 당신은 어째서
이 시민들을 해방시켜 줄 말을 하지 않았던 거요?
그 수수께끼를 맞히는 건 막 도착한 사람이 할 일이
아니라,
예언술을 요구하는 일이었는데 말이오.
한데 당신은 그 기술을 새들에게서 얻어서든 어떤
신에게서   395
알아서든 보여 주질 않았소. 그런데 내가 와서,
아무것도 모르는 이 오이디푸스가 그 재앙을 그치
게 했소,
새들에게서 알아서가 아니라 지혜를 갖고 있기에.

---

34) 오이디푸스의 수수께끼 푸는 기술이 테이레시아스의 예언술을 능가한 적이 있
    음을 가리킨다.
35) 스핑크스.

그러한 자를 당신은 쫓아내려 하고 있소, 크레온 일파의

보좌 곁에 가까이 머무르길 기대하면서.　　　　　　　　400

하지만 당신이나 이 일을 꾸민 자나, 오염을 몰아내겠다고 한 것을

후회하게 될 것이오. 그리고 그대가 누구 눈에나 늙은이이기에 망정이지, 그렇지 않았다면

그대는 자신이 어떤 일을 획책했었는지 고통을 겪으면서 깨달았을 것이오.

코로스장　오이디푸스여, 제게는 이분의 말도 분노에서

나온 것 같고, 당신의 말도 그래 보입니다.　　　　　　405

하지만 그럴 게 아니라, 어떻게 하면 저 신탁을

가장 잘 이행할 수 있을지 궁리해야 할 것입니다.

테이레시아스　그대가 통치자이긴 하지만, 그래도 같은 길이로 반론할 기회만큼은

공평해야 하오. 이 일에는 나도 권한이 있으니 말이오,

나는 결코 당신의 노예로 사는 게 아니라, 록시아스[36]께 속했으니.　　　　　　　　　　　　　　　410

그러니 크레온을 후견인 삼아 그 밑에 등재되지는 않을 것이오.[37]

한데 그대가 내 눈먼 것을 비난하였으니, 선언하겠소.

---

36) 아폴론의 별칭.
37) 기원전 5세기에 아테나이에 거주하는 외국인들은 아테나이 시민을 후견인으로 삼아 그 아래 등록하는 제도가 있었다. 이 작품은 기원전 13세기 이전의 테바이를 배경으로 삼고 있지만, 아테나이 제도를 암시하는 표현을 사용하였다.

그대는 앞을 보면서도, 자신이 어떤 악 속에 있는지,
어디에 살고 있는지, 어떤 사람들과 함께 살고 있는
지 보지 못하고 있소.
그대가 어떤 이들에게서 났는지 아시오? 또 그대는,
저 아래 있는 사람이든   415
땅 위에 있는 사람이든 자기 친족들에게 적이라는
걸 모르고 있소.
그리고 언젠가 당신 어머니와 아버지의 저주가 무서
운 발로 쫓으며
양쪽에서 그대를 치고 이 땅에서 쫓아낼 것이오,
지금은 제대로 보지만 그때는 어둠만을 보게 될 그
대를.
바로 그때에 어떤 항구가 그대의 비명을 듣지 못할
것이며,   420
키타이론 산의 그 어느 구석이 그것을 되울리지 않
겠소?
저 집으로, 항구 아닌 항구[38]로 순조롭게 들어가며
들었던
저 결혼 축가를 그대가 제대로 이해했을 때 말이오.
또, 그대는 다른 수많은 재앙들을 알아채지 못하고
있소,
그대를 그대 자신, 또 그대 자식들과 같게 만들어

---

38) 여기서 '집'과 '항구'는 오이디푸스가 결혼하여 새로 얻게 된 가정을 의미할 수
   도 있고, 그의 아내가 된 이오카스테를 가리킬 수도 있다.

46

줄 것들을.[39]   425

　그러니 크레온을, 그리고 나의 입을

　실컷 더럽히시라. 필멸의 인간들 가운데 그 누구도 그대보다 더

　흉하게 마멸되어 사라지지는 않을 것이니.

오이디푸스　대체 이 사람에게서 나오는 말들이 참고 들을

　수 있는 것이란 말인가?

　파멸 속으로 꺼지지 못할까! 어서!   430

　돌아서서 이 집에서 떠나가지 못할까!

테이레시아스　그대가 부르지 않았더라면 오지도 않았을 거요.

오이디푸스　당신이 어리석은 소리를 할 줄은 몰랐기 때문

　이오, 그럴 줄 알았더라면

　당신을 내 집으로 청하지 않았을 것이오.

테이레시아스　나는 당신에겐 타고난 어리석은 자로   435

　보이지만, 그대를 낳은 부모들에게는 현명한 자였지.

오이디푸스　어떤 분들 말이오? 서시오. 대체 인간들 중 누

　가 나를 낳았소?

테이레시아스　이날이 그대를 낳고 또 파멸시킬 것이오.

오이디푸스　그대는 항상 그렇게 모호하고 수수께끼 같은

　말을 하는가!

---

39) 보통 이 구절은, '그대(코린토스 왕인 폴뤼보스의 아들)가 자신(라이오스의 아
들)과 같은 사람임을 확인해 주고, 또 그대를 자식들과 동등하게(같은 이오카스
테의 자식으로 드러나도록) 해 줄 것'이라고 해석한다. 하지만 이것은 이미 나온
내용이어서 '다른 재앙'이 되지 못하므로, 이 구절을 약간 바꿔서 '그대와 자식
들이 같은 불운을 만나게 할 것'으로 보자는 학자도 있다.

테이레시아스 하지만 그대는 이런 모호한 것을 밝히는 데
으뜸 아니오?   440

오이디푸스 나의 위대함을 드러내 줄 일들을 가지고 비난을
하다니!

테이레시아스 하지만 바로 그 행운이 그대를 파멸시켰소.

오이디푸스 그래도 이 도시를 구했다면 나는 개의치 않소.

테이레시아스 이제 나는 가겠소. (소년에게) 얘야, 나를 인도
해 다오.

오이디푸스 그러면 인도하게 하시오. 그대는 곁에 있으면서
방해하고   445
들쑤시기나 하니. 떠나가면 더는 괴롭힐 수 없겠지.

테이레시아스 하지만 내가 온 까닭을 말하고서 가겠소, 그
대의
낯은 두렵지 않소. 그대가 나를 멸할 길은 없으니.
내 그대에게 이르노니, 그대가 진작부터 라이오스의
살해자라 선언하고 위협하며 찾는   450
그 사람이 바로 여기에 있소.
그는 명목상으로는 이방 출신의 거주자이지만, 나중
에는
태생부터 테바이 사람임이 드러날 테고, 그 행운에
즐거워하지 않을 것이오. 그는 눈 뜬 자에서 장님이
되고,
부자에서 거지가 되어 이국 땅을 향해   455
지팡이로 앞을 더듬으며 가게 될 것이오.
또 그는 자기 자식들의 형제이자

아버지로서 함께 살고 있으며, 자신을 낳은
여인의 아들이자 남편이고, 자기 아버지와
함께 씨 뿌린 자이자 그의 살해자임이 드러날 것이
오. 그러니 들어가서   460
이것을 따져 보시오. 그대가 만일 내 말이 거짓임을
밝혀낸다면,
그때는 내가 아무 예언술도 모른다고 떠들어 대시오.

(테이레시아스 퇴장)

(제1정립가)

코로스   (좌 1)

누구인가, 신탁을 주는 델포이의
바위[40]가 가리킨 자는? 유혈의 손으로써
말할 수 없이 끔찍한 것들 중에서도   465
가장 끔찍한 짓을 저질렀다는 그자는?
그자가, 질풍 같은 발을 지닌 말들보다
더 힘내어, 도주를 위해
발을 놀리는 게 마땅한 때로다.
그자에게로 제우스에게서 나신 이가
불 뿜는 번개로 무장한 채 뛰어 덮치고,   470
무서운, 실수하지 않는 죽음의 여신들이
함께 쫓고 있으니.

---

40) 델포이의 파르나소스 산기슭에 있는 아폴론 성지 위쪽에는 가파른 암벽 두 개
가 솟아 있다.

(우 1)

방금, 눈 덮인 파르나소스 산의
전언이, 드러나지 않은 그자를
온갖 수단으로 뒤쫓으라고   475
밝히며 빛났기 때문이로다.
그자가 거친 수풀 아래,
동굴과 바위들 사이로
황소와도 같이 배회하고 있기 때문이로다,
비참한 발로써 비참하게 외로이,
대지의 한가운데 배꼽[41]에서 나온   480
신탁을 떨쳐 버리려 애쓰며. 하지만 그것은 항상
살아 두루 떠돌도다.

(좌 2)

물론 새들을 살피는 현명한 예언자가
무섭게, 진정 무섭게 나를 흔들어,
맞다고도 그르다고도 할 수 없게 만들었으나,   485
무어라 말할지 당황스럽구나.
지금 여기를 보아도 앞일을 보아도
희망을 품고 날아오를 수 없구나.
랍다코스의 자손에게든,
폴뤼보스[42]의 아들에게든 어떤 다툼이,   490
이전에도 현재에도

---

41) 델포이는 이 세계의 중심으로 여겨져서, '세계의 배꼽'이라 불리기도 했다.
42) 오이디푸스를 길러 준 코린토스의 왕.

그 어느 때라도 있었는지
나는 배운 바 없기 때문이로다, 내가 그 다툼을
기준으로 삼아 시험해 보고,
널리 퍼진 오이디푸스의 명성에 대항하면서   495
저 드러나지 않은 죽음에 대해
랍다코스의 자손을 도우러 나서게 할 만한 것이 없
으니.[43]

(우 2)
물론 제우스와 아폴론은
현명하시고 인간사를
통찰하시도다. 하지만 인간에게서 난 예언자가
나보다 더 큰 재능을 타고났다는 것은   500
제대로 된 판단일 수 없도다.
인간이 지혜로써
지혜를 능가할 수는 있으나,
저 말이 곧은 것임을 내가 보기 전에는
누가 그를 비난해도   505
나는 결코 동의할 수 없노라.
예전에 날개 달린 소녀[44]가
모두 보는 데서 그에게 닥쳤을 때,
그는 시험에 의해 현자로,
또 이 도시의 즐거움으로 확인되었으니. 하여 그는   510

---

43) 오이디푸스와 라이오스가 적대할 이유가 없기 때문에 테이레시아스의 말을 믿
   을 수 없다는 뜻이다.
44) 스핑크스.

내 마음으로부터 결코 악행의 판정을 받지 않으리라.

크레온 사내들이여, 시민들이여, 나는 무서운 말을,
왕이신 오이디푸스께서 나를 정죄한다는 말을 듣고서,
분개하여 여기 왔소. 현재와 같은 재난 속에서 515
저분이 말로든 행동으로든 해로운
그 어떤 일을 내게 당하셨다면,
내 진정 그러한 소문을 견디면서는, 장수하는 삶을
원치 않겠기에 말이오. 왜냐하면 이 말이 내게
가져오는 피해는 단순한 게 아니라 아주 심대한 데
까지 520
이르기 때문이오, 내가 도시 안에서 악당이라고,
또 그대와 친구들로부터 악당이라고 불린다면 말이오.
코로스 장 하지만 그 비난은 아마도 마음에 깊이 생각해서
라기보다는
분노에 눌려 튀어나온 걸 겁니다.
크레온 어쨌든 그 말이 나오지 않았소? 그 예언자가 내 계
획에 525
넘어가서 거짓되이 저런 얘기를 했다고 말이오?
코로스 장 그런 말씀이 있긴 했습니다만, 어떤 뜻에서인지
는 모르겠습니다.
크레온 대체 바른 눈으로, 그리고 바른 정신으로
이 혐의를 씌우고 있는 것이오?
코로스 장 모르겠습니다. 통치자들이 행하는 것을 저는 볼
줄 모르니까요. 530

한데 그분 자신이 이제 집 밖으로 나오시는군요.

오이디푸스 　오, 이 악당! 어떻게 여길 왔는가? 그대는 진정
　　　그리도

　　　대담한 낯짝을 가졌단 말인가, 명백히 여기 있는

　　　이 나의 살해자이자 내 왕권의 확연한

　　　강탈자이면서도, 내 집에 찾아올 만큼?　　　　　　535

　　　자, 신들 앞에서 말해 보오, 내게서 어떤 겁쟁이 기
　　　질이나

　　　어리석음을 보았기에 이런 짓을 획책했던 것이오?

　　　당신의 음모가 몰래 기어드는 것을

　　　내가 눈치채지 못하거나, 알고도 막지 못하리라 생
　　　각했던 거요?

　　　부유함[45]도 친구들도 없이 왕권을　　　　　　　　540

　　　사냥하려는 그대의 시도는 실로 어리석지 않은가?

　　　그것은 다수(多數)와 재산에 의해서 획득하는 것인
　　　데 말이오.

크레온 　제대로 아시기 바랍니다, 어떻게⋯⋯. 이렇게 하십
　　　시오. 그대 말씀에 대해

　　　공정한 것을 들으십시오. 그런 다음에 스스로 판단
　　　하십시오.

오이디푸스 　그대가 말은 무섭게 잘하지만, 그대 말을 알아
　　　듣기에 나는　　　　　　　　　　　　　　　　545

---

45) 사본들에는 '다수(plethos)'로 되어 있으나, 최근 학자들의 견해를 좇아 '부유
　함(ploutos)'으로 읽었다. 그러면 542행과 함께 '부 — 친구, 다수(의 친구) — 재
　산'의 ABBA 꼴로 교차배열(chiasmus)이 이루어진다는 장점이 있다.

서둘다네. 나는 그대가 내게 원수이고 위험한 자라
는 걸 발견했으니.

크레온   이제 먼저 바로 이 말을 들으십시오, 제가 어떤 말
씀을 드리는지.

오이디푸스   바로 이 말만은 내게 하지 마시게, 어떻게 그대
가 악당이 아닌지는.[46]

크레온   만일 그대가 이성을 잃고 멋대로 고집 부리는 걸
좋게 여기신다면, 그건 올바른 생각이 아닙니다.   550

오이디푸스   만일 그대가 같은 가문의 사람에게 악하게 행
하고도
징벌을 당하지 않으리라고 여긴다면, 그건 올바른
생각이 아니네.

크레온   그것이 정당한 발언이란 데 동의합니다. 하지만 당
신이
당했다고 하는 고통이 어떤 것인지 제게 가르쳐 주
십시오.

오이디푸스   그대는 저 거룩한 예언자에게   555
사람을 보내도록 나를 설득했었소, 안 그랬나?

크레온   저는 지금도 같은 의견입니다.

오이디푸스   자, 그러면 라이오스는 대체 얼마나 오랫동안…….

크레온   그가 어떤 일을 했다는 말씀입니까? 이해가 안 되
니 말입니다.

오이디푸스   ……치명적인 폭력에 의해 사라져 안 보이던 중

---

46) 오이디푸스는 상대가 한 말을 그대로 따라하며 빈정거리고 있다.

이었소?　　　　　　　　　　　　　　　　　　　　　　　560

크레온　옛날의 긴 시간을 헤아려야 하겠습니다.

오이디푸스　그러면 그때도 저 예언자가 같은 재주에 종사
　　　　하고 있었소?

크레온　마찬가지로 현명했고 똑같이 존경받았습니다.

오이디푸스　그러면 그 시절에 그가 나에 대해 뭔가를 떠올
　　　　렸소?

크레온　제가 곁에 있을 때는 결코 그런 적이 없습니다.　　565

오이디푸스　그런데 당신들은 고인에 대해 탐문하지 않았소?

크레온　했습니다. 어떻게 안 할 수 있겠습니까? 하지만 저
　　　　희는 아무것도 듣지 못했습니다.

오이디푸스　그러면 어째서 그때 이 현자가 그 얘길 하지 않
　　　　았소?

크레온　모르겠습니다. 제가 생각지 못하는 것에 대해서는
　　　　입 다물고 싶습니다.

오이디푸스　이것만큼은 그대가 알고, 잘 생각해서 말할 수
　　　　있으리다.　　　　　　　　　　　　　　　　570

크레온　그게 뭔가요? 제가 안다면 거절치 않을 것입니다.

오이디푸스　만일 그가 그대와 공모하지 않았다면, 라이오
　　　　스의 파멸이
　　　　내 짓이라고 결코 말하지 않았으리라는 점 말이오.

크레온　그가 그런 말을 했다면, 그대 자신이 아시겠지요.
　　　　한데 저는, 당신이 제게
　　　　질문을 던진 것처럼 저도 당신께 똑같이 묻는 것이
　　　　마땅하다고 생각합니다.　　　　　　　　　　575

오이디푸스 물어보시오, 나는 결코 살인자로 드러나지는
 않을 터이니.
크레온 그럼, 어떻습니까? 그대는 나의 누이와 결혼하여
 그녀를 아내로 삼았지요?
오이디푸스 그에 대해서는 부인할 수 없소.
크레온 당신은 그녀와 똑같이, 대등하게 다스리며 땅을 지
 배하고 있지요?
오이디푸스 그녀는 원하는 모든 것을 내게서 얻고 있소.   580
크레온 그러면 저는 3인자로서 당신들 둘과 대등하지 않습
 니까?
오이디푸스 바로 그 점에서 그대가 사악한 친구로 드러나
 는 것이오.
크레온 그렇지 않을 것입니다, 제가 스스로 따져 본 것을
 그대도 따져 보신다면.
 먼저 이것을 생각해 보십시오, 어떤 사람이
 두려워 떨 일 없이 잠드는 것보다 두려움에 떨며 통
 치하기를   585
 택하리라고 보시는지. 똑같은 권력을 가진다면 말입
 니다.
 저는 성격상, 왕권을 행사하기보다
 직접 왕이 되는 것을 더 바라지 않으며,
 다른 사람이라도 이성적으로 생각한다면 결코 그러
 지 않을 것입니다.
 왜냐하면 지금 저는 모든 것을 두려움 없이 그대에
 게서 얻고 있으니까요.   590

하지만 제가 직접 통치한다면 원치 않는 일까지도
많이 해야 할 것입니다.

대체 어떻게 왕권을 갖는 것이, 고통 없는 통치권과
권력을 갖는 것보다 저에게 더 달콤할 수 있겠습니까?

저는 결코, 이득이 있으면서 위신도 서는 것 이외의
다른 것을 바랄 만큼 그렇게 마음이 홀려 있지는 않
습니다.   595

지금 저는 모든 사람의 동의를 얻으며 잘 지내고, 지
금 모두가 저를 반가이 맞이하며,

지금 그대에게 바라는 게 있는 사람들이 저를 불러
냅니다.

왜냐하면 그들이 원하는 걸 얻을 길은 모두 저에게
달려 있으니까요.

한데 어떻게 제가 이것을 내버리고 저것을 취하겠습
니까?

제대로 생각하는 동안에는 어떤 정신도 사악해질
수 없는 법입니다.[47]   600

저는 천성이, 그런 생각을 좋아하지도 않고,

그렇게 행동하는 다른 사람과 함께 있는 것도 견디
지 못할 것입니다.

그리고 이러는 게 그 일에 대한 증명이 될 터이니,
우선 퓌토에 가서

---

47) 이 구절을 사본 여백에 적혀 있다가 본문에 딸려 들어간 것이라고 여겨 빼야
한다고 주장하는 학자도 있다.

신탁을 알아보십시오, 제가 당신께 맞게 전했는지.
다음으로, 만일 제가 이적(異蹟)을 살피는 저 예언자
와 함께   605
무엇인가 꾸며 냈음을 발견하신다면, 저를 한 표에
의해서가 아니라,
두 표, 그대와 나의 표에 따라 잡아 죽이십시오.[48]
그렇지만 단지 분명치 않은 추측만으로 저를 비난하
지는 마십시오.
사악한 자를 공연히 유익한 자로 여기는 것도,
유익한 자를 사악하게 여기는 것도 모두 정당치 않
으니까요.   610
저는, 고귀한 친구를 내치는 것은, 사람이 자기 것 중
에서
가장 아끼는 생명을 내치는 것과 같다고 말씀드리는
겁니다.
하지만 시간이 가면 사람들은 그것을 확실히 알게
될 것입니다,
시간만이 정의로운 자를 드러내니 말입니다.
반면에 사악한 자는 그대가 하루만에도 알아보실
수 있을 것입니다.   615
코로스 장 실족치 않으려 늘 주의하는 제가 보기에, 그는
제대로 잘 말했습니다,
왕이시여, 결정을 내리는 데 빠른 사람은 위험에 빠

---

48) 법정에서 투표로 유·무죄를 가리는 관행을 암시하고 있다.

지기 쉬우니 말입니다.

오이디푸스   누군가가 몰래 음모를 꾸미며 재빠르게

움직일 때는, 나 역시 재빠르게 맞서 계획을 세워야

하오.

내가 가만히 기다리고 있는다면, 그자의 일은   620

이뤄질 것이고, 내 일은 빗나갈 것이오.

크레온   대체 뭘 원하십니까? 저를 이 땅에서 쫓아내시려

는 건가요?

오이디푸스   천만에. 나는 그대가 망명하는 게 아니라 죽기

를 바라고 있지.

크레온   (적어도 한 행 사라짐)[49]

오이디푸스   그것도 그전에, 질시가 어떤 결과를 가져오는지

그대가 보여 주고 나서.

크레온   감정을 누그러뜨리지도, 의심을 떨쳐 버리지도 않

으시는군요.   625

오이디푸스   (적어도 한 행 사라짐)

---

49) 이 부분에서 내용이 얼마나 빠졌는지, 어떤 대사를 누구에게 배당할 것인지
학자들 사이에 의견이 엇갈린다. 가장 간단한 방법은 624행을 623행과 함께 오
이디푸스에게 배당하고, 625행 다음에 오이디푸스가 할 말이 한 줄 사라졌다고
보는 것이다.(제브(Jebb)라는 학자의 선택이고, 천병희의 「오이디푸스 왕」도 이를
따랐다.) 하지만 이럴 경우 '한 줄씩 말하기(stichomythia)'의 틀이 깨지기 때문
에 요즘 학자들은 대부분 이런 해결책을 따르지 않는다. 최근 옥스퍼드 텍스트
의 편집자인 로이드 존스와 윌슨은 624행을 크레온에게 배당하고, 그것이 그 앞
뒤의 몇 행씩을 잃고 혼자 의미 없이 남은 조각이라고 보지만, 이 번역에서는 가
능한 한 전해지는 사본의 구절에 의미를 부여하기 위해 도우(R. D. Dawe)의 견
해에 따라 옮겼다.

크레온   당신이 제대로 생각지 못함을 제가 잘 보고 있기
      때문입니다.

오이디푸스   적어도 내 일에 대해서는 제대로 생각하
      고 있소!

크레온   하지만 제 일에 대해서도 마찬가지로 제대로 생각
      하셔야 합니다.

오이디푸스   하지만 그대는 사악하게 되어 먹었소.

크레온   하나 당신이 아무것도 알지 못하고 있다면 어쩔 것
      입니까?

오이디푸스   그래도 통치는 이루어져야지.

크레온   그릇되게 통치하려면 안 하는 게 옳지요.

오이디푸스   오, 도시
      여, 도시여!

크레온   도시에 대해서는 당신에게뿐 아니라, 제게도 몫이
      있습니다.   630

      (이오카스테 등장)

코로스 장   그만두십시오, 왕들이시여. 제가 보니 그대들에
      게 맞춤하게
      여기 이오카스테께서 집에서 나와 다가오시는군요.
      저분 계신 데서
      지금 이 다툼을 조정하는 게 마땅할 것입니다.

이오카스테   오, 딱한 분들, 어찌 이런 지각 없는 혀의
      다툼을 꾀하셨던가요? 부끄럽지들 않으세요? 땅이   635

60

이렇게 병들어 있는데, 또 사사로이 분쟁을 일으키
시니.

당신, 안으로 들어가지 않으시렵니까? 그대 크레온
도 집으로 가세요.

아무것도 아닌 고통을 큰 것으로 만들지 않도록 말
입니다.

크레온   한 핏줄의 자매여, 당신의 남편이신 오이디푸스께
서 가혹하게도 두 가지 나쁜 일 중 하나를

내게 행하기로 결정하고서는, 그걸 정당하다 여기십
니다.   640

조국 땅에서 쫓아내거나, 잡아 죽이겠노라고 말입
니다.

오이디푸스   그렇소. 부인이여, 그가 사악한 재주로써 바로
내 신체에

사악한 짓을 하려는 걸 내가 알아냈기 때문이오.

크레온   그대가 내게 뒤집어씌우는 저 일들 중 어느 하나라
도 그대를 해치고자

실행했다면, 내 이제 번성치 못하고 저주받아 파멸
해 버리기를!   645

이오카스테   오, 오이디푸스여, 신들의 이름으로 부탁하니
그의 말을 믿으세요.

특히 신들에 걸고 하는 이 맹세를 존중해서,

그리고 나와 그대 곁에 있는 이 사람들을 존중해서요.

(애탄가)[50]

(좌 1)

코로스   따르소서, 기꺼운 마음으로, 신중히 생각하여.

          왕이시여, 탄원합니다.   650

오이디푸스   그대는 대체 내가 무엇을 허락하길 원하시오?

코로스   이전에도 어리석지 않았고,

          지금은 맹세로 인해 강해진 그분을, 삼가 존중하십
          시오.

오이디푸스   그대가 무엇을 청하는지는 아시오?

코로스   압니다.

오이디푸스   그러

          면 말해 보시오, 무슨 생각인지.   655

(좌 2)

코로스   자기를 저주하는 맹세까지 한 친구를, 불확실한 말
          을 좇아

          비난 가운데 불명예스럽게 내치지 마십시오.

오이디푸스   이제 잘 알도록 하시오, 그대가 그것을 원한다
          면 이는 내가

          파멸하거나 이 땅에서 추방되기를 원하는 거나 다
          름없다는 사실을.

코로스   모든 신 가운데 맨 앞줄에 계시는 헬리오스[51])께
          걸고 말하건대   660

          결코 그렇지 않습니다. 제가 만일 그런 생각을 갖고

---

50) 코로스와 배우 사이의 서정적인 대화. 애탄가에서 코로스는 보통 여럿이 아니
   라 한 명인 것처럼 다뤄진다.

51) 태양신.

있다면,

신들께 버림받고 친구도 없이 가장 비참한 죽음으로

파멸할 것입니다. 한편에선 죽어 가는 땅이 불행한 저의 665

영혼을 괴롭히고 있습니다. 그런데 만일 옛 재앙에다

그대들 때문에 생긴 재앙까지 겹친다면 더욱 괴로운

일이 될 것입니다.

오이디푸스   그러면 그자는 가게 하시오. 내가 완전히 파멸

하거나

이 땅에서 명예 없이 강제로 쫓겨나야만 한다면. 670

왜냐하면 나는, 그자의 입이 아니라 그대의 불쌍한 입을

동정하기 때문이오. 이자는 어디에 있든 미움 받을

것이오.

크레온   당신은 양보하면서도 미움을 품은 게 분명하군요.

당신의 격정이

한도를 넘을 때는 사납고요. 그러한 천성은

마땅히 자신에게도 괴로움을 가져오는 법입니다. 675

오이디푸스   나를 좀 놔두고 나가지 못할까?

크레온   갈 겁니다,

분별없는 당신과 마주치긴 했지만, 이 사람들이 보

는 대로 공정한 자로서.   (크레온 퇴장)

(우 1)

코로스   부인이여, 이분을 집 안으로

모시길 왜 지체하시나요?

이오카스테   대체 무슨 일이 있었는지 우선 알고 나서요.   680

코로스   그저 얘기에 불과한 것에서 근거 없는 짐작이

　　　나왔고, 또 정당치 않은 비방이 있었던 것입니다.

이오카스테   두 사람 다에게서 비롯되었단 말인가요?

코로스   　　　　　　　　　　　　　　바로

　　　그렇습니다.

이오카스테   한데 어떤 얘기였던가요?

코로스   제가 보기엔, 충분합니다, 충분합니다. 이미 땅이

　　　고통 받고 있으니,   685

　　　그 다툼이 그친 그곳에 그대로 머물러 있게 하는 게

　　　좋겠습니다.

오이디푸스   그대의 의도는 좋지만, 그대가 내 가슴을 누그

　　　러뜨리고

　　　무디게 하다가 어떤 지경에 이르렀는지 알기나 하시오?

　　　(우 2)

코로스   오, 왕이시여, 제가 여러 번 말씀드렸습니다만,   690

　　　만일 제가 당신을 멀리한다면 정신 나간 자고,

　　　생각 없는 자로 보이리란 것을 부디 아십시오.

　　　당신은 저의 사랑하는 땅이 고통 가운데

　　　넋이 나간 것을, 바람을 타고 올바로 나아가도록 만

　　　드셨으며,   695

　　　지금도 다시 훌륭한 인도자로 드러나실 테니까요.

이오카스테   신들께 걸고 부탁하니, 제게도 가르쳐 주십시

　　　오, 왕이시여. 대체 어떤

일에 대해 그러한 분노를 품고 계신지.

오이디푸스 말하리다. 부인이여, 이는 내가 그대를 이들보
　　　　　다 훨씬 더 존중하기 때문이오.　　　　　　　　　700
　　　　　크레온 때문이오, 그가 나를 해치려 그러한 일을 꾸
　　　　　몄기 때문이오.

이오카스테 말씀해 보세요, 만일 당신이 그 언쟁을 상세히
　　　　　기억해 말할 수 있다면.

오이디푸스 그는 내가 라이오스를 죽였다고 주장하오.

이오카스테 자신이 잘 알고서 하는 말인가요, 아니면 다른
　　　　　사람에게서 듣고 하는 말인가요?

오이디푸스 그게 아니라, 그는 악당 예언자를 들여보냈소.　　705
　　　　　자신의 입은 그 책임에서 완전히 벗어나도록 말이오.

이오카스테 당신은 이제 그 주제를 벗어 던지고
　　　　　제 말을 주의해 들으세요. 인간은 예언의 기술을
　　　　　전혀 가질 수 없다는 걸 당신도 아시기 바랍니다.
　　　　　저는 당신께 이에 대한 아주 간결한 증거를 보이겠
　　　　　어요.　　　　　　　　　　　　　　　　　　　710
　　　　　예전에 라이오스에게 신탁이 내려진 적이 있기 때문
　　　　　이지요. 포이보스
　　　　　자신에게서라고 하지는 않겠어요……, 그 신을 모시
　　　　　는 자들로부터였지요.
　　　　　나와 그 사람 사이에 어떤 아이든 생긴다면
　　　　　그가 자식에 의해 죽음의 운명을 맞이하리라는 것
　　　　　이었습니다.
　　　　　그런데 소문에 따르자면, 다른 지방의　　　　　　715

강도들이 마차가 다니는 삼거리에서 그를 죽였어요.
한데 아이는, 태어난 지 사흘이 채 지나지
않았을 때, 라이오스가 두 발목을 뚫어 묶어서는[52]
인적 없는 산에 버리도록 다른 이들의 손에 맡겼지요.
그러니 아폴론은, 그 아이가 아버지를 살해하도록   720
만들지도 못했고, 라이오스로 하여금 그가 두려워
했던 무서운 일을 당하여,
아이 손에 죽게 하지도 못한 것입니다.
예언의 말씀은 이런 식인 거죠.
이들 중 어떤 것도 당신은 무서워하지 마세요. 왜냐
하면 신이
뭔가 필요하다 여기시면, 신 자신이 쉽사리 보여 주
시니까요.   725

오이디푸스   방금 그것을 들었을 때, 내 영혼이 얼마나 방황
하고
마음이 얼마나 요동하는지 모르겠소, 부인.

이오카스테   어떤 근심이 들기에 그리 놀라시는 건가요?

오이디푸스   나는 당신에게서 이렇게 들은 것 같소, 라이오
스가
마차가 다니는 삼거리 근처에서 피살되었다고.   730

이오카스테   그런 말이 나돌았고, 그 소문이 그치지 않으니
까요.

---

52) 사실은 발목을 쇠꼬챙이로 꿰어 버린 것을, 이오카스테는 '묶었다.'라고 조금
약하게 표현하고 있다.

오이디푸스 　그러면 그 폭력이 일어난 그 장소는 어디요?

이오카스테 　그 땅은 포키스라는 곳인데, 갈라진 길이

　　　　　 델포이와 다울리아로부터 와서 같은 곳에 이르지요.[53]

오이디푸스 　그러면 이 일이 있은 후 시간이 얼마나 흘렀소?　　735

이오카스테 　당신이 이 땅의 통치권을 차지하기

　　　　　 조금 전에 그 일이 도시에 전해졌습니다.

오이디푸스 　오, 제우스여, 저에게 무슨 일을 계획하신 겁니까!

이오카스테 　당신 속을 짓누르는 그 일은 무엇인가요, 오이

　　　　　 디푸스여?

오이디푸스 　아직 내게 묻지 마시오. 그보다 라이오스에 대

　　　　　 해 말해 보시오, 그가 어떤　　　　　　　　　　740

　　　　　 체격이었는지, 젊은 힘이 얼마나 절정에 다다라 있

　　　　　 었는지를.[54]

이오카스테 　피부가 거무스름하고,[55] 머리에 막 흰 터럭이 섞

　　　　　 여 나기 시작했으며,

---

53) 보통 라이오스는 산에 버린 아들이 어떻게 되었는지 알아보려고 신탁을 물으
러 가다가 죽은 것으로 알려져 있지만, 지금 이 구절을 바탕으로, 그가 신탁을
받고 오다가 죽었다고 해석하는 학자도 있다. 이오카스테가 문제의 삼거리를 묘
사하면서, 델포이에서 테바이를 향해서(원문에서 직접적으로 '테바이'라는 지명
을 언급하지는 않는다.) 가다가 다울리아 쪽에서 오는 길과 마주친다고 표현한
것은, 라이오스가 귀가하는 방향을 기준으로 삼았기 때문이라는 것이다.

54) 이상한 표현인데, 학자에 따라서는 이 구절이, 오이디푸스가 자신이 만났던
'노인'이 라이오스가 아니길 바라는 가운데 무의식적으로 튀어나온 것이라 보
기도 한다.

55) 'melas'로 쓰인 사본을 따랐다. 다른 사본 전통을 따르면 '키가 크고(megas)'로
옮길 수도 있다.

생김새는 당신과 많이 다르지 않았지요.

오이디푸스 아아, 불행하도다. 나는 방금 나 자신을 무서운
저주 속에
던져 넣고도 그걸 몰랐던 모양이오.   745

이오카스테 무슨 말씀이신가요? 당신을 보고 있자니 마음
이 불안해지는군요, 왕이시여.

오이디푸스 난 아주 두렵소, 혹시 그 예언자가 앞을 보는
게 아닐까 하고.
하지만 그대가 하나만 더 설명해 준다면, 사실을 더
잘 보여 주게 될 것이오.

이오카스테 그러면, 마음이 불안하지만, 당신이 물으시는
것을 듣고 대답하겠어요.

오이디푸스 그는 소수와 함께 갔소, 아니면 통치자답게   750
수행원 여럿을 데리고 갔소?

이오카스테 모두 해서 다섯이었지요, 그들 가운데는 전령
이 있었고요.
그리고 한 대의 사륜마차가 라이오스를 이끌었습니다.

오이디푸스 아아, 이제 분명하구나! 그 이야기를 당신들에게
해 준 사람은 대체 누구였소, 부인?   755

이오카스테 집안 하인이었습니다. 그 사람 혼자만 살아 돌
아왔지요.

오이디푸스 그러면 그가 지금 집 안에 있소?

이오카스테 아니, 없습니다. 그는 거기서 돌아와서, 당신이
권력을
잡은 것과 라이오스의 죽음을 확인한 이후부터

내 손을 잡고서 간청했지요,   760

자신을 시골로, 가축 떼가 있는 목장으로 보내 달라
고요,

가능한 한 멀리 이 도시로부터 벗어나 있도록.

그래서 저는 그를 떠나보냈지요. 그는 노예였지만

그보다 더 큰 호의라도 누릴 자격이 있었으니까요.

오이디푸스 어떻게든 그가 빨리 우리에게 돌아오게 할 수

있소?   765

이오카스테 그럴 수 있어요. 하지만 무엇 때문에 그러기를

원하시는지요?

오이디푸스 두렵소, 부인. 내가 지나치게 많은 것을

말하지나 않았나 싶어서 말이오. 그래서 그를 보려
는 거요.

이오카스테 어쨌든 그는 올 겁니다. 하지만 어떤 면에서 저도

당신 마음속의 힘든 일을 알 자격이 있습니다, 왕이

시여.   770

오이디푸스 물론 내가 그 정도로 걱정에 빠졌으니, 당신도

그걸

못 들을 건 없소. 사실 내가 이러한 행운[56] 속에 지
내는데,

이야기를 나눌 사람으로 당신보다 더 중요한 이가

어디 있겠소?

내 아버지는 코린토스의 폴뤼보스이고,

---

56) 비극적 아이러니의 표현.

어머니는 도로스의 자손인 메로페요.[57] 그리고 나는
거기 사는   775
시민들 중 가장 존귀한 자였소, 내게 그러한 불운이
닥쳐오기 전까지는. 그것은 놀랄 만한 일이었지만,
내가 열심을 낼 만한 일은 아니었소.
잔치에서 한 사내가 몹시 취해서, 술김에
내가 아버지의 진짜 아들이 아니라고 말했던 거요.   780
나는 기분이 상했지만 그날은 가까스로
참았소. 하지만 다음 날 어머니와 아버지께 가서
캐어물었소. 그러자 그들은 그런 비방을
함부로 내뱉은 자에게 참을 수 없이 화를 내셨다오.
그래 나는 이분들에게서는 기분이 풀어졌지만, 이
일은   785
계속 나의 신경을 건드렸소. 그 소문이 널리 번져
나갔기 때문이오.
그래서 어머니와 아버지 몰래 퓌토로
갔소. 한데 포이보스는 내가 찾아간 용건에 대해서는
나를 무시하여 돌려보내면서, 불쌍한 내게 다른
무섭고 불운한 것들을 던져 주었소. 내가   790
어머니와 몸을 섞게 될 것이며, 인간들이 참고
볼 수 없는 자손을 낳게 될 것이고,

---

57) 폴뤼보스가 시퀴온 사람이라고 하는 판본과 구별하기 위해 이렇게 자세히 밝
혔다는 해석도 있다. 메로페는 '도리스 사람'이라고 해도 되지만, 이 이야기가 배
경으로 삼은 시대는, 나중에 펠로폰네소스를 차지하게 되는 도리스인들이 아직
도착하지 않았던 때이므로, 원뜻을 살려 옮겼다.

내게 생명을 주신 아버지를 살해하리라는 거요.
그래서 나는 이 말을 귀여겨듣고, 그 이후로
별들을 보고 멀리서 거리를 재면서 코린토스 땅을   795
피해 다녔소. 사악한 신탁이 내게 정해 준
수치스러운 일이 결코 이뤄지지 않을 곳으로 말이오.
그러다가 그 장소에 도착했소, 당신이 말하길
이 통치자가 죽었다고 하는 그곳에.
당신께 진실을 다 말하리다, 부인. 그리고 계속 나아가   800
그 세 갈래 길 가까이에 다다랐을 때,
거기서 전령과, 당신이 말한 것처럼,
조랑말이 끄는 사륜마차 위에 탄 사내와
마주쳤소. 그러자 그 길잡이와 더 나이 든 그 사람이
나를 강제로 길에서 몰아내려 했소.   805
그래서 나는 화가 나서 그 밀쳐 대는 자를,
마차 몰이꾼을 때렸소.[58] 그러자 더 나이 든 쪽이 나
를 보면서
지나가는 걸 노리고 있다가 마차 위에서
내 머리 한가운데를 두 갈래 난 뾰족 막대기[59]로 내
리쳤소.

---

58) 802행의 '전령'과 804행의 '길잡이'는 같은 사람으로 보이고, 마차 몰이꾼은 마
차 옆에서 걸어가고 있었던 듯하다. 하인 둘이 뒤에 따라오고 있었다고 하면 일
행은 모두 다섯이 된다. 하지만 오이디푸스 자신이, 먼저 언급된 두 사람에게 어
떻게 했는지는 나오지 않고, 갑자기 얘기가 마차 몰이꾼에게로 건너뛰어 혼란을
주고 있다. 오이디푸스가 지금 기억하고 싶지 않은 장면을 무의식적으로 혼란스
럽게 전하는 것일 수도 있다.

59) 희랍에서는 짐승을 몰 때, 회초리로 때리지 않고 뾰족한 막대기로 찔렀다.

하지만 그는 자신이 한 만큼만 당한 게 아니라, 단번에   810
내 손의 지팡이에 맞아 마차 가운데서
곧장 고꾸라지며 굴러 떨어지게 되었소.
그리고 나는 그들을 모두 죽였소. 한데 만일 그 이방인이
방인이
라이오스와 친족 관계에 있다면,[60]
이제 누가 나보다 더 불행할 수 있겠소?   815
신들께 나보다 더 미움 받는 사람이 누구겠소?
이방인이나 시민들 중 누구도 그를 집 안에
맞아들일 수 없고, 말을 걸 수도 없으며,
집에서 쫓아내야 하니 말이오. 그리고 이 저주들을
내게 내린 사람은 다름 아닌 바로 나 자신이오.   820
한데 나는 죽은 이의 침상을, 그를 죽인
바로 그 손으로 더럽히고 있소. 나는 진정 사악한
본성을 타고났단 말이오?
정말 철저히도 불결한 자 아니겠소? 만일 내가 추방
되어야 한다면,
그리고 추방되어 내 친족들을 보는 것도
조국에 발을 들여놓는 것도 허용되지 않는다면 말
이오. 그렇지 않으면 나는   825
어머니와 결혼으로 묶이고, 내게 생명을 주시고 길
러 주신
아버지 폴뤼보스를 살해해야 할 터이니 말이오.

---

60) '라이오스라면'이라고 말하기가 두려워서 에둘러 말하고 있다.

누구든 나에 대해 판단하면서, 잔인한 신이 이 일들을
이룬 것이라고 한다면, 그야말로 제대로 추론한 게
아니겠소?
오, 신들의 정결한 존귀함이여, 결코, 결코   830
내가 그날을 보지 않기를! 그와 같은 재앙의
오염이 내게 닥치는 것을 보기 전에 차라리
인간들 눈앞에서 사라지기를!

코로스 장   오, 왕이시여, 그 사건에 대해 저희도 근심스럽
긴 합니다만,
그 자리에 있었던 자에게 물어보기 전까지는 희망
을 가지십시오.   835

오이디푸스   사실 내게 희망은 그 정도뿐이오,
그저 그 목자(牧者)를 기다리는 것 말이오.

이오카스테   그가 나타나면 대체 어쩔 의향이신가요?

오이디푸스   내 그대에게 가르쳐 주리다. 만일 그가 당신과
같은 말을 한다면,
최소한 나는 해를 면하고 벗어나게 될 것이오.   840

이오카스테   제게서 무슨 특별한 말을 들으셨기에 그러시나요?

오이디푸스   그가 '강도들'이라고 말했다고 당신이 그랬소,
그들이 그를 죽였다고. 그러니 만일 그가 여전히
같은 숫자를 말한다면, 나는 그를 죽이지 않은 것이오.
왜냐하면 하나가 저 다수와 같을 수는 없기 때문이오.   845
하지만 만일 그가 '홀로 길 가던 한 사람'이라고 말
한다면, 그때는
명백히 그 책임이 내게로 떨어질 거요.

이오카스테 하지만 그는 분명히 다수였다고 말했습니다.

그리고 그가 자신의 말을 뒤집는 건 불가능합니다.

왜냐하면 저뿐만 아니라 온 도시가 그 말을 들었으 850
니까요.

하지만 왕이시여, 혹시 그가 뭔가 예전과

달리 말하더라도, 어쨌든 라이오스의 피살이

예언과 부합하는 것이 되지는 않을 거예요. 록시아
스께서는 그가

내 아이에게 죽으리라고 분명히 말씀하셨으니까요.

하지만 저 불쌍한 아이는 그를 죽이기는커녕, 855

자신이 먼저 죽어 버리고 말았지요.

그러니 앞으로 저는 결코 신탁 때문에

이런저런 고심을 하지는 않을 거예요.

오이디푸스 잘 판단하셨소. 하지만 그래도 그 일꾼을

부르러 사람을 보내고, 이 일을 소홀히 하지 마시오. 860

이오카스테 서둘러 보내겠어요. 하지만 집 안으로 들어가
세요.

저는 당신의 마음에 들지 않는 어떤 일도 하지 않을
테니까요.   (오이디푸스와 이오카스테 퇴장)

(제2정립가)

코로스 (좌 1)

내가 말에서도 모든 행동에서도

경건한 정결함을 지닌 가운데, 운명이

나와 함께하였으면! 그 언행을 명하는 법도는 높이

내딛는 발을 지니고   865
앞에 놓여 있으며, 그 법도는 천상의
아이테르⁶¹⁾에서 태어났으니. 그 법들의 아버지는
올륌포스⁶²⁾뿐이며, 인간들의
필멸의 본성이 그들을
낳지도 않았고, 망각도   870
그들을 잠재우지 못하도다.
그들 가운데서 신은 강하시고, 늙지도 아니하시도다.

(우 1)

오만은 폭군을 낳는 법. 오만함이
공연히 많은 것으로, 시기도 적절치 않고
득도 되지 않는 것으로 지나치게 채워지면,   875
그것은 지붕 꼭대기로 기어올라,
깎아지른 필연을 향해 치닫는 법.
거기서는 유용한 발도
쓸데없도다. 하지만 도시에
유익한 경쟁은 결코 없애지 마시길   880
나는 신께 기원하노라.
나는 신을 수호자로 모시길 결코 그치지 않으리.

(좌 2)

하지만 만일 누군가가 완력이나 말을
교만하게 사용하면서

---

61) 불사의 신들이 숨 쉬는 순수한 공기로, 천계를 이루는 물질.
62) 신들의 거처가 있다는 희랍 북부의 산.

정의도 두려워 않고, 신들의   885
자리도 존경치 않는다면,
그 불운한 방자함 때문에
사악한 운명이 그를 채어 가리라,
만일 그가 이득을 정당하게 취하지 않고,
불경한 것들을 멀리하지 않거나,   890
혹은 어리석게 행하여 손대면 안 될 것에 손을 댄다면.
대체 누가 이런 짓을 행하면서도 신의 화살이
제 영혼에 닥치는 것을 막을 수 있으리오?
만일 이런 짓들이 존경을 받는다면   895
내가 왜 춤을 추어야 하리오?[63]

(우 2)

만일 이것들이,[64] 모든 사람이
손가락으로 가리켜 보일 만큼 들어맞지 않으면,
내 더는 대지의 손 댈 수 없는 배꼽[65]으로

---

63) 이 구절은 두 가지 점에서 관심을 끌고 있다. 우선 여기서 코로스가 자기들을
극중 인물(테바이의 원로들)로 여기지 않고, 연극에 참여하여 춤을 추는 사람들
로 규정함으로써, 말하자면 극적인 환상을 깨뜨리고 있다는 점 때문이고, 또 이
제까지 오이디푸스의 편이었던 코로스가 여기서 혹시 그를 비판하는 게 아닌가
하는 점 때문이다. 후자와 관련해서는, 코로스가 신탁에 대한 불신을 다른 불경
스러운 짓들과 더불어 일반적인 시각에서 비판하는 것이라고 보는 입장과, 그보
다는 강하게, 이 합창이 오이디푸스로 대표되는 합리주의에 대한 비판이라고 보
는 입장이 있다.
64) '예언과 신탁들'을 가리키는 것으로 보인다.
65) '대지의 배꼽'은 델포이를 가리킨다. 2차 페르시아 전쟁 때 다른 성역들은 거의
다 침탈을 당했으나, 델포이는 신이 스스로 지켰다고 전해진다.(헤로도토스, 『역
사』 8권 36장 이하 참고.)

존경심 품고 가지 않으리,   900

아바이[66]의 신전에도,

올륌피아[67]에도 가지 않으리.

하지만, 오, 통치자 제우스여, 그대가 이렇게 불리는 게

제대로 된 것이라면, 모든 것을 다스리시는 이여, 그것

이[68]

당신과 당신의 영원불멸한 지배를 피하지 못하게 하

소서.   905

〈오래전에 주어졌지만〉[69] 스러져 가는, 라이오스에

대한

예언을 사람들은 이제 생각지 않고 있으며,

아폴론은 어디서도 명예로이 빛나지 못하고,

신들을 향한 존경은 오히려 흩어지고 있기 때문이외다.   910

(이오카스테 등장)

이오카스테   이 지역의 원로들이여, 손에 양털 장식들과

---

66) 포키스 북서쪽의 도시. 아폴론의 신탁소가 있던 곳으로, 뤼디아 왕 크로이소스가 신탁을 물었던 곳 중 하나이다.(헤로도토스, 『역사』 1권 46장 참고.) 기원전 480년 크세륵세스의 침입 때는 약탈을 당했다.

67) 올륌피아 경기가 열렸던 펠로폰네소스 중서부의 도시. 제우스와 여러 다른 신들의 신전이 있었다.

68) '예언과 신탁의 성취'를 가리키는 것으로 보인다.

69) 전해지는 사본에는 없지만 학자들이 꼭 필요하다고 생각해서 끼워 넣은 구절들은 〈 〉로 묶어 인쇄하고, 사본에는 있지만 삭제하는 게 옳다고 여기는 경우에는 [ ]로 묶어서 인쇄하는 것이 서양 고전학의 관행이다.

향(香) 제물을 들고서 신들의 성전으로
찾아가야겠다는 생각이, 제게 떠올랐습니다.
오이디푸스께서 온갖 괴로운 감정으로
마음을 심하게 혹사하며, 분별 있는 사람답게   915
새로운 일들을 옛 일에 비추어 판단하지 않고,
누가 두려운 얘기를 하면 그 사람에게 귀기울이시니
말입니다.
그래서 제가 무슨 말을 해도 소용이 없기에,
오, 뤼케이오스 아폴론이시여, 그대가 가장 가까이
계시니[70]
이 기원의 제물들을 가지고서 그대에게로 탄원하러
왔습니다,   920
당신께서 우리에게 어떤 빛나는[71] 해결책을 주시도록.
저희 모두는 지금 그의 혼란스러운 모습을 보고,
마치 배의 키잡이가 길 잃은 것을 보듯 가슴 졸이고
있기 때문입니다.

(코린토스의 사자 등장)

사자 오, 이방인들이여, 내가 그대들에게서 통치자

---

70) 왕궁 앞에 아폴론의 신상이 모셔져 있는 것으로 보인다.
71) '정결한'으로 옮길 수도 있다. '빛나는'이라고 옮기면 방금 나온 코로스의 노래
   와 호응하며, '뤼케이오스'라는 아폴론의 호칭과 잘 맞는다는 장점이 있고, '정결
   한'이라고 옮기면, 이 땅을 오염시킨 것이 사실은 오이디푸스라는 점 때문에 아
   이러니가 된다는 장점이 있다.

오이디푸스의 거처가 어디인지 들을 수 있겠소?　　　925

아니 그보다 그분이 어디 계신지 안다면 말해 주시오.

코로스 장　이것이 그의 궁전이고, 그분 자신은 안에 계신다

오, 이방인이여.

그리고 이분은 그의 부인이자, 그의 자녀들의 어머

니라오.

사자　아, 이분이 행복한 이들과 함께 언제나

행복하시길! 그녀는 저분의 온전한 배필이시니.　　　930

이오카스테　오, 이방인이여, 그대도 행복하시길! 그대는 그

축복의 말 때문에

그럴 자격이 있으니. 한데, 말해 주시오, 무엇을

원해서 그대가 왔는지, 그리고 무엇을 전하기 위해

서인지.

사자　그대의 집안과 남편께 좋은 소식입니다, 부인.

이오카스테　그것이 무엇인가요? 그리고 그대는 누구에게서

왔나요?　　　935

사자　코린토스에서 왔습니다. 한데 제가 곧 전해 드릴 말에

한편 기쁘시겠지만, 어찌 안 그렇겠습니까, 또한 괴

로우실 수도 있습니다.

이오카스테　대체 무엇인가요? 하나의 말이 어떻게 그처럼

두 가지 힘을 가졌나요?

사자　이스트미아[72) 땅에 사는 사람들이 그분을

통치자로 세울 것입니다. 그들은 그렇게 결정하였습

---

72) 희랍 본토와 펠로폰네소스를 잇는 코린토스 지협(이스트모스) 부근.

니다. 940

이오카스테 뭐라고요? 노인이신 폴뤼보스께서 아직도 권력
을 갖고 계시지 않던가요?

사자 전혀 아닙니다. 죽음이 그분을 무덤 속에 붙들고 있
으니까요.

이오카스테 무슨 말인가요? 폴뤼보스께서 돌아가셨나요,
노인이여?

사자 제가 진실을 말하는 게 아니라면 죽어 마땅합니다.

이오카스테 오, 시녀여, 얼른 주인께 가서 945
이것을 전하지 않겠는가? 오, 신들의 신탁들이여,
너희는 어디 있는가? 이전에 오이디푸스께서 그분을
죽이게 될까 두려워 피해 다녔건만, 이제 그분은
오이디푸스에 의해서가 아니라 운에 따라 스러지셨
구나.

(오이디푸스 등장)

오이디푸스 오, 아내인 이오카스테의 가장 친근한 머리여,[73] 950
왜 나를 여기 집 밖으로 불러냈소?

이오카스테 이 사람의 말을 들어 보세요. 잘 듣고 살펴십시오,
저 신의 그 존엄한 신탁이 어떤 결과에 도달하였는지.

오이디푸스 그런데 이 사람은 누구이며, 나에게 무슨 말을
전하고 있소?

---

73) 40행 각주 참고.

이오카스테   그는 코린토스로부터, 당신의 아버지 폴뤼보스
께서   955
더는 살아계시지 않고 스러지셨음을 전하러 왔습니다.

오이디푸스   무슨 말인가, 이방인이여? 당신이 나에게 직접
말해 보시오.

사자   제가 먼저 이것을 분명하게 전해야 한다면,
잘 들으시기 바랍니다, 그분께서는 죽어 떠나셨습니다.

오이디푸스   음모 때문인가, 아니면 질병이 끼어들었는가?   960

사자   늙은 육체는 조금만 기울어져도 잠들게 되는 법입니다.

오이디푸스   아마도 그 불쌍하신 이는 병으로 돌아가신 모
양이구려.

사자   그렇습니다. 그리고 긴 세월을 헤아리셨기[74) 때문이
지요.

오이디푸스   아아, 부인이여, 대체 사람이 퓌토의 예언하는
화로나
위에서 지껄이는 새들을 살필 이유가   965
뭐 있겠소? 그것들의 가르침에 따르면 내가
내 아버지를 죽일 것이었다니 말이오. 하지만 그분
은 이미
죽어서 땅 밑에 숨어 계시오, 나는 여기 이렇게
창을 건드리지도 않고 있는데 말이오. 혹시 그분이
내가 그리워서

---

74) '나이를 많이 먹었다.'라는 뜻이다. 이 작품에는 측정과 관련된 단어들이 많이
나온다. 이와 관련해서 '오이디푸스(Oidipous)'라는 이름을 '발(pous)로 재어 안
다(oida)'는 뜻으로 해석하는 학자도 있다.

돌아가셨다면 모를까. 그랬다면 나 때문에 돌아가셨
다고도 할 수 있겠지.   970
하지만 어쨌든 아무 가치도 없는 이전의 예언은
폴뤼보스께서 움켜쥐고 하데스 곁에 누워 계시오.

이오카스테   제가 벌써 전에 당신께 예고해 드리지 않았던
가요?

오이디푸스   그랬지요. 하지만 나는 두려움 때문에 곁길로
이끌렸소.

이오카스테   이제 그런 예언을 더는 마음에 두지 마십시오.   975

오이디푸스   하지만 어떻게 내가 어머니의 침상을 피하지
않을 수 있겠소?

이오카스테 사람이 왜 두려움을 가져야 하나요, 운수가 그를
지배하고, 그 어떤 일에 대한 예견도 확실치 않은데요?
누구든 되도록 신경 쓰지 않고 사는 게 최선입니다.
그리고 그대는 어머니와의 결혼에 대해 두려워하지
마세요,   980
필멸의 인간들 중 여럿이 이미 꿈에서도[75]
어머니와 함께 잤으니까요. 이런 것을 아무 일도 아
닌 듯
여기는 사람이 삶을 가장 쉽게 견디는 법입니다.

오이디푸스   나를 낳아 주신 분이 마침 살아 계시지 않다면야,
그대의 얘기 모두가 아주 옳다고 할 거요. 하지만 그

---

75) '신탁에서뿐 아니라 (신탁만큼이나 사람들이 믿는) 꿈에서도'라는 뜻이다. 헤
로도토스의 『역사』 6권 107장에 힙피아스가 그런 꿈을 꾼 것으로 나온다.

분이   985

아직 살아계시니, 그대 말이 옳긴 하지만, 그분을 피
해야만 하오.

이오카스테 하지만 아버지의 무덤은 정말 큰 눈이지요[76].

오이디푸스 크지요, 동의합니다. 하지만 내가 두려운 것은
살아 있는 여인이오.

사자 어떤 여인에 대해 그렇게 두려워하시는지요?

오이디푸스 폴뤼보스와 함께 살아오신 메로페 때문이오,
노인장.   990

사자 한데 무엇 때문에 그분이 당신들께 두려움이 되었나요?

오이디푸스 신께서 보내신 무서운 신탁 때문이오, 이방인이여.

사자 제가 알아도 되는 것입니까, 아니면 다른 이가 알면
법도에 어긋나는 일입니까?

오이디푸스 물론 괜찮소. 록시아스께서 언젠가 말씀하시길,
내가 내 어머니와 몸을 섞고, 또 내 손으로   995
아버지의 피를 흘리게 되리라 하셨던 것이오.
이것들 때문에 나는 코린토스의 고향 집을
벌써 오랫동안 멀리해 왔소. 행운을 누리긴 했지만,
그래도
낳아 주신 분들의 눈을 보는 것이 가장 행복한 일인
데 말이오.

---

76) '눈'은 보통 '매우 소중한 것' 또는 '빛'을 의미하며, 이 구절은 '아버지가 돌아
가신 것은 (예언을 믿을 필요가 없다는 주장에 대한) 중요한 근거가 된다.' 하는
정도의 의미로 보아야 할 것이다. 이 작품에서 '손', '발'과 함께 '눈'도 중요한 단
어여서, 조금 어색하지만 원래의 표현 그대로 옮겼다.

사자   그러면 정말 그 일이 두려워 그곳을 떠나 망명자가
되셨습니까?   1000

오이디푸스   그리고 아버지의 살해자가 되지 않으려 했던
것이오, 노인장.

사자   제가 호의를 품고 왔기에, 그 두려움으로부터
당신을 풀어 드린 것 아닌가요, 왕이시여?

오이디푸스   물론 그대는 내게서 합당한 보답을 받게 될 것
이오.

사자   물론 제가 온 가장 큰 이유는 그것입니다, 즉 당신
이 고향 집으로   1005
돌아오시면 제가 뭔가 득을 얻지 않을까 해서죠.

오이디푸스   하지만 나는 결코 내 부모님들 곁으로는 가지
않을 것이오.

사자   오, 아들이여, 그대는 자신이 무슨 일을 하고 있는지
모르는 게 아주 확실하구려.

오이디푸스   무슨 뜻이오, 노인장? 신들께 걸고 부탁하니 가
르쳐 주시오.

사자   그분들 때문에 그대가 고향 집을 피하신다면 말입
니다.   1010

오이디푸스   포이보스께서 내게 예언하신 게 이루어질까 두
려워서요.

사자   부모님 때문에 더럽혀질까 하여 그러시는 겁니까?

오이디푸스   바로 그거요, 노인장. 그 일은 나를 항상 두렵
게 한다오.

사자   그대는 진정 아무 일도 아닌 걸 두려워하고 있음을

아십니까?

오이디푸스 하지만 어떻게 아무것도 아니겠소, 내가 그 부
　　　　　모님의 아들로 태어났다면?　　　　　　　　　　　1015

사자 폴뤼보스는 혈통상 그대와 아무 관련이 없기 때문
　　　입니다.

오이디푸스 무슨 말이오? 폴뤼보스께서 나를 낳지 않았단
　　　　　말이오?

사자 저보다 조금도 더 그렇지 않고, 꼭 저만큼만 그렇습
　　　니다.

오이디푸스 대체 어떻게 낳아 주신 분과 남이 같을 수 있소?

사자 하지만 그분도 저도 그대를 낳진 않았습니다.　　　1020

오이디푸스 하지만 그렇다면 대체 왜 저분께서 나를 아들
　　　　　이라고 부르셨소?

사자 분명하게 알아 두십시오. 그분은 언젠가 그대를 저
　　　의 손에서 선물로 받으셨던 겁니다.

오이디푸스 남의 손에서 얻었는데도 그토록 사랑하셨단 말
　　　　　이오?

사자 그분은 이전에 자식이 없었기에 그토록 마음이 움
　　　직이셨던 것입니다.

오이디푸스 한데 당신은 나를 사서 그분께 드렸소, 아니면
　　　　　우연히 얻었소?　　　　　　　　　　　　　　　1025

사자 키타이론의 나무 우거진 계곡에서 발견했습니다.

오이디푸스 그러면 당신은 무슨 일로 그 지역을 지나고 있
　　　　　었소?

사자 거기서 산에 있는 가축들을 돌보고 있었습니다.

오이디푸스   그러면 당신은 목자고, 삯일을 찾아다니는 떠돌이였단 말이오?

사자   하지만 아들이여, 그때는 그대의 구원자였습니다.   1030

오이디푸스   당신이 나를 품에 안았을 때 대체 내가 어떤 고통을 당하고 있었단 말이오?

사자   그대 발의 관절이 증언해 줄 수 있을 것입니다.

오이디푸스   아아, 무슨 옛적 불행을 입에 담는 것이오?

사자   저는 당신의 두 발이 꼬챙이에 꿰뚫려 있는 걸 구해 냈습니다.

오이디푸스   그럼, 나는 강보에서부터 그 무서운 흉을 얻었구려.   1035

사자   그래서 그 불운 때문에 당신의 이름이 붙여졌지요.[77]

오이디푸스   오, 신들께 걸고 부탁하니, 어머니가 그랬소, 아니면 아버지가? 말해 주시오.

사자   저는 모릅니다. 하지만 그건 건네준 사람이 저보다 더 잘 알 겁니다.

오이디푸스   그럼, 날 다른 사람에게서 얻었단 말이오, 당신이 직접 주운 게 아니라?

사자   아닙니다. 다른 목자가 제게 넘겨 주었습니다.   1040

오이디푸스   그 사람이 누구요? 그대는 말로 밝힐 수 있소?

사자   사람들은 그가 라이오스의 신하 중 하나라고 했습니다.

오이디푸스   옛날, 그 시절 이 땅의 통치자 말이오?

---

77) 129행 각주 참고.

사자   물론입니다. 그는 라이오스 왕의 목부(牧夫)였지요.

오이디푸스   그러면 그 사람은 지금도 살아 있소? 내가 만

날 수 있소?   1045

사자   이 지방 사람인 그대들이 잘 아시겠지요.

오이디푸스   곁에 있는 그대들 중에, 이 사람이 말하는

목부를 잘 아는 누구 없소?

들판에서든, 이곳에서든 그를 본 사람 없소?

고하시오, 이것이 밝혀질 적절한 때이니.   1050

코로스 장   제 생각에는 들판에 있다는 그 사람, 그대가 진

작부터

보기를 원했던 바로 그이인 듯합니다만,

여기 계신 이오카스테께서 가장 잘 말씀해 주실 수

있을 것입니다.

오이디푸스   부인, 방금 우리가 불러오게 한 그 사람을

아시오? 이 사람이 말하는 이가 그요?   1055

이오카스테   이 사람이 누구에 대해 말했든 무슨 상관인가

요? 신경 쓰지 마세요.

공연한 소리를 쓸데없이 되새기려 하지 마세요.

오이디푸스   어떻게 그럴 수 있겠소, 이런 실마리가 있는데

도 내가

나 자신의 혈통을 밝히지 않는다는 게?

이오카스테   신들께 걸고 바라건대, 그대 자신의 삶을 조금

이라도 걱정한다면   1060

제발 그것을 추적하지 마세요. 저는 충분히 고통을

겪고 있어요.

오이디푸스 걱정 마시오, 설사 내가 삼 대째 노예인 어머니
　　　의 자식이라는 게 드러난다 해도
　　　그대는 전혀 신분이 비천한 여자로 보이지 않을 터
　　　이니.[78]

이오카스테 하지만 제 말을 들으세요, 탄원합니다. 그러지
　　　마세요.

오이디푸스 이 일을 확실하게 알아보지 말라는 말은 들어
　　　줄 수 없소.　　　　　　　　　　　　　　　　　　　1065

이오카스테 저는 당신 편에서 가장 좋은 걸 말씀드리는 것
　　　입니다.

오이디푸스 한데 그 '가장 좋은 것'이 아까부터 나를 성가
　　　시게 하고 있소.

이오카스테 아, 불행한 이여, 그대가 누구인지 결코 알지
　　　못하기를!

오이디푸스 누가 날 위해 가서 그 목부를 이리 데려오겠는가?
　　　이 여인은 부유한 가문의 혈통을 즐기도록 내버려
　　　두고.　　　　　　　　　　　　　　　　　　　　　1070

이오카스테 아아, 아아, 가련한 이! 나는 그저 당신을 향해
　　　이 말밖에 할 수 없군요.
　　　하지만 이후로는 결코 다른 어떤 말도 하지 않을 거
　　　예요.　　　　　　　(이오카스테가 집으로 들어간다.)

코로스 장 오이디푸스여, 부인께서는 대체 어찌하여 저리

---

78) 오이디푸스는 자기 혈통을 알아보려는 시도에 대해 이오카스테가 반대하는
　　것을, 대대로 왕족인 이오카스테가 혹시나 남편이 천한 집안 출신으로 밝혀지면
　　자기 위신이 깎일까 봐 두려워하는 걸로 오해하고 있다.

괴로워하며

갑작스레 떠나 버리셨나요? 저는 두렵습니다,

저 고요함으로부터 무시무시한 일이 터져 나오지나

않을까 하고 말입니다. 1075

오이디푸스   원하는 대로 터져 나오게 두시오. 하지만 나는

나의 혈통을,

설사 그것이 비천하더라도 내 눈으로 확인해야겠소.

그녀는 여자들이 늘 그렇듯이 자부심을 가졌으니,

아마도

나의 천한 출생을 부끄럽게 여길 것이오.

하지만 나는 나 자신을, 좋은 것을 베푸시는 1080

행운의 아들로 여기므로, 업신여김을 당하지 않으리다.

나는 그 행운을 어머니 삼아 태어났으니. 나의 친족

인 달님은

나를 작게도 크게도 정해 주었소.

나는 그렇게 타고났으니 앞으로 결코 다르게는 될

수가 없소,

나 자신의 혈통을 밝혀낼 수밖에 없소. 1085

(제3정립가)

코로스   (좌)

만일 내가 조금이나마 예언의 능력이 있고,

지식을 갖춘 현자라면,

오, 키타이론이여, 올륌포스에 맹세코,

그대는 내일 보름달이 뜰 때면 반드시 알게 되리라,

오이디푸스께서 그대를 동향 땅으로,   1090
유모로, 어머니로 높였다는 것을,
그리고 우리가 춤추며 그대를
기린다는 것을. 그대는 우리의 통치자들께
기꺼운 봉사를 바쳤기 때문이어라.   1095
'이에' 외침 받으시는 포이보스여, 이 말들이
당신의 마음에 들기를!

(우)

누가 그대를, 아이여, 누가 그대를
낳았는가? 오래 사는 이들[79] 가운데 하나인가,
산을 쏘다니는 판[80]을 가까이하여,   1100
그를 아버지로 삼아? 아니면 그대를 록시아스의 어
떤 연인이
낳았는가? 그분께는 꼴 먹이는 모든 고원이 사랑스
러우니.
아니면 퀼레네의 지배자[81]께서,
아니면 산정(山頂)에 거하시는   1105
박코스 추종자들의 신께서 그대를
기쁜 선물로 받으셨는가,
그가 가장 자주 어울리시는
헬리콘 산[82]의 요정들 가운데 하나에게서?

---

79) 요정.
80) 목신(牧神). 상반신은 인간 모습을 하고, 하반신은 염소 모양을 하고 있다.
81) 헤르메스. 그는 아르카디아의 퀼레네 산에서 태어났다고 한다.
82) 델포이 동쪽에 있는 산.

오이디푸스　원로들이여, 나는 그와 한 번도 교유한 적이 없

지만　　　　　　　　　　　　　　　　　　　　1110

추측컨대 우리가 전부터 찾던

바로 그 목부를 보고 있는 듯하오. 그는 나이를 많

이 먹은 것이

여기 있는 이 사자와 비슷하니 말이오.

게다가 그를 이끌고 오는 사람들은 분명히 내 집안

하인들이니 말이오. 하지만 그대는 이전에 그 목부

를 본 적이 있으니,　　　　　　　　　　　　　1115

아마 나보다 더 잘 알 수 있을 것이오.

코로스 장　그렇습니다, 제가 알아봅니다. 확실합니다. 그는

라이오스의 하인이었고,

목자로서 누구보다 믿을 만한 사람이었습니다.

오이디푸스　코린토스의 이방인이여, 우선 그대에게 묻겠소.

그대는 이 사람을 말했던 것이오?

사자　　　　　　　　　　　　　　그대가 보고 계시

는 바로 이 사람입니다.　　　　　　　　　　　1120

오이디푸스　노인장, 거기 있는 당신, 이쪽을 보고 내가 묻

는 말에

답하시오. 그대는 이전에 라이오스의 신하였는가?

하인　사들인 노예가 아니라 집에서 자란 사람이었습니다.

오이디푸스　어떠한 일을, 혹은 어떤 살림을 돌보았는가?

하인　거의 평생 가축들을 따라다녔습니다.　　　　1125

오이디푸스　대개 어떤 지역에 머물렀는가?

하인　때로는 키타이론 산이었고, 때로는 그 인근 지역이

었습니다.

오이디푸스 그러면 여기 이 사람을 그곳 어디선가 보아 알
고 있는가?

하인 그가 무슨 일을 하는 걸 보았단 말씀입니까? 대체
누구 얘기를 하시는 건가요?

오이디푸스 여기 있는 이 사람 말이오. 전에 그와 교유한
적이 있는가?   1130

하인 기억이 나지 않아 얼른 답할 수가 없습니다.

사자 놀랄 일이 전혀 아닙니다, 주군이시여. 하지만 그가
알아보지 못하니, 제가
분명히 상기시키겠습니다. 저는 그와 알고 지냈던 걸
잘 기억하니까요. 그때 키타이론 지역에서
그는 두 무리의 가축을, 저는 한 무리를 데리고 있
었는데,   1135
저는 이 사람과 함께 꼬박 삼 년간
봄부터 아륵투로스[83]가 뜰 때까지 여섯 달 내내 돌
아다녔지요.
그러다가 겨울이 되면 저는 저의 축사로 짐승들을
몰아가고, 이 사람은 라이오스의 외양간으로 갔지요.
내가 제대로 얘기하는 거요, 아니면 없던 사실을 얘
기하는 거요?   1140

하인 진실을 말하고 있소, 오래전의 일이긴 하지만.

---

83) 목동자리의 으뜸별. 기원전 5세기 후반에 이 별은 추분(9월 20일 또는 21일)
일주일 전부터 보이기 시작했다.

사자　자, 이제 말해 보시오. 그때 어떤 아이를 내게 준 것을
　　　기억하오, 내 양자로 기르라고?

하인　대체 무슨 말이오? 왜 이런 걸 묻는 거요?

사자　오, 친구여, 그때의 그 어린아이가 바로 이분이오.　　1145

하인　파멸 속으로 꺼져 버려라! 입 다물지 못하겠느냐!

오이디푸스　어허, 노인장, 그 사람을 비난하지 마시오, 이
　　　사람의 말보다는
　　　그대의 말이 더 비난받아 마땅하니 말이오.

하인　오, 주군들 중 가장 뛰어나신 이여, 대체 제가 무슨
　　　잘못을 하고 있단 말입니까?

오이디푸스　이 사람이 묻는 아이에 대해 말을 하지 않는
　　　것이 잘못이오.　　1150

하인　그는 아무것도 모르면서 떠들고, 공연히 애쓰고 있
　　　기 때문입니다.

오이디푸스　좋게 대할 때 말하지 않으면, 그대는 울면서 말
　　　하게 되리라.

하인　신들의 이름으로 비오니, 제발 이 늙은이를 학대하
　　　지 마십시오.

오이디푸스　누가 얼른 이자의 손을 잡아 비틀지 않겠느냐?

하인　가련하도다.[84] 무엇 때문에 그러십니까? 무엇을 더
　　　알고자 하시나요?　　1155

오이디푸스　이 사람이 말한 그 아이를 그에게 주었는가?

---

84) 보통 자기 연민으로 해석하나, 1071행의 이오카스테의 말을 보면 오이디푸스
　　를 두고 하는 말일 수도 있다.

하인 주었습니다. 차라리 내가 그날 죽어 버렸더라면 좋
     았을 것을!

오이디푸스 지금이라도 제대로 말하지 않으면 그렇게 될 것
     이다.

하인 하지만 진실을 말하면 저는 더욱 파멸하고 말 것입
     니다.

오이디푸스 내가 보기엔 이자가 시간을 끌고 있군!   1160

하인 전혀 아닙니다. 건네주었다고 벌써 말씀드리지 않았
     습니까.

오이디푸스 어디서 얻었는가? 그대 집안의 아이인가, 아니
     면 다른 데서 온 아이였나?

하인 제 아이는 아니고, 다른 데서 받았습니다.

오이디푸스 이 시민들 중 누구에게서, 그리고 어떤 집으로
     부터인가?

하인 신들께 걸고 비오니, 제발, 제발, 주인이시여, 더는 묻
     지 말아 주십시오.   1165

오이디푸스 내가 다시 한 번 똑같은 질문을 하게 한다면
     그대는 죽어 있으리라.

하인 그러시다면……. 라이오스의 친척들 중 누군가였습
     니다.

오이디푸스 노예였는가, 아니면 그의 혈족 가운데 하나였는가?

하인 아아, 말하기 무서운 진실 바로 앞에 이르렀구나!

오이디푸스 나도 듣기 무서운 진실 앞에 이르렀다. 그래도
     들어야 한다.   1170

하인 그때 그분의 아이라고들 했습니다만, 안에 계신

당신 부인께서 어찌 된 일인지 가장 잘 말씀하실 수 있으십니다.

오이디푸스 그녀가 그대에게 주었단 말인가?

하인   물론입니다, 왕이시여.

오이디푸스 어쩌라는 것이었나?

하인   저더러 그 아이를 없애 버리라는 것이었습니다.

오이디푸스 어미가 감히 그런 짓을 한단 말인가?

하인   예, 불길한 예언이 두려워서였습니다.   1175

오이디푸스 어떤 예언인가?

하인   그 아이가 부모님을 죽일 것이라는 말씀이었습니다.

오이디푸스 그대는 대체 왜 이 노인에게 넘겨 주었는가?

하인 아이가 가여워서였습니다, 오, 주인이여. 자기 고향인 다른 땅으로
     데려가리라 생각해서 말입니다. 한데 그는 아이를 구하여
     가장 큰 불행이 일어나게 하였습니다. 만일 이 사람이 말하는 그가   1180
     당신이라면, 그대는 불운하게 태어났다고 생각하십시오.

오이디푸스 아아, 아아, 모든 것이 이뤄질 수밖에 없었구나, 명백하게!

오, 빛이여, 이제 내가 너를 보는 게 마지막이 되기를!
태어나서는 안 될 사람들에게서 태어나서, 어울려서
는 안 될
사람들과 어울렸고, 죽여서는 안 될 사람들을 죽인
자라는 게 드러났으니!   1185

                    (오이디푸스가 집 안으로 들어간다.)

(제4정립가)

코로스   (좌 1)

아아, 필멸의 인간 종족이여,
그대들이 살아 있을 때조차 아무것도 아님을
내 얼마나 헤아렸던가!
대체 누가, 어떤 인간이
겉으로만 행복해 보이고, 그러다가   1190
기울어 저무는 것 이상의
행복을 얻고 있는가?
오, 가여운 오이디푸스여, 내 그대의,
그대의, 그대의 운명을
거울로 삼아, 그 어떤 인간도   1195
행복하다 여기지 않으리.

(우 1)

다른 이를 넘어서도록
화살을 날려,[85] 모든 면에서

---

85) 실제로 오이디푸스가 활을 쏘았다는 것이 아니라, 사태의 핵심을 찔렀다는 뜻.

행복한 영화(榮華)를 차지하신 그대는,[86]

─ 오, 제우스시여 ─ 신탁을 노래하던

구부러진 발톱의 처녀[87]를 멸하고,

내 땅을 위하여 죽음에 맞서는   1200

탑으로서 우뚝 서셨지요.

그로부터 그대는 나의 왕이라

불리고, 가장 크게 존경을

받았습니다, 광대한

테바이에서 다스리시며.

(좌 2)

하지만 이제 그대보다 더 비참한 이 누구요?

온 삶이 바뀌어, 그 누가, 그 누가 그대보다 더 비참

하게   1205

고통 속에, 격렬한 재앙 속에 거주하리오?

아아, 오이디푸스의 이름 높은 머리여,

하나의 거대한 항구가

그대를 아들이자

아이들의 아버지가 될 신랑으로

빠뜨리기에 충분했구려.   1210

대체 어떻게, 대체 어떻게 아버지의

밭이랑이, 불운한 이여, 그대를 그렇게

오랜 침묵 속에 받아 견딜 수 있었던가요?

---

86) 최근 학자들의 의견을 받아들여 2인칭으로 옮겼다.

87) 스핑크스.

(우 2)

그대는 모르고 행했지만, 모든 것을 보는 시간은 그
대를 찾아냈고,

오래전부터 자신이 거기서 나고,

자식을 낳기도 한 결혼 아닌 결혼을 벌합니다.   1215

아아, 오, 라이오스의 아들이여,

차라리 그대를, 차라리 그대를

보지 않았더라면!

저는 입에서

넘치는 비명을 쏟으며

애곡하기 때문입니다. 하지만 올바로   1220

말하자면, 나는 그대로 말미암아 다시 숨을 쉬게 되
었고,

내 눈을 덮어 재웠습니다.[88]

전령   오오, 이 땅에서 항상 가장 크게 존경 받는 분들이
시여,

그대들은 어떠한 일을 듣고, 어떠한 일을 보고, 얼마
나 큰

고통을 받으실 것인지요! 그대들이 한 종족답게 여

---

88) 마지막 구절은 과거(스핑크스에게서 구원됨)에 대한 언급일 수도 있고, 현재에
대한 언급일 수도 있다. 후자라면 '과거에는 당신 덕에 새 생명을 얻었지만, 지금
은 당신을 위해 죽을 듯한 슬픔을 느끼고 있다.'는 뜻이 되기 쉽다. 위의 번역문
에서는 '당신을 만나지 않았더라면 하고 바라는 마음도 있지만, 그래도 당신이
나타나서 우리를 구원해 준 것을 고맙게 생각한다.'는 뜻으로 옮겼다.

전히   1225
랍다코스 가문을 걱정하신다면 말입니다.
제 생각에, 이스트로스[89]도, 파시스[90]도
이 집을 정화하여 씻어 낼 수 없을 테니까요. 이 집
은 그렇게
많은 것을 감추고 있으며, 곧 고의로 행한, 고의가
없지 않았던 재앙들을
밝히 드러낼 것이니 말입니다. 한데 사람들은 재난
중에서   1230
스스로 택한 걸로 보이는 것을 가장 괴로워하는 법
입니다.

코로스장   우리가 이미 아는 것만으로도 충분히
　　　　　힘겹거늘, 거기에 무슨 얘기를 더하려 하는가?

전령   말하고 듣기에 가장 짧은 것을 택해
　　　이야기하자면, 여신 같은 이오카스테께서 돌아가셨
　　　습니다.   1235

코로스   오, 가련한 여인, 대체 무엇 때문인가?

전령   그녀 자신의 손으로 죽었습니다. 하지만 일어난 일
　　　중에
　　　가장 끔찍한 것은 그대들에게서 멀리 있습니다. 그
　　　대들은 볼 수가 없으니까요.

---

89) 도나우 강.
90) 흑해 동쪽에서 흑해로 흘러드는 큰 강. 고대에는 이스트로스 강, 에리다노스
　　강, 나일 강과 더불어 세계의 4대 강으로 꼽혔다.

하지만 제게도 뭔가 기억[91]이 있는 한,
저 불쌍한 여인의 재난을 그대는 들어 알게 될 것입
니다.   1240
그녀는 격정에 사로잡혀 현관 안으로
들어서서는, 곧장 부부의 침상으로
달려갔습니다, 두 손의 끝으로 머리카락을 쥐어뜯으며.
들어가서는, 안에서 문을 세차게 닫고
이미 오래전에 고인이 된 라이오스를 불렀습니다,   1245
그 옛날에 뿌려진 씨앗을 기억하면서. 라이오스 자
신은
그 씨앗 때문에 죽고, 그 씨를 낳은 여자는
세상에 남겨져 바로 그의 자식에게서 불행한 자녀
를 낳았지요.
불행한 여인은 거기서, 남편에게서 남편을,
자식에게서 자식을 낳은 두 역할의 침상을 두고 애
곡하였습니다.   1250
하지만 그분이 그 다음에 어떻게 돌아가셨는지 그
이상은 모릅니다.
오이디푸스께서 고함을 지르며 뛰어 들어왔기에
그가 이리저리 뛰어다니는 걸 지켜보느라

---

91) 헤시오도스의 『신들의 계보』에 따르면 기억(Mnemosyne)은 무사 여신들 (Mousai)의 어머니이다. 전령의 보고는 보통 비극에 남아 있는 서사시의 흔적으로 여겨지는데, 서사시의 시인들이 무사 여신의 도움을 청하고서 노래를 시작한 것처럼 여기서 전령은 '서사시적' 보고를 하기에 자신의 능력이 부족함을 인정하고 시작하는 셈이다.

그녀의 재난을 보고 있는 게 불가능했으니까요.

그는 우리에게 창을 가져오라고 요구하며,   1255

부인 아닌 부인을, 자신과 자기 자식을 위한 이중의

어머니가 된 그녀가 어디 있는지 물으며 왔다 갔다

했으니 말입니다.

한데 광란하는 그에게 어떤 신이 가르쳐 주었습니다.

가까이 있었던 우리 중에는 누구도 그러지 않았으

니까요.

그는 마치 누군가의 인도를 받은 것처럼, 고함을 지

르며   1260

두 짝 문으로 돌진하였고, 빗장을

구부려 걸쇠에서 뽑아 내고는 방 안으로 뛰어들었습

니다.

그리고 거기서 우리는 그의 부인께서 꼬인 올가미에

얽혀

매달려 있는 것을 보았습니다.

불행한 그는 그녀를 보고는, 무섭게 울부짖으며   1265

매달린 밧줄을 끌렀습니다. 그리고 가련한 그녀가

바닥에 누웠을 때, 보기 무서운 일이 벌어졌습니다.

그가 그녀의 옷을 고정해 주던

금 세공된 브로치를 뽑아

들고서는, 자신의 둥근 눈알을 찔렀던 것입니다.[92]   1270

---

92) 직역하자면 오이디푸스는 '눈의 관절'을 친 것으로 되어 있다. 어려서 발목의
관절이 꿰뚫렸던 오이디푸스는 자기 손으로 자신의 다른 관절을 찌른 것이다.

그러면서 이렇게 외쳤습니다. 그 눈들은 그가 당한 것이든

행한 것이든, 끔찍한 것을 보지 말라고,

그리고 앞으로는, 그가 보지 말았어야 하는 사람들을, 그가 알고자 원했으나

알아보지 못한 이들을 어둠 속에서 보라고 말입니다.

이런 말을 되풀이 노래하며, 한 번이 아니라 여러 번,   1275

손을 들어 눈을 찔러 댔습니다. 그때마다 피범벅이 된

안구가 뺨을 젖게 했습니다. 배어나는 핏방울을

내보내는 게 아니라, 한꺼번에

소나기 같은 검은 피의 비가 흘렀던 것입니다.

이런 것이 한 분에게서가 아니라 두 분에게서 터져 나왔습니다,   1280

남녀가 함께 얽힌 재난들이.

그분들이 조상 때부터 누려 온 행복은 이전에는

진정한 행복이었습니다. 하지만 이제 오늘,

신음, 재앙, 죽음, 수치, 그리고 이름 가진

모든 재앙 중에서, 어느 하나 빠진 게 없습니다.   1285

코로스 한데 이제 그 가련한 분의 고통은 좀 가라앉았소?

전령 그분은 소리치고 계십니다, 누군가 빗장을 열고 온 카드메이아 사람들에게

보여 주라고, 부친 살해자인, 그리고 어머니의⋯⋯ 자신을 말입니다.

— 그분이 외친 이 말은 신성치 못해서 제가 입에 올릴 수 없습니다.

자신을 땅 밖으로 내동댕이쳐서, 자신이 저주했던
대로,   1290
더는 저주를 옮기며 집에 머물지 않게 하라고 말입
니다.
하지만 그는 힘도 없고, 인도자도
필요합니다. 그의 질병은 견딜 수 있는 것이 아니니까요.
그는 당신에게도 모습을 보일 것입니다. 저기 문의
빗장이 열리고
있으니 말입니다. 그대는 곧, 역겹다고 느끼는 사람
까지도   1295
동정할 광경을 보게 될 것입니다.

(오이디푸스가 집에서 나온다.)

(애탄가)

코로스 오, 인간들이 차마 볼 수 없는 무서운 고통이여,
오, 이제껏 내가 마주쳤던 모든 것 가운데
가장 끔찍한 것이여! 오, 가련한 이여, 어떤 광기가
그대에게 닥쳤나요? 그대의 불운한   1300
운명을 이루려, 생각할 수 있는 그 어떤 거리보다
더 멀리서 뛰어 덮친 그 신은 누구인가요?
아아, 아아, 불행한 분. 하지만 저는 당신을
들여다볼 수가 없습니다, 많이 묻고,
많이 듣고, 많이도 살피고 싶지만.   1305
당신은 그토록 저를 떨게 하십니다.

오이디푸스 아이아이[93], 아이아이, 나는 불행하도다.

가련한 나는 어느 땅으로 인도되는가? 나의 목소리는
어디로 실려 날아가는가?   1310

아아, 운명이여, 그대는 어디로 뛰었는가?

코로스 무서운 것으로, 들을 수 없고, 볼 수 없는 것으로
뛰었습니다!

(좌 1)

오이디푸스 아아, 나의 끔찍한 어둠의 구름이여, 나를 덮친,
표현 못할 운명이여,

극복할 수 없고, 순조롭지 않은 운명이여!   1315

아아,

다시 외치노라, 아아! 저 가시 막대기의 아픔,[94]

불행에 대한 기억이 내게로 동시에 들이닥쳤구나!

코로스 그와 같은 고통 속에서 그대가 갑절로 괴로워하고
갑절로 절규하는 것도 전혀 놀랍지 않습니다.   1320

(우 1)

오이디푸스 아아, 친구여,

그대는 여전히 나의 충실한 동행자구려.

눈먼 나를 걱정하여 여전히 곁에 머물러 있으니.

아아, 아아,

나는 그대가 있음을 모르지 않고, 어둠 속에서도   1325

그대의 목소리는 분명히 알아들으니.

---

93) 슬픔을 나타내는 희랍어의 감탄사.

94) 여기서 '가시 막대기'는 현재의 육체적 고통일 수도 있고, 예전에 라이오스가
그에게 가했던 타격일 수도 있다.

코로스   오, 무서운 일을 행한 이여, 그대는 어찌 감히 그같이
         그대 눈빛을 꺼 버리셨습니까? 대체 어떤 신이 그대
         를 부추겼습니까?

         (좌 2)

오이디푸스 그것은 아폴론이었소, 아폴론이오, 친구여.
         나의 불행을, 불행을, 나의 고통을 완성한 것은.   1330
         하지만 눈을 직접 찌른 것은 다른 누구도 아니고 가
         련한 나 자신이었소.
         왜 그랬냐 하면 ─ 내가 눈을 뜨고 있을 이유가 무
         엇이겠소?
         앞을 보더라도 아무런 즐거울 게 없을 이 사람이?   1335

코로스   그건 그대 말이 맞습니다.

오이디푸스 대체 내가 무엇을 볼 수 있고,
         무엇을 사랑할 수 있으며, 어떤 인사를 받은들
         아직도 즐겁게 들리겠소, 친구들이여?
         나를 얼른 이 땅 밖으로 이끌어 내 주시오.   1340
         이끌어 내 주시오, 오, 친구들이여, 가장 저주받고
         크게 파멸한 인간들 가운데서도 신들께   1345
         가장 미움 받는 나를.

코로스   고집[95]에서나 역경에서나 똑같이 불행한 이여,

---

95) 여기 '고집'이라고 옮긴 것(nous)은 학자에 따라서 '통찰력'으로 보기도 하고,
'끝까지 자기 목표를 이루고자 하는 의지'로 보기도 하는데, 여기서는 후자를 좇
았다. '통찰력'으로 본다면 '그 통찰력 때문에 불행해졌다.'는 뜻일 수도 있고, '어
리석은 자라면 고통을 덜 느낄 텐데, 명민하기 때문에 더 고통을 느낀다.'는 뜻
일 수도 있다.

내 그대를 결코 알지 않았더라면 얼마나 좋았을까요!

(우 2)

오이디푸스 그가 누구였든 떠돌아다니다가, 내 발을 묶은

잔인한 족쇄를 풀고, 죽음에서   1350

나를 끌어내 구원한 자는 파멸하기를!

전혀 고맙지 않은 짓을 한 그자!

내 그때 죽었더라면

친구들과 내게 이리 큰 고통은 되지 않았을 터이니!   1355

코로스 내 바라기에도, 그렇게 되었더라면 좋았을 것입니다.

오이디푸스 그랬더라면 아버지의 살해자가 되지는

않았을 것을! 또 사람들 사이에서,

내 어머니의 배우자라 불리지도 않았을 것을!

하지만 이제 나는 신에게 버림받고, 경건치 못한 자

식으로,   1360

불운한 나를 낳아 준 바로 그분들과 함께 자식을

낳은 자로다.

불행보다 더한 어떤 불행이 있다면,   1365

그것을 오이디푸스가 만났도다.

코로스 저는 당신이 잘 생각하셨노라 말해도 될지 모르겠

습니다.

눈멀어 사느니 차라리 죽는 것이 더 나으니까요.

오이디푸스 이렇게 한 것이 최선은 아니라고

내게 가르치지 마시오. 더 이상 충고하지도 마시오.   1370

내가 앞을 본다면, 하데스의 집에 이를 때

대체 어떤 눈으로 아버지를, 또 불행한 어머니를
보아야 할지 내 알지 못하기 때문이오. 이 두 분께
한 짓은
내가 올가미로 죽어 갚을 수 있는 것보다 더 크다오.
또 내 아이들처럼 태어난 자식이라면,   1375
그 모습이 그렇게 보고 싶겠소?
내 눈에는 결코 그렇지 않소.
도시도, 성탑도, 신들의 신성한 조각상들도
보고 싶지 않소. 그것들은, 가련하기 그지없는 내가,
테바이에서 가장 뛰어난 사내로 사랑받던 내가,   1380
스스로 내게서 박탈한 것이니 말이오. 나 자신이 모
든 이에게
명하여, 신들이 정결치 못한 자로, 그리고 라이오스
의 종족으로
밝혀낸, 불경스러운 자를 쫓아내라 하고서.
내 스스로 그러한 오점을 드러내고는
그들을 눈으로 똑바로 볼 맘이 생기겠소?   1385
전혀 아니오. 오히려 귀로 들어오는 소리의 샘구멍을
막을 수 있었다면, 이 불쌍한 내 몸을
가두는 것도 사양치 않았을 것이오.
눈먼 데 더하여 아무것도 듣지 않도록 말이오.
아무 고통스러운 일도 생각지 않는 건 달콤한 일이기
때문이오.   1390
아아, 키타이론이여, 너는 왜 나를 받아 주었는가?
왜 나를 취하여

바로 죽이지 않았는가? 그랬더라면 내가 어디서 태어났는지
사람들에게 결코 드러나지 않았을 것을.
오, 폴뤼보스여, 코린토스여, 그리고 옛 조국의 집이라
불리던 것이여, 너희는 나를 얼마나   1395
아름다운 것으로, 숨어 있는 사악한 상처로 키워 냈던가!
이제 나는 사악한 자이고, 사악한 것들로부터 나온
자임이 드러나니.
오, 세 길이여, 숨겨진 골짜기여,
숲과 세 갈래 길의 좁은 목이여,
너희는 내 손으로부터 나의 피를,   1400
내 아버지의 피를 마시고도, 아직도 나에 대해 무언가를 기억하느냐?
너희들 앞에서 어떤 짓을 저지르고, 그 후 이리로 와서
또 어떤 짓을 행했는지? 오, 결혼이여, 결혼이여,
너희는 나를 낳았고, 심은 너희가 다시
나의 씨를 키웠구나. 그리고 보여 주었구나,   1405
같은 피의 일족인, 아버지들을, 형제들을, 자식들을,
신부들을, 부인들과 어머니들을. 그리하여 인간들 가운데
그토록 수치스러운, 더할 수 없이 수치스러운 일을
이루었구나.
하지만, 행하기에 좋지 않은 것은 듣기에도 좋지 않으니,

신들의 이름으로 청컨대, 되도록 빨리 나를 나라 밖
어딘가에   1410
숨기시오. 아니면 죽이거나, 바다에
던지시오, 그대들이 다시는 보지 못할 곳에.
이리 오시오, 이 불쌍한 인간에게 손대는 걸 꺼리지
말아 주시오,
내 말을 따르시오, 두려워 마시오. 나의 불행은 나
외에는
인간들 중 그 누구도 감당할 수 없으니.(크레온 등장)   1415

코로스 장   하지만 그대가 청하는 것이 행동이든 계획이든,
맞춤하게 여기 크레온께서 오셨습니다,
당신 대신 이 땅의 수호자로 남은 분은 그분뿐이니
까요.

오이디푸스   아아, 이 사람에게 대체 무슨 말을 할 것인가?
내가 어떻게 정당한 신뢰를 요구할 것인가? 나는 이
전에   1420
모든 면에서 그를 적대했던 사람이었으니.

크레온   오이디푸스여, 저는 당신을 비웃으려고 온 것이 아
니며,
이전의 안 좋은 일들을 두고 비난을 하고자 함도 아
닙니다.
(곁에 선 사람들에게) 한데, 그대들이 혹시 인간의 종
족은 더 이상
존중하지 않는다 하더라도, 최소한 모든 것을 키우
시는   1425

헬리오스 왕의 햇살 앞에는 부끄러움을 가지시오.
땅도, 신성한 비도,
빛도 마주하여 받지 않을 이런 더러움을
숨기지 않고 이렇게 내보이는 것 말이오.
그러지 말고 얼른 그를 집 안으로 모셔 들이시오.
가문에 속한 불행은 가문의 사람들끼리만   1430
보고 듣는 게 진정 경건한 것이니.

오이디푸스 가장 고귀한 사람인 그대가 가장 비천한 내게
직접 와서,
예상과는 달리 나를 대하였으니, 신들의 이름으로
청컨대
내 말을 좀 들어 주시오. 나를 위해서가 아니라 그
대를 위해서 말할 테니.

크레온 대체 무엇이 필요해서 제게 이렇게 거듭 청하시는
지요?   1435

오이디푸스 되도록 빨리 나를 이 땅 밖으로 내치시오, 내
가 필멸의 인간 중
누구에게도 말 상대가 되지 않을 곳으로.

크레온 만일 제가 어찌해야 할지 먼저 신께 묻고자 하지만
않았더라면, 진작 그렇게 했으리라는 걸 아시기 바
랍니다.

오이디푸스 하지만 저분의 말씀은 완전히 밝혀졌지 않소,   1440
아버지를 죽인, 불경스러운 나를 멸하라고 말이오.

크레온 그런 말씀이 있긴 했었지요. 하지만 그래도 우리가
처해 있는

상황에서는, 어찌해야 할지 알아보는 게 더 나을 것
입니다.

오이디푸스 　그러면 이렇게 불행한 사람을 위해 신탁을 구
할 셈이오?

크레온 　예, 이제는 당신도 그 신을 신뢰하게 되었을 테니까요. 　1445

오이디푸스 　좋소, 하지만 나는 그대에게도 의지하고 맡기겠소.
집 안에 있는 여인의 장례는 그대가 원하는 대로
행해 주시오. 친족을 위해서 그대는 의식을 제대로
치러 줄 터이니 말이오.
하지만 나에 대해서는, 내가 살아 있는 동안은 이
조상들의 도시가
나를 시민으로 받아들이지 않게 해 주시오. 　1450
그보다는 나를 산에 살도록 해 주시오, 나의 것이라고
불리는 그 키타이론에. 그곳은 어머니와
아버지께서 살아 계실 때 나의 정당한 무덤으로 정
하셨던 곳이니,
나를 멸하려 하셨던 저 두 분의 뜻에 따라 내가 죽
을 수 있도록 말이오.
하지만 그 정도는 나도 알고 있소, 내가 결코 질병이
나 다른 일로 　1455
죽지는 않으리라는 것을. 끔찍한 불행을 위해서가
아니라면, 내가 결코 죽어 가다 구원되진 않았을 테니.
어쨌든 내게 속한 운명이라면, 그것이 어디로 향하
든 내버려 두시오.
또 사내아이들에 대해서는, 크레온이여,

걱정하지 마시오. 그들은 사내이니, 어디로 가든   1460
삶의 방편이 없지는 않을 것이오.
하지만 불쌍하고 가련한 내 두 처녀 딸들은,
내 식탁이 따로 놓여 그들과 떨어져 따로 먹는 일이
없었고, 그들은 내가 손대는
모든 것을 항상 함께 나누어 먹었다오.   1465
나를 위해 이들에게 신경 써 주시오. 그리고 부디
내가 이 손으로
그들을 만지고, 불행을 실컷 슬퍼하도록 허락해 주
시오.
어서, 왕이여,
어서, 오, 고귀하게 태어난 이여. 손으로 그들을 만지면,
눈으로 볼 때처럼 그들과 함께 있다고 생각할 수 있
으리다.   1470
(크레온의 시종들이 두 딸을 데려온다.)
응? 무엇인가?
오, 신들이시여! 내가 지금 사랑하는 두 딸이 눈물
흘려 우는 소릴
듣는 게 아닌가? 크레온이 나를 동정하여
가장 사랑스러운 것을, 나의 소생들을 내게 보낸 게
아닌가?
내 말이 맞소?   1475
크레온 맞습니다. 제가 그렇게 시켰으니까요,
예전에 당신이 그 즐거움을 누리셨음을 알고, 지금
도 즐거워하시리라 예상해서지요.

오이디푸스   그대가 행운을 누리시길! 그리고 이 방문에 대
한 보답으로, 신께서 그대를
만나면 내게 하신 것보다는 더 낫게 보살펴 주시길!
(딸들에게) 오, 얘들아, 대체 어디에 있느냐? 이리 오
너라, 이 나의 손,   1480
형제의 손으로 다가오너라.
너희에게 생명을 준 아버지의 손으로, 전에는
밝았던 눈을 이렇게 어둡게 만들어 버린 손으로.
오, 아이들아, 그는 보지 못하고 알지 못하고,
자신이 생겨난 그곳에서 너희의 아버지가 된 것이
드러났단다.   1485
나는 너희 둘을 위해서도 우노라 ─ 내가 앞을 볼
수 없게 되었으니 ─
너희 둘이 사람들에게서 어떤 일을 겪으며 살아야
할지,
앞으로의 쓰라린 삶을 생각하면서.
너희가 시민들의 어떤 모임에,
어떤 축제에 가겠느냐? 거기서 구경은커녕   1490
흐느끼며 집으로 돌아오게 되지 않겠느냐?
그리고 너희가 결혼할 나이에 이르렀을 때는,
얘들아, 위험을 무릅쓰고 이런 비난거리를
데려갈 사람이 어디 있겠느냐? 나의 후손들과 너희들
모두에게 독이 될 그 비난거리를?   1495
이런 말을 하는 이유는 ─ 불행 중에서 지금 여기
없는 것이 무엇이란 말이냐? 너희들의 아비는

제 아버지를 죽였단다. 자신의 씨앗이 뿌려졌던 바
로 그 여인의
밭을 갈아 아이를 낳게 하였고, 자신이 태어난
그 사람에게서 너희를 얻었단다.
이러한 비난을 너희는 받을 것이다. 그러니 이후에
누가 너희와 결혼해 주겠느냐?   1500
아무도 없다, 오, 애들아. 너희는 분명히
아이도 못 낳고, 결혼도 못한 채 스러져야 하리라.
(크레온을 향하여) 오, 메노이케우스의 아들이여, 이
들을 낳은
두 사람이 다 파멸하여, 그대만이
이들의 아버지로 남았으니, 그대의 친족인 이들이   1505
남편도 없이 거지로 유랑하도록 내버려 두지 말고,
이들이 나와 같이 불행해지도록 만들지도 말아 주
시오.
이들을 불쌍히 여겨 주시오, 저 나이에 당신이 주는
몫을
빼고는 모든 것을 잃어버린 걸 보면서.
고개를 끄떡여 주시오, 오, 고귀한 이여, 당신의 손
을 얹고서.   1510
(딸들을 향하여) 오, 애들아, 만일 너희가 벌써 분별
력을 가지고 있다면, 너희 둘에게
나는 많은 걸 충고했을 텐데. 하지만 이제 부디 이것
만은 기원하려무나,
때가 너희를 어디에 살게 해 주든 거기서, 너희에게

생명을 준

아버지보다는 너희가 더 나은 삶을 만나도록 말이다.

크레온 그대는 충분히 울었습니다. 이제 집 안으로 드시지요.   1515

오이디푸스 전혀 내키지 않더라도 따라야겠지요.

크레온   모든 일은

시기에 맞을 때 아름다우니까요.

오이디푸스 하지만 내가 어떤 조건으로 가는지 그대는 아

시오?

크레온   말씀하십시오, 들으면 알겠지요.

오이디푸스 나를 이 땅에서 내보내 떠돌이로 만들 방도를

생각하란 것이오.

크레온   신께서 하실 일을 제게 청하시는군요.

오이디푸스 하지만 나는 신들께 미움 받는 자가 되었소.

크레온 그러니 곧 얻게 되실 것입니다.

오이디푸스 그러면 내가 떠나는 걸 허락하는 것이오?

크레온   예, 저

는 마음에도 없는 빈말을 좋아하지 않으니까요.   1520

오이디푸스 그러면 이제 나를 여기서 이끌어 내시오.

크레온   이제

가시지요. 하지만 아이들은 놓으십시오.

오이디푸스 이 아이들만큼은 내게서 앗아가지 마시오.

크레온   모든

것을 지배하려 하지 마십시오.

당신이 지배했던 것들도 평생 당신을 따르지는 않았

으니까요.   (오이디푸스 일행이 집으로 들어간다.)

코로스   오, 조국 테바이의 거주자들이여, 보라, 이 사람이
오이디푸스로다.
그는 그 유명한 수수께끼를 알았고, 가장 강한 자였
으니   1525
시민들 중 그의 행운을 부러움으로 바라보지 않은
자 누구였던가?
하지만 보라, 그가 무서운 재난의 얼마나 큰 파도 속
으로 쓸려 들어갔는지.
그러니 필멸의 인간은 저 마지막 날을 보려고
기다리는 동안에는 누구도 행복하다 할 수 없도다,
아무 고통도 겪지 않고서 삶의 경계를 넘어서기 전
에는.   1530

안티고네

등장인물

안티고네 오이디푸스의 딸, 테바이의 왕녀

이스메네 오이디푸스의 딸

크레온 테바이 통치자, 안티고네의 외삼촌

파수꾼

테이레시아스 눈먼 예언자

하이몬 크레온의 아들, 안티고네의 약혼자

에우뤼디케 크레온의 아내

전령

코로스 테바이 원로들로 구성

안티고네　　오, 같은 어머니에게서 난 자매 이스메네의 머리
　　　　　여,[1]
　　　　　너[2]는 아느냐, 오이디푸스에게서 비롯된 재앙 중 제
　　　　　우스께서
　　　　　아직 살아 있는 우리 둘에게 이루지 않으신 것이 어
　　　　　떤 게 있는지?
　　　　　나는 고통스럽지 않은 것, 피해와 동떨어진 것,
　　　　　수치스럽지 않은 것, 모욕되지 않은 것을　　　　　5
　　　　　너와 나의 재난 속에서 본 적이 없구나.

---

1) 「오이디푸스 왕」 40행 각주 참고.
2) 여기 등장한 두 자매 중 누가 손위인지는 분명치 않으나, 안티고네가 이미 정혼
　한 반면, 이스메네에 대해서는 그런 말이 없으므로, 안티고네를 언니로 보는 것
　이 일반적이다.

그런데 이제 장군[3]께서

온 도시에 또 무슨 포고를 내리셨다고 사람들이 말

하는 게냐?

너는 무슨 소식을 들어 알고 있느냐? 아니면 우리

원수들에게서 친구들에게로

재앙이 다가오고 있다는 것을 너는 전혀 모르고 있

었던 게냐?   10

이스메네 안티고네 언니, 좋은 것이든, 고통스러운 것이든

친구들에 대한 그 어떤 이야기도 저는 듣지 못했어요,

우리 둘이 두 오라비를 잃은 때부터.

그들은 서로의 손에 한날 죽었지요.[4]

어쨌든 저는, 아르고스 군대가 지난밤   15

도주한 뒤로, 행운을 주는 것이든 손해를 주는 것이든

그 이상 아무것도 듣지 못했어요.

안티고네 나도 그런 줄 잘 알고 있었다. 그래서 너를

궁전 문 밖으로 불러낸 거야, 너만 듣도록.

이스메네 무슨 일인가요? 틀림없이 언니는 무엇인가 비밀

---

3) 오이디푸스의 두 아들이 서로 싸워 죽은 후, 그들의 외삼촌인 크레온이 테바이
를 통치하고 있다. 안티고네는 그를 결코 왕이라고 부르지 않고 '장군' 아니면
그냥 '크레온'이라는 이름으로 지칭한다.

4) 오이디푸스가 스스로 눈을 찌르고 방랑길을 떠난 후, 그의 두 아들은 왕권을 놓
고 다툰다. 둘이 일 년씩 번갈아 가며 나라를 다스리기로 했으나 에테오클레스
가 약속을 어기고 왕권을 내놓지 않자, 폴뤼네이케스는 아르고스로 가서 아드라
스토스의 사위가 되고, 그의 도움으로 군사를 모아 테바이를 침공한다. 하지만
그 와중에 둘은 서로를 찔러 동시에 죽는다. 아이스퀼로스의 「테바이를 공격하는
일곱 영웅」과 에우리피데스의 「포이니케 여인들」이 그 사건을 다루고 있다.

스러운 계획을 꾸미고 있군요.   20

안티고네 크레온께서는, 우리 둘의 두 오라비 중 하나는

장례를 치러 줄 만하다고 여기면서, 다른 이의 장례

는 금하지 않았느냐?

사람들의 말에 따르면, 그는 에테오클레스 오라버니

에 대해서는 관습을

정당하게 따르는 게 옳다고 여겨 땅에

묻었다, 저승의 사자(死者)들 사이에서 존중받도록.   25

하지만 다른 이, 가련하게 죽은 폴뤼네이케스 오빠

의 시신은

무덤에 묻지도 말며, 누구 하나

애곡하지도 말라고 시민들에게 포고를 내렸다더라,

곡 없이, 무덤 없이, 즐거이 굽어보는 새들에게

달콤한 먹이 창고가 되도록 버려 두라고.   30

사람들이 말하기를, 훌륭하신 크레온께서 이와 같

은 내용을 너와

나에게 ― 나도 거기 포함된다고 생각해. ― 포고했

다더라.

그리고 그것을 알지 못하는 자들에게 명확히

선포하러 여기로 온다더라. 또 그 일을 사소히

여기지 않아, 이 일들 중 어느 것이든 어긴 자는   35

도시 가운데서 시민들로부터 돌에 맞아 죽도록 규정

했단다.

알아 두려무나, 일이 이리되었단다. 그러니 너는,

네가 좋은 혈통을 타고났는지, 아니면 고귀한 부모

님의 못난 딸인지를 곧 보여 주게 될 거다.

이스메네 오, 불행한 언니, 상황이 그러하다면, 대체
　　　　　제 힘으로 이루거나 막을 수 있는 게 뭐가 있겠어요?　　40

안티고네 함께 애쓰고, 함께 행동한다면 그럴 수도 있지.
　　　　　한번 생각해 보아라.

이스메네 대체 어떤 대담한 일을요? 무슨 생각이신가요?

안티고네 네가 나와 함께 저 시신을 손으로 들어 나른다
　　　　　면 말이다.

이스메네 예? 그분을 매장하려는 건가요? 도시가 금지한
　　　　　일을?

안티고네 나는 확실히 내 오라비를 묻을 거고, 네가 원치
　　　　　않는다면 네 몫까지　　　　　　　　　　　　　　45
　　　　　행하겠다. 결단코 나는 형제를 배신했다고 비난받진
　　　　　않겠어.

이스메네 아, 정말 고집스럽군요, 크레온께서 금하셨는데도요?

안티고네 하지만 내 가족과 나 사이를 가로막을 권한이 그
　　　　　에겐 전혀 없어.

이스메네 아아, 언니, 생각해 보세요, 우리 둘의
　　　　　아버지께서 어떤 혐오의 대상으로 얼마나 불명예스
　　　　　럽게 돌아가셨는지,　　　　　　　　　　　　　　50
　　　　　스스로 밝혀낸[5] 잘못의 대가로 스스로
　　　　　두 눈을 찌르고서 말이에요.
　　　　　다음으로, 어머니이자 아내라는 두 호칭을 가진 그

─────────────────

5) '가족에게 행한'이라는 의미로도 볼 수 있다.

분은

꼬아 만든 올가미로 스스로 목숨을 끊으셨죠.

세 번째로, 불행한 두 형제는 한날에   55

친족을 살해하면서 서로를 겨냥한 손으로써

공통의 운명을 이루어 버렸지요.

한데 이제 둘만 남은 우리가 또 얼마나

끔찍하게 스러져 버릴지 보세요. 만일 우리가 법을 어겨

통치자의 결정과 권력을 넘어선다면요.   60

이것을 생각해야 해요, 우선 우리는 여자로 태어났고,

그래서 남자들과 맞서 싸울 수 없다는 걸요.

다음으로, 우리가 더 강한 이들의 지배를 받고 있다는 사실도요.

그래서 이 명령과, 이보다 더 고통스러운 거라도 받아들여야만 하지요.

그러니 저는 지하에 계신 분들께 용서를   65

빌면서 — 이 일은 억지로 하는 거니까요. —

권력을 가진 분들께 복종하겠어요. 지나친

행동은 분별없는 짓이니까요.

안티고네　　나는 네게 명령하지 않을 거고, 앞으로 네가 하고 싶다

해도, 함께하는 걸 달가워하지 않을 거다.   70

좋을 대로 하렴. 하지만 나는 오빠의 시신을

묻겠어. 이 일을 하다가 죽어도 좋아.

누이로서 그의 곁에 누울 거야, 오빠의 곁에,

경건한 일을 하고도 범죄자가 된 채. 이곳에 있는
자들보다
아래 계신 분들의 마음에 들어야 할 시간이 더 기니까. 75
나는 거기 영원히 누워 있어야 할 테니 말이야. 하지
만 너는, 그쪽이 더 좋아 보인다면,
신들께 바칠 명예는 무시하고 지내렴.

이스메네   저는 무시하는 게 아니에요. 단지 시민들에게
대항하여 행동하기엔 무력하게 태어났다는 거죠.

안티고네   너는 그런 핑계를 내세우려무나. 나는 정말로 80
사랑하는 오라비를 위해 무덤을 쌓으러 가련다.

이스메네   아, 불쌍한 언니, 언니 때문에 얼마나 걱정이 되
는지.

안티고네   나를 위해 걱정하지 말고 네 운명이나 바로 세우렴.

이스메네   하지만 이 일을 누구에게도 알리지 마시고,
은밀히 숨기세요, 저도 그럴게요. 85

안티고네   아, 차라리 고발하렴. 네가 이것을 모두에게 알리
지 않고,
잠자코 있는다면 너는 훨씬 더 미워 보일 거다.

이스메네   언니는 싸늘한 일에 뜨거운 가슴을 가졌군요.

안티고네   하지만 나는, 내가 기쁘게 해야 하는 분들의 마
음에 들도록 행동할 줄 알지.

이스메네   할 수 있다면야 그렇겠죠. 하지만 언니는 불가능
한 일을 하려 하고 있어요. 90

안티고네   그러니 내 힘이 모자라기 전까진 그치지 않겠다.

이스메네   불가능한 일을 좇는 것은 절대로 옳지 않아요.

안티고네   그런 말을 한다면, 너는 내게 적이 될 것이다.

　　　　　또 고인과도 적으로 지내는 게 마땅할 것이고.

　　　　　하지만 나와 내 어리석은 계획은　　　　　　　　　95

　　　　　그 끔찍한 일을 당하도록 내버려 두어라. 나에겐 명

　　　　　예롭게 죽지 못하는 것만큼

　　　　　끔찍한 일은 없으니까.

　　　　　난 그걸 결코 참지 못할 거야.

이스메네   그게 좋아 보인다면, 그렇게 하세요. 하지만 언니가

　　　　　분별없이 나아가고 있다는 건 알아 두세요, 친족들

　　　　　을 제대로 사랑하는 것이긴 하겠지만요.

　　　　　　　　　　　　　　（안티고네와 이스메네 퇴장）

（등장가）

코로스　　（좌 1）

　　　　　일곱 성문 테바이에　　　　　　　　　　　　　　100

　　　　　이제까지 빛 밝힌 것 중,

　　　　　가장 아름다운 태양의 빛살이여,

　　　　　마침내 나타나셨군요, 오, 황금빛

　　　　　낮의 눈이여. 당신은

　　　　　디르케[6]의 흐름 위로 오셔서,　　　　　　　　　105

　　　　　아르고스에서 온 흰 방패의

　　　　　인간[7]을, 무장을 걸친 채

---

6) 테바이의 서쪽에 흐르는 강. 그 동쪽에는 이스메노스 강이 있다.

7) 아르고스는 보통 '빛나는'이라는 뜻으로 통하기 때문에, 아르고스 군대는 '흰
　방패'를 든 사람(단수)으로 묘사된다.

도망쳐 내달리도록
사나운 고삐로 채근하셨습니다.

코로스장 (행진곡 운율)

폴뤼네이케스가 판가름하기 어려운 언쟁을 일으켰
을 때 그는   110
우리 땅으로 달려와
날카롭게 외쳤도다,
마치 흰 눈 같은 날개를 지닌
독수리가 땅을 덮치듯,
수많은 무구들과   115
말총 장식 투구를 갖추고서.

코로스 (우 1)

그는 지붕 위에 서서
부리[8]를 크게 벌리고는 피에 굶주린 창으로써
일곱 성문 앞을 에워쌌다가
떠나갔도다, 우리의 피로   120
입을 가득 채우려다가,
솔가지의 헤파이스토스[9]로
탑들의 머리띠를 차지하려다가 뜻을 이루지 못하고
그만큼 아레스[10]의 소음이
등 뒤에서 퍼지고 있었도다,   125

---

8) 아르고스 군대를 독수리에 비유한 것이 계속되고 있다.
9) '불' 대신 불의 신 이름을 사용한 환유법적 표현.
10) '전투' 대신 전쟁의 신 이름을 사용한 환유법적 표현.

용과 싸우는 자들이 견딜 수 없도록.[11]

코로스장 (행진곡 운율)

　　　제우스께서는 방자한 혀의 자랑을
　　　극히 미워하셔서, 그들이
　　　오만하게 황금을 쩔렁이며
　　　큰 흐름을 이뤄 다가오는 것을 보셨을 때,　　　　　　　　130
　　　벌써 결승선 끝에 닿은 듯
　　　승리의 환호성을 올리는 그를
　　　불을 휘둘러 던져 맞히셨던 것이로다.

코로스 (좌 2)

　　　비척거리다 땅에 떨어져 튀었도다,
　　　불 나르는 자[12]는, 미친 듯한 기세로　　　　　　　　135
　　　날뛰며 혐오스러운 바람을
　　　뿜어 던지던 자는.
　　　하지만 일은 그의 뜻과 달리 되었고,
　　　위대하신 아레스께서는 다른 자들에게도
　　　저마다 다른 운명을 나눠 주셨도다.[13]

---

11) 테바이인들은 용의 이빨에서 태어났으므로, 이들과 싸우는 것은 곧 용과 싸
　　우는 것이다. 아르고스인들은 퇴각 도중, 추격하는 테바이 군의 기습을 받았으
　　므로, 그들의 등 뒤로 전쟁 소음이 따라갔던 셈이다. 다르게 해석하자면, 마지막
　　행은 '맞서 싸우는 용이 어렵게 얻은 승리가'로 옮길 수도 있다.

12) 테바이에 불을 지르려다가 제우스의 벼락에 맞아 죽었다고 하는 카파네우스
　　를 지칭한다.(아이스퀼로스, 「테바이를 공격하는 일곱 영웅」 433~434행 참고.)
　　여기서 '불 나르는 자(pyrphoros)'라는 말은 횃불을 지녔다는 뜻 또는 벼락에
　　맞아 불이 붙었다는 뜻으로 해석할 수 있다.

13) 테바이를 공격하던 영웅들 중 여섯은 저마다 다른 방식으로 죽음을 맞았다.

오른쪽 끝 말 같은[14] 신께서 심히 치셨도다.   140

코로스 장 (행진곡 운율)

일곱 지휘관이 일곱 성문에
같은 숫자로 같은 숫자와 맞서 정렬하였다가
적을 돌려세우는 제우스께 남겼도다. 온통 청동으로
된 헌물을,
미움 받은 저 둘만 빼고. 그들은 한 아버지와
한 어머니에게서 태어났으나, 서로에게   145
두 죽음을 나란히 가져오는 창을 세워 꽂고는
둘이 같은 죽음의 운명을 차지하고 있도다.

코로스 (우 2)

하지만 크신 이름의 니케[15]께서
전차 많은 테바이에게 마주 인사하시며
방금 벌어졌던 전쟁에 대한   150
망각을 주시러 오셨으니,
신들의 모든 성전을
밤을 지새워 춤추며 두루 찾아가 보세.
땅 흔드시는 테바이 출신의 이,
박키오스[16]께서는 앞장서시라.

코로스 장 (행진곡 운율)

하지만 여기, 신들께서 보내신 새로운 상황에 의해   155
이 땅의 새 왕이 되신,

---

14) 사두마차 경주에서 가장 강한 말을 오른쪽 끝에 묶던 관행을 암시한 표현.
15) 승리의 여신.
16) 박코스, 박키오스, 박케우스, 박케이오스 등의 이름이 혼용되고 있다.

메노이케우스의 아드님 크레온께서
오시는도다. 무슨 계획을 세우셨을까?
공적인 전언을 보내어,
원로들의 이 특별한 모임을   160
소집하였으니.

(크레온 등장)

크레온 원로들이여, 도시에 닥친 중요한 일은 신들께서 큰
       격랑으로
       뒤흔드신 후에 다시 안전하게 바로 세우셨소.[17]
       한편 다른 일이 있어, 나는 그대들에게 전령을 보내
       어 다른 모든 이들과 따로
       이리 오라 명했소. 우선 그대들이 라이오스의 왕좌의   165
       권위를 항상 외경하였음을 내가 잘 알기 때문이고,
       또 오이디푸스가 도시를 바로 세웠을 때도,
       그가 파멸하였을 때도, 그리고 그분들의 자식들을
       보좌할 때도
       적절하고 현명하게 제자리를 지켰음을 알기 때문이오.
       이제 저들이 서로를 죽이는 운명에 따라   170
       한날에, 혈육의 손에 이뤄진 오염[18]으로써,
       치고 또 맞아 파멸하였으므로,

---

17) 크레온의 이 연설에서는 거듭해서 도시가 배에 비유되고 있다.
18) 친족을 살해하는 것은 큰 '오염'을 일으키는 행위이다.

혈연상 죽은 이들과 가장 가까운 사람인 내가

모든 권력과 왕좌를 차지하고 있소.

한데 한 인간 전체의 품성과 기백과   175

판단력[19]은 알기 힘든 것이오, 그가 지배와

통치로써 검증되어 드러나기까지는.

이런 말을 하는 것은, 온 도시의 방향을 인도하는 이가

최선의 정책을 추구하지 않고,

뭔가가 두렵다고 혀를 잠그고 있다면,   180

내게는 그런 자가 예나 지금이나 가장 비겁한 자로 보이기 때문이오.

그리고 누가 자기 조국보다 친구를

더 중요하게 여긴다면, 나는 이 사람을 아무 가치 없는 자로 여기오.

왜냐하면 나는 — 언제나 만물을 살피시는 제우스께서 아시길! —

시민들에게 안전 대신 파멸이   185

다가오는 것을 보면 침묵하지 않을 것이며,

이 땅에 적의를 품은 자를 결코 친구로

삼지 않을 것이기 때문이오. 이 땅이 안전할 때,

그리고 바로 선 그것을 타고 항해할 때에야

우리가 친구를 사귈 수 있다는 걸 잘 알기 때문이오.   190

---

19) 구별이 쉽지 않은 이 세 개념은 각각 'psyche', 'phronema', 'gnome'이다. 권력
을 잡으면 사람의 성격이 드러난다는 격언은 아리스토텔레스의 『니코마코스 윤
리학』 5권 1장 1130a1 등에서도 찾아볼 수 있다.

이와 같은 정책으로 나는 이 도시를 든든케 하려
하오.
그리고 지금 오이디푸스의 자식들에 관해, 이 정책
들과 형제 격인
의도에서 시민들에게 전령을 보낸 것이오.
우선 에테오클레스는, 이 도시를 위해 싸우며 창으
로써
큰 빼어남을 보이고 죽었으니,   195
장례를 치러 묻고, 고인을 위해 저승신들께
바치는 모든 것을 시민들 가운데 신성하게 바칠 것
이오.
하지만 이 사람과 한 핏줄인 자는 — 폴뤼네이케스
말이오. —
도망자였다가 들이닥쳐 조국 땅과
가문의 신들을 완전히 태워   200
없애려 했고, 또 가족의 피를 마시고자
했으며, 다른 이들은 노예 삼아 끌고 가려 했으니,
이자에 대해서는 어느 누구도 장례로써 예를 갖추
지도,
애곡하지도 못하도록 이 도시에 선포하였소,
무덤 없이 새와 개 들에게   205
몸뚱이가 먹히고, 망가진 채 구경거리가 되도록 말
이오.
이것이 내 뜻이오. 그리고 사악한 자는 결코
정의로운 자를 앞질러 내게서 존중받지 못할 것이오.

반면에 이 도시에 선의를 품은 사람은 죽어서나
살아서나 여일하게 내게 존중받을 것이오.   210
코로스 장   메노이케우스의 아들 크레온이시여, 이 도시에
악의를 품은 자와 선의를 품은 자에 대해 그리하도
록 결정하셨군요.
죽은 자들에 대해서든 살아 있는 우리에 대해서든,
어디서 어떤 정책이든지 그대는 시행하실 수 있지요.
크레온   그러니 이제 명령받은 일들의 감독자가 되도록 하
시오.   215
코로스 장   좀 더 젊은 사람이 이 짐을 지도록 하시지요.
크레온   아니, 시체를 감시할 자들은 이미 준비되어 있소.
코로스 장   그러면 다른 무엇을 또 지시하시는 건가요?
크레온   이것에 불복하는 이들을 편들지 말라는 것이오.
코로스 장   죽기를 원할 만큼 어리석은 자는 없지요.   220
크레온   진정코 죽음이 그 대가가 될 것이오. 하지만 자주
재물에 대한 욕망이 남자들을 파멸케 한다오.

(파수꾼 등장)

파수꾼   왕이시여, 저는 발을 가볍게 들어
숨도 못 쉴 만큼 빠르게 왔다고는 말하지 않겠습니다.
생각하느라 몇 번이나 멈춰서 시간을 지체했고,   225
길에서 저 자신을 빙그르 돌려세웠으니까요.
마음이 제게 많은 것을 속삭여 말했기 때문입니다.
'불쌍한 것아, 왜 제 발로 벌을 받으러 가는 거냐?'

'불운한 것, 다시 멈춰 섰느냐? 하지만 만일 크레온
님께서 다른 사람을 통해
이 일을 알게 되신다면 어찌할 거냐? 그러면 어떻게
네가 고생을 피하랴?'   230
그런 생각을 마음속에 곱씹으며 천천히 느리게 왔
습니다.
그러다 보니 짧은 길이 먼 길이 되었고요.
하지만 마침내 이리로 당신께 오자는 생각이
이겼습니다. 설사 아무것도 아닌[20] 일을 말하는 거라
해도 저는 보고하겠습니다.
저는, 운명이 정한 몫 이외에는 아무 일도 당하지 않
으리라는   235
희망을 품고 왔으니까요.
크레온 네가 이렇게 주저하는 게 무슨 일 때문이냐?
파수꾼 먼저 저 자신에 대해 말씀드리고 싶습니다. 저는
그 짓을
하지도 않았고, 행한 자가 누군지 보지도 못했으며,
제가 이런 불행으로 떨어진 것도 전혀 정당치 않으
니까요.   240
크레온 네놈은 뭔가 원하는 걸 잘도 노리고, 벌 받을 걸
잘도 돌려 예방하는구나,
틀림없이 뭔가 이상한 일을 전하려는 것이렷다.
파수꾼 아시다시피, 무서운 일은 많은 망설임을 앞세우는

---

20) 또는 '제가 아무것도 아니게 될', 즉 '제가 죽게 될'.

법이니까요.

크레온　이제 그만 보고의 의무를 다하고 떠나지 못할까?

파수꾼　그럼, 정말로 말씀드리지요. 누군가가 방금 그 시신의　245
장례를 치르고는 가 버렸습니다. 그러니까 거죽에
마른
먼지를 흩뿌리고, 꼭 필요한 신성한 의식을 거행했
단 말이죠.

크레온　무슨 소리냐? 감히 이 짓을 한 것이 대체 어떤 놈
이냐?

파수꾼　저는 모릅니다요. 거기에는 괭이 자국도
쇠스랑으로 파헤친 흙부스러기도 없었으니까요. 땅
은 단단하고　250
건조하고, 갈라진 데 없고, 마차 바퀴 자국도
없으니, 그 일을 행한 자는 어떤 흔적도 남기지 않
은 자입니다.
낮 시간의 첫 파수꾼이 우리에게 사태를
알렸을 때, 모두 경악에 사로잡혀 꼼짝 못했습지요.
우선 시신이 보이지 않았습죠. 매장된 건 아니고,　255
누가 저주를 피하려고 그런 것처럼[21] 흙먼지가 얇게
덮여 있었던 겁니다.
들짐승이든 개든
왔던 흔적도 뜯어 먹은 흔적도 보이지 않았지요.

---

21) 시신 근처에 갔다가 적절한 매장 의식을 해 주지 않고 그냥 지나친 사람은 저
주를 받는다는 믿음이 있었다.

그러자 서로 간에 말다툼이 시끌벅적 일었습니다,
파수꾼이 파수꾼에게 욕을 퍼붓고, 마침내 주먹질이   260
벌어졌지만 말릴 사람도 없었습니다요.
저마다 그 짓을 한 자로 보이는데,
누구도 확실하지 않았고, 모른다고 발뺌들을 했으니
까요.
진정코 우리는 달군 쇠를 손으로 잡고,
불 속을 지나가고,[22] 신들께 맹세할 준비가 되어 있
었습니다,   265
그 일을 하지도 않았고, 누가 그 일을 계획했는지
실행했는지도 알지 못한다고 말입니다.
마침내, 추궁해 보아도 더 나오는 게 없자,
한 사람이 무슨 말을 했는데, 그 말에 모두가 두려
워 고개를 숙이고
눈길을 떨구었지요. 그것에 반박할 수가 없었고,   270
상황을 호전시킬 다른 방도도
없었으니까요. 그 말은, 당신께 이 일을
보고해야 하며 숨겨서는 안 된다는 것이었습니다.
이 의견이 우세했고, 제비뽑기가 불운한 저를,
이 좋은 일을 떠맡도록 택했습니다.   275
그래서 저는 원치 않을 사람들 곁에 마지못해 와 있
는 겁니다. 당연하지요.
나쁜 소식을 전하는 자는 누구도 기꺼워하지 않는

---

22) 신명재판(神明裁判)의 흔적으로 보인다.

법이니까요.

코로스 장   왕이시여, 당신께 말씀드리건대, 어쩌면 이 일은
정말로 신께서
하신 것일지도 모른다고, 아까부터 속에서 그런 생
각이 듭니다.

크레온   집어치우시오, 그대의 말이 정말 나의 분노를 가득
채우기 전에!   280
그렇지 않으면 그대가 늙었을 뿐 아니라, 어리석기까
지 하다는 걸 보일 뿐이요.
신들께서 이 시체를 위해 배려하신다는
말은, 정말 참을 수 없는 발언이오.
신들께서 저자를 특별히 높이고, 좋은 일 했다고
묻어 주시겠소? 기둥으로 둘러싸인 신전과   285
공물들을 불태우고, 자신들의 땅과
법을 흩어 버리러 온 자를?
아니면 그대는 신들께서 악한 자들을 존중한다고
생각하시오?
천만에. 한데 이 도시의 인간들은
전부터 이것을 잘 참지 못하고, 나를 향해 투덜대
왔소.   290
몰래 머리를 저으며. 또 나를 기꺼이 받아들여,
의당히 목에 멍에를 지려 하지도 않았소.
파수꾼들이 돈에 유혹되어 그자들에게 보수를 받고
이 짓을 자행했음을 내 잘 알고 있소.
인간의 발명품 중에   295

은화만큼 나쁜 것은 없기 때문이오. 이것이 도시들을
약탈하고, 이것이 사람들을 집에서 떠나게 하오.
이것이 인간들의 견실한 마음을 바꾸고
가르쳐서, 수치스러운 짓으로 향하게 하오.
또 이것이 사람들에게 무슨 짓이건 할 태세를 갖도록,   300
모든 불경스러운 짓거리에 익숙해지도록 꼬드기는
것이오.
하지만 돈에 팔려서 이런 짓을 하는 자마다,
결국 언젠간 그 일로 벌 받게 마련이오.
(파수꾼에게) 그건 그렇고, 제우스께서 아직 내게 경
배받고 계시다면,
이걸 잘 알아 두어라. 내가 맹세로써 네게 이르노라.   305
만일 너희가, 직접 손으로 이 장례를 치른 자를
찾아내어 내 눈앞에 잡아다 보이지 않으면,
하데스만으로는 너희에게 충분치 않을 것이고, 그
전에
산 채로 매달려 그 방자함을 전시하게 될 것이다,
앞으로는 어디서 이득을 보아야 하는지   310
알고서나 훔치도록, 그리고 아무 데서나 이득 보기를
좋아해서는 안 된다는 것을 배우도록.
수치스러운 소득으로 탈 없이 산 사람보다는
해 입은 사람이 더 많다는 것을 네가 알 수 있을 터
이니 말이다.

파수꾼   무슨 말씀을 드려도 되겠습니까, 아니면 이대로 돌
아갈까요?   315

크레온 지금도 네가 귀찮게 지껄이고 있다는 걸 알지 못하
       느냐?

파수꾼 그게 그대의 귀를 찌르나요, 아니면 마음을 찌르나요?

크레온 대체 왜 내 고통이 어디 있는지 가늠하는 게냐?

파수꾼 그 짓을 한 자는 당신의 마음을 괴롭히고, 저는 귀
       를 괴롭히죠.

크레온 아이고, 네놈은 수다쟁이로 태어난 것이 분명하구나!   320

파수꾼 그래도 그 짓만큼은 결코 저지르지 않았습니다요.

크레온 아니, 했어, 그것도 은화에 영혼을 팔고서.

파수꾼 아, 의심을 품은 사람의 의심이 잘못되었다는 것은
       정말 무서운 일이로다!

크레온 이제 그 '의심'이란 것은 네 맘대로 해석해라. 하지
       만 너희가 이 일을
       저지른 놈들을 내게 잡아 보이지 않으면, 너희는   325
       비열한 이득이 재앙을 낳는다는 것을 보이는 사례가
       될 것이다.   (크레온 퇴장)

파수꾼 부디 그자가 발견되기를! 하지만 그자가 잡히든
       안 잡히든 — 그건 운명이 결정할 일이지. —
       당신은 제가 다시 여기 오는 걸 볼 수 없을 것입니다요.
       지금도 내 생각과 예상 밖의   330
       구원을 받아서 신들께 큰 신세를 지고 있으니까요.

       (제1정립가)

코로스 (좌 1)
       무서운 것 많지만, 사람보다

더 무서운 것은 없도다.
그는 잿빛 바다까지
넘어, 몰아치는 남풍을 타고   335
건너도다, 두루 덮치는
파도 밑을 지나며. 또한 신들 가운데
가장 존귀한, 불멸하며
지치지 않는 대지를, 해에 해를 이어
구르는 쟁기로 닳게 하누나,   340
말에서 난 종족²³⁾을 써서 갈아엎으며.

(우 1)
마음 가벼운 새의 무리와
들판의 짐승 종족과
바다의 짠물 속에 생겨난 것들을
교묘한 인간은 얽은 그물을   345
던져 에워 잡도다.
또한 기술로
지배하도다, 들판을 집 삼고
산을 오가는 짐승들을. 또 갈기가 북실북실한   350
말과, 산에 사는 지칠 줄 모르는 황소를
목에 멍에 씌워 묶도다.

(좌 2)
말소리와, 바람같이 빠른
생각과, 도시를 이뤄 살려는   355

---

23) 노새를 가리키는 것으로 보인다.

마음을 스스로 가졌도다, 또 살기 불편한
노천의 서리와
고약한 빗방울의 공격을 피하려는 생각도.
그는 모든 일에 대처하도다. 방편 없이 맞이하지 않   360
도다,
그 어떤 일이 다가와도. 다만 하데스만큼은
피할 방법을 내놓지 못하겠으나,
어쩔 수 없던 질병에 대해서도 그는 피할 방편을
생각해 내었도다.

(우 2)

그는 기술의 교묘함에서는,   365
예상을 넘어설 만큼 현명한 존재이지만
때로는 나쁜 결과에, 때로는 좋은 결과에 도달하도다.
땅의 법과 신들께
맹세한 정의를 존중하면
융성하는 도시를 가지게 되도다. 그러나 대담하게도   370
선하지 않은 것과 함께하는 자는 도시를 잃게 되도다.
이런 짓을 하는 자가 나와 같은 화로에
속하지 않았으면! 나와   375
같은 대의를 나누지 않았으면!

코로스 장 (행진곡 운율)

신이 보내신 여기 이 기이한 일을 당하여,
의혹이 넘치는구나. 내가 저 처자가 안티고네라는
것을 알면서

어떻게 아니라고 반박하랴!

오, 불행한 것,

불행한 아버지 오이디푸스의 딸이여,　　　　　　380

대체 무슨 일이오? 정말로 그대가

왕의 법에 불복하여 저들에게 끌려온 건가요,

현명치 않게 행하는 중에 잡혀서?

파수꾼 이 여인이 바로 그 일을 행한 여자입니다.

우리는 이 여인이 장례를 치르는 걸 잡았죠.[24] 한데

크레온 님은 어디 계신가요?　　　　　　385

코로스장 그분이 맞춤하게 다시 궁 밖으로 나오시는구려.

크레온 무슨 일인가? 내가 무엇에 맞춰 나왔다는 것인가?

파수꾼 왕이시여, 필멸의 인간은 그 어떤 일이든 일어나지

않으리라 맹세할 수 없습니다.

나중의 숙고가 처음 생각을 거짓으로 만드니까요.

저는

방금 당신의 위협에 시달렸기에,　　　　　　390

여기로 다시 올 생각이 거의 없노라 공언했었으니

말입니다.

하지만 예상 밖의, 예상을 벗어난 기쁨은

다른 즐거움보다 훨씬 더 크기에,

여기 왔습니다, 그러지 않겠다고 맹세로써 다짐했지

만요.

---

24) 파수꾼들이 시신에 덮인 흙을 치웠기 때문에 안티고네가 다시 장례를 치르다
가 잡힌 것이다. 그녀가 그 자리에 다시 온 것은 자신이 만든 무덤이 잘 있는지
확인하기 위해서거나, 지난번에 헌주를 못해서였을 것이다.

장례의 격식을 갖추다가 붙잡힌 이 처자를   395
끌고서 말이죠. 이번에는 제비를 던진 것도 아니고,
이건 다른 사람 아닌 저의 횡재입지요.
그러니 왕이시여, 이제 이 여자를 원하시는 대로 직접
조사하고 심문하시지요. 저는 정당하게 이 말썽으로
부터
자유로이 풀려나도 되겠지요.   400

크레온 한데 이 여자를 어디서 어떻게 잡아 데려왔느냐?

파수꾼 그녀가 그 사람을 장례 치렀습니다. 그게 전부입니다.

크레온 네가 정녕 무슨 말을 하는지 알고서 제대로 말하
         는 거냐?

파수꾼 정말 이 여자가, 당신이 금지하신 시신을 묻는 걸
         봤습니다요. 제 얘기가 명백하고 분명하지 않습니까?   405

크레온 그러면 범행 중에 어떻게 발각되어 잡혔느냐?

파수꾼 사태는 이랬습죠. 저희는, 당신에게서
         저 무서운 위협을 받고 돌아갔을 때,
         시체를 덮고 있던 먼지들을 모두
         쓸어내고는, 썩어서 질척하게 물기 어린 그 몸을 잘
         드러나게 해 놓고,   410
         언덕 꼭대기에서 내려다보며 바람을 등지고 앉아 있
         었죠.
         그 시체에서 냄새가 닥쳐올세라 피해서 말입니다.
         소란스러운 욕설로 이놈이 저놈을
         잠 못 자게 깨우면서요, 혹시나 누가 파수 보기를
         게을리할까 해서 말입니다.

이렇게 한참 계속되었습죠, 창공 한가운데에   415
태양의 찬란한 원이 자리 잡고,
열기가 달아오를 때까지 말입니다. 그런데 그때 갑자
기 돌개바람이
흙먼지 기둥을, 하늘에서 들이치는 고통을 일으켜
들판을 채우고는, 평탄한 숲의 온 머리카락을
망가뜨렸고, 광대한 창공을 가득   420
메웠죠. 그래서 우리는 신이 보낸 듯한 질병을 눈 감
고 견뎠습니다.
그런데 한참 만에 이것이 지나가고 나서,
이 소녀가 보였고, 그녀는 비통한 어미 새가
날카로운 소리로 비명을 지르듯 했지요, 마치
새끼들이 사라진 빈 둥지의 잠자리를 보았을 때처럼
말입니다.   425
그처럼 그녀도 시신이 드러나 있는 것을 보자,
곡하면서 애통해하기 시작했고, 또 극악한 저주를
퍼부어 댔습니다, 그렇게 만든 자들을 향해서요.
그리고 곧장 손으로 마른 먼지를 가져오고,
잘 두드려 만든 청동 주전자를 높직이 들어   430
세 번의 헌주(獻酒)[25]로써 시신 주위를 둘렀습니다.
그리고 우리는 그걸 보고 달려가서 그녀를 즉시
체포하였습니다. 하지만 그녀는 전혀 놀라지 않았습죠.

---

25) 원래는 꿀과 술을 섞은 것을 써야 하지만, 여기서는 그냥 물만 부어 바친 것으
로 보인다.

그리고 이전의 행동과 이번 행동에 대해
따져 물었습니다. 한데 그녀는 아무것도 부인하지
않았습니다.   435
저는 다행스럽기도 하고 괴롭기도 했습니다.
자신이 재난에서 벗어났다는 건
아주 기쁜 일이지만, 친구를 재난으로 인도하는 것은
고통스러운 일이니까요. 하지만 저더러 선택하라면,
이 모든 일이 저의 안전보다는 작은 것이지요.   440

크레온 너, 고개를 숙이고 있는 너 말이다,
너는 이 말을 시인하느냐, 아니면 그러지 않았노라
고 확실하게 부인할 테냐?

안티고네 인정합니다. 부정하지 않겠어요.

크레온 (파수꾼에게) 너는 네가 원하는 데로 가도 좋다,
무거운 책임에서 벗어났으니.   445
(안티고네에게) 너는 내게 말해라, 길게 말고 간단하게.
이 짓을 금하노라 포고한 걸 알고 있었느냐?

안티고네 그래요. 어떻게 모를 리 있겠습니까? 분명했으니
말이에요.

크레온 그런데도 감히 이 법령을 위반했단 말이냐?

안티고네 제가 보기에 이것을 명하신 이는 제우스가 아니며, 450
하계의 신들과 함께 사시는 정의의 여신께서도
인간들에게 그와 같은 법은 정하지 않으셨으니까요.
그리고 저는 당신의 포고가 그만큼 강력하다고
생각지도 않아요. 기록되진 않았지만 확고한 신들의
법을 필멸의 존재가 넘어설 수는 없지요.   455

왜냐하면 그 법은 어제오늘만이 아니라 언제나
영원히 살아 있고, 그것이 언제 생겨났는지 누구도
알지 못하니까요.
저는 그 어떤 남자의 뜻이 두렵다고 신의 법을 소홀
히 하여
신들에게 벌을 받지는 않겠노라 결심했어요.
왜냐하면 내가 죽으리라는 것을 잘 알고 있으니까
요. 왜 모르겠습니까?   460
설사 당신이 선포하지 않았다 하더라도 말이죠. 하
지만 내가 때가 되기도 전에
죽는다 해도, 그 편이 더 이로우리라 싶습니다.
누구라도 나처럼 큰 불행 속에 산다면,
어떻게 죽음이 더 이롭지 않겠어요?
그러니 나는 이 운명을 맞는 것이   465
전혀 고통스럽지 않습니다. 반면에 내 어머니에게서
난 분의 주검이
장례받지 못한 채 버려진 것을 참고 본다면,
그것은 크나큰 고통이었을 거예요. 하지만 지금 내
가 당한 일은 괴롭지 않습니다.
당신이 보기에 지금 내가 어리석은 짓을 하다 잡힌
것 같다면,
저는 말하자면 어리석은 자에게 어리석게 보이는 셈
이지요.   470
코로스 장   뻣뻣한 아비에게서 난 딸의 뻣뻣한 혈통이
드러나도다. 이 처녀는 불행에 굽힐 줄을 모르는구나.

크레온 (코로스 장에게) 하지만 그대는, 지나치게 강한 의지
　　　는 쉽사리
　　　꺾인다는 걸 알기 바라오. 굳디굳은
　　　쇠라도 불 속에서 지나치게 단단하게 달궈지면　　475
　　　부스러지고 깨지는 것을 아주 흔히 볼 수 있을 것이오.
　　　나는 기세 높은 말들이 작은 재갈로
　　　다스려진다는 걸 아오. 다른 사람의
　　　노예인 주제에 거만하게 굴 수는 없는 법.
　　　한데 우선 이 아이는 전에, 선포된 법을　　480
　　　어기며 잘도 오만을 부렸소.
　　　그리고 그 짓을 한 다음에는 두 번째 오만으로,
　　　저지른 일을 자랑삼아 즐거워했소.
　　　이 아이에게 아무 탈 없이 이런 짓을 할 권리가 허
　　　락된다면
　　　확실히 내가 사내가 아니라, 이 아이가 사내일 거요.　　485
　　　하지만 이 애가 내 누이의 딸이건, 집안의 제우스께
　　　속한
　　　모든 사람보다 더 가까운 혈연이건 간에,
　　　그녀도, 그리고 그녀와 한 핏줄인 계집애도 끔찍한
　　　죽음을 피하지 못할 것이오. 나는 이 장례 의식을
　　　꾸민 것에 대해
　　　그 계집아이에게도 똑같이 책임을 두기 때문이오.　　490
　　　(하인들에게) 그 계집도 불러오너라. 나는 방금 안에
　　　서 그 애가
　　　광기에 불붙어 정신 차리지 못하는 것을 보았다.

어둠 속에서 옳지 않은 일을 꾸미는 자들의
도둑 심보는 앞질러 발각되기 쉬운 법.
나는 정말로 증오하노라, 악행 중에 잡힌 자가   495
그것을 미화할 때면 특히.

안티고네 당신은 나를 잡아 죽이는 것 이상의 무엇을 바라
시나요?

크레온 아니다, 네 목숨을 가졌으면 모든 걸 가진 셈이니.

안티고네 그러면 대체 무엇을 기다리시나요? 당신의 말 중
어떤 것도 내 마음에 들지 않고, 앞으로도 결코 그
러하지 않을 것처럼,   500
당신께도 내가 전혀 기껍지 않은데 말이에요.
그리고 어디서 내가 더 높은 명성을 얻을 수
있겠습니까? 제 오라비를 장례 치르고서
얻는 것보다 말이어요. 만일 두려움이 혀를 잠그지
않았더라면
여기 이분들도 모두 그것이 좋다고 말했을 거예요.   505
하지만 독재자는, 다른 많은 행운도 누리지만,
원하는 대로 행동하고 말할 수 있지요.

크레온 카드메이아 사람들 가운데 너 혼자 그렇게 보는
거다.

안티고네 이 사람들도 그렇게 보고 있지만, 당신이 무서워
입을 눌러 닫고 있는 거예요.

크레온 너는 부끄럽지 않느냐, 이 사람들과 다른 생각을
품고서도?   510

안티고네 한 배에서 나온 이들을 존중하는 일은 전혀 수

치스러운 일이 아니니까요.

크레온 그와 맞서다 죽은 이도 너와 같은 핏줄이 아니더냐?

안티고네 한 어머니와 같은 아버지에게서 나온 혈육이지요.

크레온 그러면 대체 왜 저이[26]에게는 불경스럽게 보일 것을 감사랍시고 바치느냐?

안티고네 죽은 시신은 이 일에 신경 쓰지 않을 거예요.[27]   515

크레온 네가 그를 불경스러운 자와 대등하게 대접하는데도 말이냐?

안티고네 그분은 노예가 아니라 형제로서 죽었어요.

크레온 이 땅을 파괴하다가 그랬지. 다른 이는 이 땅을 위해 싸우다가 그랬고.

안티고네 하지만 하데스는 그들을 동등하게 대할 것을 요구합니다.

크레온 아니, 이익을 주는 이가 사악한 자와 같은 몫을 받을 수는 없다.   520

안티고네 저승에서는 이것이 합당한 일이 될는지 누가 아나요?

크레온 원수는 절대로, 죽었다 해도 친구가 될 수 없다.

안티고네 저는 모두 미워하기보다는 모두 사랑하게끔 타고 났어요.

---

26) 에테오클레스.

27) 두 가지 해석이 가능하다. '에테오클레스는 같은 죽은 자로서, 이 장례를 나쁜 일로 여기지 않으리라.' 혹은 '이미 죽은 사람인 에테오클레스가 무슨 불만을 느끼겠는가?'이다. 하지만 '시신(nekys)'이란 말을 '죽은(katthanon)'이란 말로 한 번 더 강조한 것으로 보아, 두 번째 해석이 더 나은 듯하다.

크레온   사랑을 하려면 이제 저 밑으로 가서 저들을
          사랑하려무나. 하지만 내가 살아 있는 한 여자가 나
          를 지배하진 못할 것이다.   525

          (이스메네가 끌려 들어온다.)

코로스   보라, 여기 문 앞에 이스메네가 왔도다,
          자매를 사랑하는 마음에 눈물을 내리쏟으며.
          이마 위에 슬픔의 구름이 드리워져 붉게 상기된
          뺨을 어둡게 하도다,
          아름다운 볼을 적시며.   530
크레온   네가 살무사처럼 집 안에 엎드려
          몰래 내 피를 빨아먹고 있었는데, 나는 두 재앙을
          키우면서,
          왕좌에 대한 반역을 키우면서도 몰랐구나.
          자, 어서 말해라. 너도 이 장례에 가담했다고
          인정할 테냐, 아니면 전혀 몰랐다고 맹세할 테냐?   535
이스메네   저도 그 일을 했습니다, 여기 제 언니가 동의해
          준다면요.
          저도 함께 가담했으니 같은 책임이 있습니다.
안티고네   아니, 네가 이러는 것은 정의가 허락지 않을 거
          야, 너는
          원치 않았고, 나와 함께하지 않았으니.
이스메네   하지만 언니가 불행 속에 있을 때, 함께 고통에   540
          올라타는 것을 난 부끄럽게 여기지 않아요.

안티고네   그 일을 누가 했는지는, 하데스와 밑에 계신 분
          들이 증언하신다.
          나는 말로만 가까운 친구를 좋아하지 않는다.
이스메네   언니, 제발 나를 무시하지 마시고, 고인을 높이고서   545
          언니와 함께 죽는 걸 막지 마세요.
안티고네   너는 부디 나와 함께 죽지도 말고, 네가 손대지
          않은 일을
          네 일로 삼지도 마라. 나 하나 죽는 것으로 충분해.
이스메네   하지만 언니를 떠나보내면 제게 어떤 삶이 달갑
          겠어요?
안티고네   크레온 님께 물어보렴. 너는 이분 말에만 신경 쓰
          니까.
이스메네   왜 이렇게 절 괴롭히나요, 아무 득도 없이?   550
안티고네   내가 만일 너를 비웃는다면, 그건 진정 괴로워하
          면서 웃는 거다.
이스메네   이제는 제가 도대체 어떻게 언니를 도울 수 있을
          까요?
안티고네   너 자신을 구하렴. 나는 네가 빠져나간 것을 시
          샘하지 않아.
이스메네   아아, 불행하여라, 저는 언니의 죽음을 나누기에
          도 모자라는 건가요?
안티고네   너는 살기를 택했고, 나는 죽기를 택했으니까.   555
이스메네   하지만 제가 아무 말도 하지 않고서 그런 건 아
          니에요.
안티고네   너는 이들에게 바른 생각을 하는 걸로 보였고,

나는 저승에 계신 분들에게 바르게 보였다.

이스메네   하지만 질책은 우리 두 사람 다 똑같이 받고 있
        어요.

안티고네   힘을 내렴. 너는 살아 있지만, 내 영혼은 이미
        죽었단다, 죽임 당한 이들을 돌보느라고.   560

크레온   단언하건대, 이 두 소녀 중 하나는 방금
        정신이 나갔고, 다른 아이는 분명 나면서부터 그랬
        구나.

이스메네   왜냐하면, 왕이시여, 불행을 겪는 사람들에게는
        타고난 현명함도 머물지 않고 나가 버리는 법이기
        때문입니다.

크레온   네 현명함은, 불행 중에도 사악한 짓을 하기로[28]
        결정했을 때 나간 거지.   565

이스메네   언니 없이 홀로되면 제게 삶이 대체 무슨 의미가
        있겠어요?

크레온   아니, 언니라고 하지 마라. 언니는 이제 없다.

이스메네   하지만 당신은 아들의 아내가 될 이를 죽이실 건
        가요?

크레온   경작할 만한 다른 여자들의 밭도 있으니까.

이스메네   그래도 그분에게 언니만큼 잘 어울리는 여자는
        없지요.   570

크레온   나는 내 아들들이 사악한 여자들과 얽히는 걸 혐

---

28) '불행을 겪다(kakos prattein)'와 '사악한 짓을 하다(kaka prattein)'가 같은 단
   어로 이루어진 것을 이용한 빈정거림이다. 크레온은 여전히 이스메네가 공범이
   라고 생각하고 있다.

오한다.

이스메네[29]   오, 친애하는 하이몬이여, 그대의 아버지가 그대
를 얼마나 무시하는지요!

크레온   너는 벌써 나를 너무 성가시게 하고 있다, 네가 말
하는 그 '혼인 침대'[30]도.

이스메네[31]   정말로 그대는 이 처녀에게서 당신 자손을 빼앗
으려 하시나요?

크레온   이 결혼을 멈출 것은 하데스다.   575

이스메네   이 여인이 죽는 것은 결정된 일 같군요.

크레온   그렇다, 네게도 내게도 그렇게 보인다. (하인들에게)
이제 지체 말고 저 계집을
안으로 끌고 가거라, 노예들아! 이들은 이제부터

---

29) 이 대사를 안티고네에게 배당하는 학자들도 있다. 그런 학자들은, 이제까지 침
묵하던 안티고네가, 하이몬을 안목 없는 사람으로 만드는 크레온의 대사에 반
응한 것으로 본다.

30) 이 구절은 직역하면 '네 결혼 침대도(kai to son lechos)'이다. 여기서 '너'를 안
티고네로 보는 것이 572행을 안티고네에게 배당하는 학자들의 입장이다. 하지
만, 이스메네와 크레온의 대화에 갑자기 안티고네가 끼어들어 자신은 사악한 여
자가 아니라고 항변하는 것은 좀 이상하고, '너의 결혼 침대'라는 말은 '네(이스
메네)가 말하는 그 결혼 침대라는 것'으로 볼 수도 있기 때문에, 이 번역에서는
그쪽을 따랐다.

31) 574행과 576행을 코로스 장에게 배당하는 학자들도 있다. 그럴 경우 577의
크레온의 대사 '네게도 내게도 그렇게 보인다(kai soi ge k'amoi).'는 '그대와 나
에 의해 결정된 것이오.'가 되고, 크레온이 코로스도 자기 결정에 찬성하는 것으
로 여기는 게 된다. 하지만 크레온은 앞에서 두 자매 모두에게 죽음을 선고했기
때문에 576행이 코로스 장의 대사라면 '이 여인'이라고 하지 않고 '이 여인들'로
복수형을 썼을 것이다.

나돌아 다니지 못하고 여자답게 굴어야 할 것이다.
담대한 남자들이라 해도, 삶에 하데스가   580
다가든 걸 보면 달아나는 법이니까.
(크레온의 부하들이 안티고네와 이스메네를 데리고 나간다.)

(제2정립가)
코로스   (좌 1)
삶에서 불행을 맛보지 않는 이들은 행복하도다.
신이 어떤 이의 집을 흔들면, 재앙 중에
어느 하나 남김없이 여러 가솔에게 기어들기 때문이
로다,   585
되우 치는
트라케의 바닷바람에
파도가 해저의 어둠 위로 넘어 달릴 때,
검은 모래를   590
바닥부터 휘돌리고, 곶들은
된바람 맞아 신음하여 울부짖듯이.
(우 1)
랍다코스 집안의 재앙이 재앙 위에
떨어지는 것을 나는 오래전부터 보아 왔네.   595
한 세대가 이전 세대의 불행을 해결해 주지 못하고,
신들 중 하나가 들이쳐, 그 집안은 해방을 얻지 못
하네.
이제도 오이디푸스 가문의
마지막 뿌리들 위에 비친 햇살,   600

그 햇살을 다시금 저승 신들의
유혈의 먼지[32]가,
또 어리석은 말과 광기 어린 생각이 베어 거두고 있
으니.
(좌 2)
제우스시여, 당신의 권능을 인간들이
어떻게 위배하여 막을 수 있겠나이까?   605
모든 것을 포획하는 잠도 그것은 결코 잡지 못하고,
해마다 지치지 않는 달들도
그러하오며, 늙지 않는 시간 동안에 당신은 지배자
로서
올륌포스의 반짝이는
빛살을 차지하고 계십니다.   610
잠시 후에도, 먼 후일에도
이전처럼 이 법은
유효하리니, 지나친 행동은 어떤 것이든
인간들의 삶에 찾아올 때 필시 해를 끼치리라.
(우 2)
이는 진정, 널리 떠도는 희망이   615
여러 인간에게는 도움이어도,
또 여럿에게는 경솔한 생각과 욕망의 속임수이기 때

---

32) 전체 술어가 '베어 거두다(katamao).'로 되어 있어서, '먼지(konis)' 대신 '칼
(kopis)'로 읽으려는 학자도 있으나, 이 번역에서는 폴뤼네이케스를 장례 지낸
'먼지'라는 뜻으로 보아 그렇게 옮겼다. '뿌리들 위에(hyper) 비친 햇살'도 '햇살
인(hoper) 뿌리들'로 읽자는 제안이 있다.

문이라.

그것은, 뜨거운 불에 발을 델 때까진

아무것도 모르는 자에게 다가온다네.

누군가가 지혜를 좇아   620

저 유명한 말을 했다네.

'신께서 그 정신을

미망으로 이끄는 이에겐,

나쁜 것도 좋은 것인 양 보이나,

그는 아주 짧은 동안만 피해 없이 지내도다.'   625

(하이몬 등장)

코로스 장   (행진곡 운율)

보십시오, 여기 하이몬이 왔습니다, 당신의 자식들 중

가장 어린 핏줄이. 그는,

혼약했던

안티고네 처녀의 운명에 괴로움을 느끼고,

혼인이 좌절된 것이 고통스러워 온 것일까요?   630

크레온   우리는 곧 예언자보다 더 잘 알게 될 것이오.

(하이몬에게) 오, 아들아, 혹시 네 약혼녀에 대한

공적인 결정을 듣고서 아버지에게 격한 분노를 품고

온 것이냐?

아니면 내가 어떤 일을 하든 너와 같은 편이라고 여

기느냐?

하이몬   아버지, 저는 아버지의 편입니다. 당신은 저를 올바른   635

판단으로써 지도하고 계시며, 저는 거기 따르려 합니다.[33]
저는 아버지께서 잘 이끄시는 것보다
더 큰 가치를 지닌 결혼은 없다고 생각합니다.

크레온 그렇지, 내 아들아, 가슴속에 그런 생각을 가져야
하느니라,
모든 일에 아버지의 판단을 지지하면서.   640
그 때문에 사람들이 집안에 순종적인 자손을
낳아 갖기를 기원하는 거니까.
원수에게는 나쁜 것으로 갚아 주고,
친구는, 그 아버지가 하듯 존중하도록 말이지.
하지만 쓸모없는 자식을 낳은 사람이라면,   645
그 사람이 자신에게 고역 이외의 다른 무엇을 생산
했다고
말할 수 있겠느냐? 적들에게는 많은 웃음거리를 준
셈이고.
그러니 얘야, 결코 여자 때문에 생각을
쾌락 아래 던져 놓지 마라. 못된 여자가
집안의 배우자로 들어오면, 결국   650
품기에도 차갑게 된다는 걸 알아야 한다. 사실, 무엇이
악한 친척보다 더 큰 상처가 되겠느냐?
그보다는 저 여자를, 적으로 삼아 뱉어 버리고,

---

33) 이 구절은 다소 모호한 데가 있어서, '제가 당신의 아들이긴 합니다. 그리고 당
신께서 올바른 판단을 갖고 지도하신다면 따르겠습니다.'로 옮길 수도 있다. 하지
만 현재 하이몬은, 자신이 아버지에게 전적으로 순종하는 것으로 보여야만 안티
고네를 살릴 수 있으므로, 그렇게 은근히 반항심을 표현하지는 않았을 것이다.

하데스에서나 누군가와 혼인하도록 보내 버려라.

그것이 온 도시 가운데서 유일하게   655

대놓고 반역하는 걸 잡았으니,

내가 온 도시 앞에 거짓말쟁이가 되기보다는

그녀를 처형하고야 말겠다. 그녀는 혈연을 보호하는 제우스를

불러 찬양이나 하도록 두어라. 진정코 내가 가족으로 태어난 자를

제멋대로 하게끔 키운다면, 가문 밖의 사람들은 더

할 테니 말이다.   660

누구든 집안에서 쓸모 있는 사람은,

도시의 일에서도 정의로운 자로 드러나게 마련이지.

이런 사람은 다스리기도 잘하고,   [668]³⁴⁾

또 지배받기도 잘하고자 하며,   [669]

창의 폭풍 속에서도 정해진 대로   665

정의롭고 좋은 전우로 남아 있으리라 나는 확신할 수 있을 것이다.   [671]

반면에 법을 넘어서서 행패를 부리는 자나,   [663]

지배자들에게 명령하려 획책하는 자라면,   [664]

그는 결코 내게서 찬동을 얻지 못할 것이다.   [665]

어쨌든 도시가 세운 사람이라면, 그 사람의 말을 들

---

34) 전하는 사본들에 668~671행으로 되어 있는 것과 663~667행으로 되어 있는 내용의 위치를 서로 바꿨다. 사본에 전하는 대로 하자면, [668]행 맨 앞에 나오는 '이런 사람(touton)'(지배를 잘 받는 사람)이 가리키는 것이 (원래 666~667행에 그려진) 도시의 지배자여야 하므로 내용 연결이 어색하다.

어야만 하느니라,   670

그것이 작은 일이건 큰 일이건, 옳은 일이건 옳지 않

은 일이건 간에.   [667]

통치 없는 상태보다 더 나쁜 것은 없는 법.

그것은 도시들을 파괴하고, 가문들이

떠나가게 만들며, 동맹자들의 창을

갑자기 패주로 붕괴하게 한단다. 하지만 복종은   675

바로 선 자들의 많은 생명을 구원하는 법이지.

그러니 부여된 질서를 옹호해야지,

결코 여자에게 굴복해서는 안 된다.

불가피하다면 남자에게 쫓겨나는 것이 낫지,

여자보다 못한 자라고 불려서는 안 될 것이다.   680

코로스 장   세월이 우리에게서 지혜를 도둑질해 간 것이 아

니라면,

당신의 말씀은 사려 깊어 보입니다.

하이몬   아버지, 신들께서는 인간들에게 현명함을 심으셨고,

그것은 모든 재산 가운데 가장 뛰어난 것입니다.

저는 아버지께서 옳지 않게 말씀하셨다고   685

말할 수 없을 것이며,[35] 또 앞으로도 그럴 수 없었으

면 좋겠습니다.

하지만 다른 사람도 뭔가 좋은 생각을 할 수 있습니다.

저는 당신을 위해 모든 것을 살펴 왔습니다, 누가

---

35) 하이몬은 일부러 모호한 표현을 사용하고 있다. '당신의 말씀이 옳다.'라는 뜻
일 수도 있고, '당신은 그런 말을 할 권한이 있다.'라는 뜻일 수도 있다.

무엇을 말하는지, 또는 누가 무엇을 행하는지, 비난
하는지를.
왜냐하면 당신의 얼굴은 보통 사람들에겐 무서우니
니까요,   690
당신이 들으시면 즐겁지 않을 이런 말들 때문이지요.
저는 어둠 속에서 떠도는 이런 것들을 들을 수 있습
니다,
도시가 이 소녀에 대해 얼마나 애통해하는지를요,
모든 여인 가운데 가장 고귀한 그녀가
가장 명예로운 행위 때문에 가장 비참하게 죽는다
고요.   695
'제 친오라비가 피범벅으로 쓰러진 채
장례도 받지 못하고, 날고기 먹는 개들과
새들에 망가지도록 버려두지 않는 여인이라면,
이 여인은 황금 같은 명예를 받을 만하지 않은가?'
이런 말이 은밀한 가운데 조용히 퍼지고 있습니다.   700
한데 아버지, 제게 아버지께서 행복을 누리며 살아
가시는 것보다
더 소중한 재산은 결코 없습니다.
사실 자식들에게 번영을 누리시는 아버지의 명성보
다 무엇이
더 큰 영광이겠습니까? 혹은 아버지에게 자식들로
인한 명성보다 더 큰 무엇이 있을까요?
그러니 마음속에 오로지 한 가지 생각만 품지 마십
시오.   705

당신이 말씀하시는 것만 옳고 다른 것은 옳지 않다
는 식으로 말입니다.
왜냐하면, 누구든지 저 혼자만 현명하다고,
혹은 자신이 다른 누구도 갖지 않은 혀나 영혼을 가
졌다고 생각하는
사람들은 열어 보면 빈껍데기로 드러나는 법이니까요.
현명한 사람이라 해도, 많이 배우려 하고   710
자기를 지나치게 내세우지 않는 것은 결코 부끄러운
일이 아닙니다.
아버지께선 겨울철 격류에 얼마나 많은
나무들이 몸을 굽혀 가지들을 구하는지 보시지요.
반면에 저항하는 것들은 뿌리째 뽑히고 맙니다.
또 마찬가지로 배의 돛 아래 줄을 계속 당기며   715
바람에 전혀 굴복치 않는 사람은 결국 배가
뒤집혀, 남은 여정을 뒤집힌 의자에 앉아 항해하게
되지요.
그러니 노기를 그치고 태도를 바꾸십시오.
이런 말을 하는 것은, 젊은 제게도 어떤 지혜가 있다면,
사람이 나면서부터 지식으로 가득한 게   720
단연코 으뜸이라 하겠지만,
그렇지 않다면 — 사실 그렇기는 어려우니까요. —
좋은 충고를 하는 이에게서 배우는 것도 좋은 일이
기 때문입니다.

코로스   왕이시여, 당신도 그가 뭔가 옳은 말을 한다면 배
우는 게 옳을 것이며,

(하이몬에게) 그대 또한 이분께 그렇게 하시오. 양쪽
다 잘 말씀하셨으니까요.   725

크레온 그러면 정말 이렇게 나이 먹은 우리가, 저렇게 어린
자에게서
지혜로움을 배워야 한단 말이오?

하이몬 정당치 않은 것은 아무것도 배우지 마십시오. 제가
젊긴 해도,
나이가 아니라 행위를 보셔야 합니다.

크레온 그 행위라는 게 막돼먹은 것들을 섬기는 것이더냐?   730

하이몬 제가 사악한 자들을 경건히 섬기라 하지는 않을
것입니다.

크레온 저 계집아이가 사악함에 감염된 게 아니란 말이냐?

하이몬 이 테바이의 온 도시 백성이 아니라고 말합니다.

크레온 내가 도시가 시키는 대로 명해야 한다는 것이냐?

하이몬 아버지께서 방금 아주 어린애같이 말씀하셨다는
걸 아십니까?   735

크레온 내가 이 땅을 다스릴 때 내 뜻이 아니라 다른 이의
뜻대로 해야 한단 말이냐?

하이몬 한 사람에게 속한 것은 국가라 할 수 없습니다.

크레온 국가는 지배자의 소유가 아니더냐?

하이몬 아무도 없는 땅이라면 혼자서도 잘 다스리겠지요.

크레온 (코로스 장에게) 내가 보기에 이 녀석이 여자와 한
편인 것 같소.   740

하이몬 아버지께서 여자라면 그렇겠지요. 저는 아버지를
참으로 걱정하고 있으니까요.

크레온 이 못된 것! 아비에게 대항하여 쟁론하면서도 그런
        말을 하느냐?

하이몬 당신이 부당하게도 잘못을 저지르시는 걸 보고 있
        기 때문입니다.

크레온 내가 경건히 나의 다스림을 수행하는 것이 잘못이
        란 말이냐?

하이몬 신들의 명예를 짓밟으시면 경건히 행하시는 게 아   745
        닙니다.

크레온 네놈도 오염됐구나, 여자 뒤나 따르는 놈!

하이몬 하지만 당신은 제가 수치스러운 일에 굴복했다고
        비난하지는 못하실 겁니다.

크레온 어쨌든 너의 이 모든 말은 저 계집을 위한 것이렷다.

하이몬 하지만 아버지와 저와, 또 저승의 신들을 위해서이
        기도 합니다.

크레온 그 계집이 살아 있는 동안은 네가 그것과 결혼하
        지 못하리라!   750

하이몬 그러면 그녀는 죽겠지만, 죽음으로써 누군가를 없
        앨 것입니다.

크레온 너 정말 이리 위협하며 당돌하게 대들 테냐?

하이몬 빈 생각에 맞서 논변하는 것이 무슨 위협입니까?

크레온 자기가 비어 있으면서 가르치려 들다니, 너는 나를
        가르친 대가로 울게 될 것이다.

하이몬 저의 아버지가 아니셨다면, 저는 당신이 정신 나갔
        다고 말했을 겁니다.   755

크레온 여자의 노예인 주제에 아비를 존중하는 척하지 마라.

하이몬   아버지는 뭔가 얘기하려고만 하시고, 말한 다음에
는 듣지 않으려 하시는군요.

크레온   진심이냐? 하지만, 하늘에 맹세코, 네가 나를
꾸짖어 비난하고도 즐겁지는 못하리라는 것을 알아
두어라.
(하인들에게) 그 밉살스러운 것을 끌어 오너라, 당장
눈앞에서   760
제 신랑감 있는 데서 죽임을 당하도록!

하이몬   그런 일은 상상도 마십시오, 그녀가
내 앞에서 죽는 일은 결코 없을 것이며, 당신은 결
코 앞으로
나의 머리를 눈으로 직접 보실 수 없을 겁니다.
아버지는 친구들 중에 원하는 자들하고나 함께 지
내며 미친 짓을 계속하게 되겠죠.   765
                                          (하이몬이 뛰쳐나간다.)

코로스 장   왕이시여, 저 사람은 화가 나서 뛰쳐나가 버렸습
니다.
그 또래의 심성은 괴로울 때면 과격한 법입니다.

크레온   놔두시오. 가서 인간의 한계 이상의 것을 생각하라
하시오.
어쨌든 그가 그 두 처녀를 죽음에서 풀어 주진 못할
것이오.

코로스 장   정말로 두 처녀를 다 처형하실 생각이십니까?   770

크레온   그 일에 손대지 않은 소녀는 아니오. 정말 잘 말해
주었소.

코로스 장   그러면 다른 처녀는 어떤 식으로 없애려고 하십
　　　　니까?

크레온   인적 없는 곳으로 데려다가
　　　　바위로 된 지하 동굴에 산 채로 가둘 것이오,
　　　　도시 전체가 더럽혀지지 않도록,　　　　　　　　775
　　　　저주를 막을 수 있는 만큼만 음식을 넣어 주고서.
　　　　그러면 거기서, 그녀가 신들 중 유일하게 섬겨 모시는
　　　　하데스께 구해서 어떻게든 죽지 않을 길을 얻든지,
　　　　아니면 늦었지만 이제라도, 저승에 있는 자들을
　　　　섬겨 모시는 일이 쓸데없는 수고임을 깨닫게 될 것
　　　　이오.　　　　　　　　　　　　　　　　　　　780

(안티고네가 끌려 나온다.)

(제3정립가)

코로스   (좌)
　　　　에로스여, 싸워 이길 수 없는 이여,
　　　　에로스여, 그대는 재산[36]에도 들이닥치고,
　　　　그대는 소녀의 부드러운
　　　　뺨에서도 밤을 새우며,
　　　　바다 위로도,　　　　　　　　　　　　　　　785
　　　　목초지 헛간들로도 오가도다.

36) 애정 문제 때문에 남의 땅에 쳐들어가는 경우나, 자기 재산을 탕진하는 경우
로 설명하는 것이 보통이나, '재산(ktemasi)' 대신 '가축들(ktenesi)'로 바꿔 읽으
려는 학자들도 있다.

그대를 불사의 신들 중 누구도 피하지 못하며,
그대를 하루살이 인간들 중 누구도
못 피하도다. 하나 그대를 지닌 자는 광란하도다.   790
(우)
그대는 정의로운 자들의 마음도
비틀어 돌려, 불의하게 만들어 망치고,
그대는 한 핏줄인 사람들 사이의
다툼도 부추기는도다.
하나, 아름다운 신붓감의   795
눈에서 비치는 매력이 뚜렷이
승리하도다, 크나큰 법들의 통치에
동석하여.[37] 이는 맞설 수 없는
여신 아프로디테가 희롱하기 때문이라.   800

코로스 장 (행진곡 운율)
하지만 이제 나 자신도 이것을 보면서
법의 테두리 바깥으로 비껴나누나. 더 이상
눈물의 흐름을 막을 길 없으니,
모두가 잠들 침실을 향해
이 처녀 안티고네가 떠나는 것을 볼 때에.   805

---

37) 방금 하이몬이 사랑 때문에 국가에 대한 충성이나 부모에 대한 복종 같은 '큰
법'들에 반항하는 모습을 보였으므로, 사랑이 큰 법들의 통치에 동석한다는 것
은 좀 이상하다. 학자들은 이 구절이 원래 '큰 법들의 통치를 넘어서서' 정도가
될 터인데 잘못 전해진 것이 아닌가 생각하고 있다.

(애탄가)

(좌 1)

안티고네　나를 보세요, 오 조국 땅의 시민들이여,

　　　　마지막 길을

　　　　가는 나를, 마지막 햇살을,

　　　　두 번 다시 보지 못할

　　　　햇살을 보고 있는 나를! 대신에, 모두를 잠재우는　　　810

　　　　하데스가 살아 있는 나를 데려갑니다,

　　　　아케론[38]의 강가로,

　　　　내 몫의 혼인을

　　　　치르지 못한 나를, 아직 축혼가도

　　　　듣지 못한 나를　　　　815

　　　　이제 나는 아케론과 결혼할 거예요.

코로스　하지만 그대는 명성 높이 칭송받으며

　　　　이 죽음의 길로 떠나고 있소.

　　　　그대는, 시들게 하는 질병을 당해서도 아니고

　　　　칼의 대가를 받아서도 아니라,　　　　820

　　　　스스로의 법에 따라, 필멸의 존재들 가운데 유일하게

　　　　산 채로 하데스로 내려갈 것이오.

(우 1)

안티고네　나는 전에, 프뤼기아[39]의 이방 손님인,

　　　　탄탈로스의 딸[40]이 시퓔로스[41] 정상

---

38) 저승의 강.

39) 소아시아.

근처에서 가장 비통하게   825
소멸되었다고 들었어요, 담쟁이처럼
들러붙는 바위가 자라나 그녀를 제압했다고.
그리고 사람들이 말하길,
스러져 가는 그녀를 비도
눈도 결코 떠나지 않는다고,   830
그녀는 언제까지나 슬피 울며
눈썹 아래 산줄기를 적신다 하지요. 신은 나를
꼭 그녀처럼 뉘어 재우려 하시는군요.

코로스   하지만 그대도 아시다시피 그녀는 신이고 신의 자
손[42]이지요,
우리는 인간이고 언젠가 죽도록 태어났지만.   835
그러니, 신적인 존재들과 같은 운명을
만났다는 말을 듣는 것만도 죽은 여자에게는 큰 영
광이지요,
그 말을 살아서 듣든, 죽어서 나중에 듣든.

(좌 2)

안티고네   아아, 나는 비웃음 당하고 있구나. 신들의 이름으
로 묻노니, 왜 아직

---

40) 니오베. 테바이에 성을 둘렀다는 암피온의 아내. 뛰어난 아들딸을 각각 열 명(작
가에 따라서는 일곱 명 또는 다섯 명)씩 두어, 자신이 레토보다 낫다고 자랑하다
가 레토의 자녀인 아폴론과 아르테미스에게 이들을 모두 잃었다. 그 후 그녀는 산
꼭대기의 바위로 변했고, 그녀의 눈물은 바위에서 솟는 샘이 되었다고 한다.
41) 소아시아의 사르디스 남쪽의 산. 원래 뤼디아 지역에 속하지만, 넓게 보자면 프
뤼기아 지역이라고도 할 수 있다.
42) 니오베의 아버지 탄탈로스는 제우스의 아들이다.

세상을 뜨지 않은   840
나를 조롱하나요, 아직 햇빛 속에 있는데?
오, 도시여, 오, 도시의
부유한 사람들이여.
아아, 디르케의 흐름이여, 훌륭한
마차 갖춘 테바이의 성역이여, 내   845
너희라도 공동의 증인으로 가지리라,
어떻게 내가 친족들의 애곡도 받지 못하고, 어떠한
법에 따라
낯선 용도로 쓰이게 될 무덤으로, 돌을 쌓아 만든
울안으로 나아가는지.
아아, 불행하도다, 그저 더부살이로,   850
인간들에게도 시체들에게도,
산 자들에게도 죽은 자들에게도 끼지 못하는 나는!

코로스 그대의 대담함은 한도를 넘어
디케의 높은 보좌에 부딪혀
세게 나동그라진 것이오, 소녀여.   855
그대는 아버지의 죄를 고역으로 갚는 것이오.
(우 2)

안티고네 나의 가장 고통스러운 근심을 그대가 건드리셨군요,
아버지에 대한 거듭 돌아오는 괴로움을,
그리고 우리들, 이름난   860
랍다코스 자손들 모두의
운명에 대한 괴로움을.
아아, 어머니의 침상에서 비롯된

재난이여, 불운한 어머니가 같은 혈족인

내 아버지와 나눈 잠자리여,

이러한 이들에게서 불행한 내가 태어났도다!　　　865

함께 살기 위해 그들을 향하여,

저주받은 나는 결혼도 못한 채 떠나갑니다.

아아, 상서롭지 않은 결혼을

했던 오라버니,[43]　　　870

그대는 죽어서, 아직 살아 있는 나를 쓰러뜨렸군요.

코로스　고인을 잘 모시는 것은 일종의 경건이긴 하지만,

권력자는 누가 자기 권력을

넘어서는 것을 결코 간과하지 않는다오.

한데 제 뜻대로 하는 성정이 당신을 파멸시켰소.　　　875

(종가)

안티고네　애곡도 없이, 친구도 없이, 결혼 축가도 없이

불행한 나는 끌려가누나,

준비된 길을.

불운한 내게는 더 이상 태양의

신성한 눈을 올려보는 것도 허용되지 않는구나.　　　880

그럼에도, 친구 중 그 누구 하나 내 운명을

애통해하지 않고, 눈물 없이 버려두누나.

크레온　죽기 전에 노래와 탄식을 계속하는 것이 이득이 된

---

43) 폴뤼네이케스는 아드라스토스의 딸인 아르게이아와 결혼하여, 장인에게 군대
를 얻어 조국으로 진격했다.(14행 각주 참고.)

다면, 어느 누구도 그것을

그치지 않으리라는 걸 너희는 모르느냐?

어서 빨리 끌어가지 못할까? 그리고 내가 말한 대로,   885

지붕 덮인 무덤에 가두어서

혼자 있게 버려두어라, 죽기를 택하든,

아니면 산 채로 거기 묻혀 있기를 원하든.

우리는 이 계집아이에 대해 깨끗하니까.

어쨌든 그녀는 지상에 함께 살 권리를 박탈당할 것

이다.   890

안티고네   오, 무덤이여, 오, 신방이여, 오, 파내어 만든,

언제나 감시받는 거처여, 거기로 나는 나아갑니다,

내 가족들을 향하여. 많이도 죽은 그들을

페르세파사[44]께서 사자들 가운데 받아들이셨지요.

나는 그들 중 마지막으로, 또 더할 수 없이 비참하게,   895

그리 내려갈 거예요, 명을 다 채우기도 전에.

하지만 큰 희망을 키우며 갑니다,

아버지께 반갑게 당도하리라고, 그리고 어머니, 당신

께도 반갑게,

또 친오라버니의 머리여, 당신께도 반갑게.

죽은 당신들을 손수 내 손으로   900

씻겨 치장했었고 무덤에 바치는 헌주를

드렸으니까요. 한데 지금, 폴뤼네이케스여, 저는 그대

---

44) 앗티케(희랍 남동부의 아테나이 주변) 지방에서 하데스의 아내인 '페르세포
네'를 부르는 이름.

의 시신을
수습하고서, 이런 꼴을 당하고 있습니다.
하지만 현명한 이들이 보기에 나는 그대를 옳게 존
중했습니다.
내가 죽은 아이의 어미였더라면 결코 이러지 않았
을 테니까요.   905
또 내 남편이 죽어서 썩어 가고 있었다 해도,
시민들에게 대항하여 이러한 노역을 치르지 않았을
거예요.
대체 내가 어떤 법을 옹호하여 이런 말을 하냐고요?
남편이라면, 하나가 죽더라도 다른 이가 생길 수 있
겠지요.
아이도, 하나를 잃는다 해도 다른 사람에게서 낳을
수 있을 테고요.   910
하지만 어머니와 아버지가 하데스에 숨겨져 계시니,
다시 싹틀 형제는 결코 있을 수 없지요.
저는 이런 법에 따라 특별히 당신을 존중했지만,
크레온께는 죄를 범한 것으로, 무섭도록
당돌한 것으로 보였지요. 오, 친오라버니의 머리여!   915
그리고 그는 이제 나를 이렇게 잡아 끌어갑니다,
결혼 침상도 얻지 못한, 혼인 축가도 받지 못한, 그
어떤 결혼의 기쁨도,
아기를 키울 기회도 얻지 못한 나를.
불행한 나는, 이렇게 친구들에게서 버림받고
산 채로 죽은 자들의 동굴로 나아갑니다.   920

내가 신들의 어떤 정의를 넘어섰던가요?
이 비참한 내가 신들을 더 이상 바라볼 필요가
있을까요? 그분들 중 누군가에게 동맹자가 되어달라
고 부를 필요가 있을까요? 이제 나는
경건히 행함으로써 불경죄를 얻었으니까요.
어쨌든, 만일 정말로 이 징벌이 신들 보기에 좋은 일
이라면   925
나는 고통을 겪고 나서 내가 잘못했음을 깨닫게 되
겠지요.
하지만 이 사람들이 잘못하고 있는 거라면, 그들이
내게 부당하게
행하고 있는 것보다 더 심한 일을 당하지는 않기를!

코로스 여전히 가슴속 폭풍이 같은 기세로
        이 소녀를 붙들고 있구나.   930

크레온 그러니, 그녀를 끌고 가기를
        지체하는 자들에게는 눈물이 닥치리라.

안티고네[45] 아아, 이 말은 죽음에 아주 가까이
        이른 것이로구나.

크레온 나는 결코, 그런 운명이 닥치지 않으리라고   935
        네게 용기를 줄 수가 없구나.

안티고네 오, 테바이 땅 조상들의 도시여,

---

45) 이 구절과 다음 구절은 누가 한 말인지 학자마다 다르게 보고 있다. 이 번역
에서는 '안티고네—크레온'의 대사로 보았지만, 달리 '안티고네—코로스' 또는
'코로스—크레온'으로 볼 수도 있다. 특히 뒷말은 코로스의 것이라면 조금 중립
적으로, 크레온의 말이라면 매우 독설적으로 읽힐 것이다.

그리고 종족을 돕는 신들이시여,

나는 이제 끌려가고 더 이상 존재하지 않을 것입니다.

보세요, 테바이의 지배자들이여,   940

왕가에 유일하게 남은 여자가

경건한 행동을 했다고 해서,

어떠한 남자들에게서 어떠한 일을 당하는지.

　　　　　(크레온의 부하들이 안티고네를 끌고 나간다.)

(제4정립가)

코로스　(좌1)

다나에[46]의 몸 역시, 청동으로 만든 방에서

하늘 빛을 빼앗기고도   945

견뎌 냈다오. 무덤 같은

신혼방에 숨겨진 채 멍에 아래 놓였었다오.

그렇지만, 오, 소녀여, 소녀여, 그녀는 고귀한 혈통이

었고,

황금으로 흐르는 제우스의 씨앗을 관장했다오.   950

그러나 운명의 힘은 무서운 것이라네.

재산도, 아레스도,

성탑도, 바다에서 신음하는

검은 배도 그것을 피해 달아날 수 없다네.

---

46) 아르고스 지방 아크리시오스 왕의 딸. 그녀가 아이를 낳으면, 그 아이가 외할
아버지를 살해하리라는 예언 때문에 아크리시오스는 다나에를 청동탑에 가둔
다. 하지만 제우스가 황금의 비가 되어 그녀에게 내리고, 그녀는 잉태하여 페르
세우스를 낳는다.

(우 1)

에돈인[47]들의 왕,   955

드뤼아스의 성질 격한 아들[48]도, 비웃으며

광분하다가 디오뉘소스에 의해

저 아래 있는 바위 감옥에 갇힌 채로 멍에 아래 놓

였었지.

그리하여 광기의 무섭고도 번성하던 힘을

흘려보냈네. 그는 신을 알아보게 되었지,   960

광기 어린 비웃는 혀로써 신을 공격하다가.

신들린 여인들과 '에우이오이' 외치는 횃불을

막으려 했고, 또 아울로스를 아끼는

무사 여신들[49]을 모욕했으니.   965

(좌 2)

퀴아네아이[50] 곁에 두 바다에 접한

보스포로스 해변[51]과, 손님을 박대하는 트라케의

---

47) Edonoi 또는 Edones. 역사시대에는 스트뤼몬 강 동쪽, 네스토스 강 서쪽에
살았지만, 그전에는 좀 더 서쪽에 거주했던 것으로 보인다.

48) 트라케의 왕 뤼쿠르고스를 가리킨다. 그는 디오뉘소스 숭배를 막으려다가 판
가이온 산의 동굴에 갇힌 것으로, 혹은 말에 찢겨 죽은 것으로 알려져 있다. 어
떤 판본에는 그가 미쳐서 자기 아들을 죽였다고 되어 있는데, 이 판본을 취할
경우 그와 크레온의 연관성이 더 커진다.

49) 무사 여신들은 자주 디오뉘소스 신과 동행하는 것으로 그려진다. 아울로스(피
리)는 특별히 디오뉘소스를 위한 악기이다.

50) 에게 해에서 흑해로 들어가는 입구에 있다는 한 쌍의 큰 바위. 보통 '부딪치는
바위(Symplegades)'와 같은 것으로 여겨진다.

51) 사본들에 전하는 내용이 운율에 맞지 않아, 학자마다 다르게 고치는 부분이
다. 여기서는 제브의 견해를 따랐다.

살뮈뎃소스 도시가 있다네. 이웃에 사는 아레스[52]가   970
거기서 보았네, 피네우스의 두 아들을
눈멀게 만든 저주의 상처를.[53]
잔인한 아내가 피 묻은 손으로,
북 꼬챙이 끝으로
파내어 버려 시력 잃은 상처를,   975
복수를 갈망하는 눈구멍을.

(우 2)

잘못 결혼한 어머니에게서 태어나 불행한 그들은
저 아래서 녹아 가며[54] 불행한 재앙을 두고 울었소.   980
한데 그녀는 에렉테우스 자손의,
유서 깊은 가문의 씨앗[55]임을 자랑했었소.
그녀는 보레아스의 딸로,
외딴 동굴에서 자라났소, 아버지의 질풍 속에
가파른 언덕 너머 말처럼 빠른,   985
신들의 아이로. 하지만 그녀에게도
오래 사시는 운명의 여신들은 들이닥쳤다오, 처녀여.

---

52) 아레스는 특히 트라케의 신으로 여겨진다.
53) 피네우스는 클레오파트라라는 여인과 결혼하여 두 아들을 얻은 후, 이혼하고
   다른 여인(이다이아 혹은 에이도테아)과 결혼하였다. 그 후처가 전실 자식을 모함
   하여, 자식들은 옷감 짤 때 북 역할을 하는 꼬챙이에 눈을 찔려 장님이 되고 만다.
54) 아마도 이들 역시 죽을 때까지 갇혀 있었던 듯하다. 소포클레스는 이전에 이
   미 「피네우스」라는 작품을 썼기 때문에, 여기서는 세부를 자세히 말하지 않고
   지나가고 있다.
55) 클레오파트라의 어머니 오레이튀이아는 원래 아테나이 왕족으로, 에렉테우스
   의 손녀인데, 북풍 신 보레아스에 납치되어 트라케로 왔다.

(테이레시아스가 한 소년의 손에 이끌려 들어온다.)

테이레시아스   테바이의 왕들[56]이여, 나는 함께 길을 지나왔
노라,
한 사람을 통하여 둘이 보면서. 눈먼 자들에게는
길잡이를 통해 이런 식의 길만 가능하니까.   990
크레온   무슨 새로운 일이 일어났습니까, 연로하신 테이레
시아스여?
테이레시아스   내 가르치리니, 그대는 가르침을 따르시라.
크레온   이전에도 제가 그대의 조언을 멀리한 적이 없습지요.
테이레시아스   그렇게 해서 그대는 이 도시를 똑바로 운항시
켜 왔소.
크레온   제가 실제로 겪었으니, 그대의 도움을 증언할 수
있습니다.   995
테이레시아스   그러면 지금 그대가 운명의 면도날 위에 올라
섰다고 생각하시오.
크레온   대체 무슨 일인가요? 저는 그대의 말씀에 진정 떨
며 두려워합니다.
테이레시아스   내 예언술의 조짐을 들으면 그대는 알게 될
것이오.
내가 새들을 관찰하는 오래된 자리,
모든 새가 모여드는 곳에 앉아 있다가,   1000
새들의 알지 못할 소리를 들었소, 그들이 불길하게

---

56) 이 예언자가 크레온을 공동 통치자 중 하나로 만들어 가는 과정의 시작이다.

미쳐, 낯설게 외쳐 대는 소리를.
그리고 나는 그들이 유혈의 부리로 서로 쪼아 뜯는 것을
알았소. 퍼덕이는 날개가 그것을 뜻했지요.
나는 겁이 나서 얼른 타오르는 제단에서   1005
번제(燔祭)물을 살펴보았소. 한데 제물에서는
헤파이스토스[57]가 빛나지 않았고, 깜부기불 위에서
제물의 넓적다리 기름이 흘러나와 녹으면서,
연기를 내며 튀고 있었고, 쓸개 따위는
터져 나가 공중 높이 치솟고 있었소. 또 넓적다리뼈는   1010
그걸 감쌌던 기름이 내리흘러, 드러나 있었소.[58]
그것을 나는 이 아이를 통해 알았소,
제사가 예언을 주지 않고 점괘들이 사라지고 있음을.
내게는 이 아이가 인도자이니 말이오, 다른 사람들
에게는 내가 인도자지만.
한데 도시는 당신의 성깔 때문에 이런 병을 앓고 있소.   1015
우리의 제단들과 화덕들이 모조리,
불행하게 쓰러진 오이디푸스의 자손에게서
새와 개들이 가져온 먹이로 그득하니 말이오.
그래서 신들은 더 이상 제물과 함께 올라온 탄원들도,
넓적다리의 불꽃도, 우리에게서 받지 않으시는 것이오.   1020
또 새도 지저귐으로써 좋은 조짐을 보내지 않소,

---

57) 122행 각주 참고.
58) 고대 희랍에서는 신들께, 희생 제물의 넓적다리뼈를 기름 두 조각으로 싸서 태
   워 바치는 것이 관례였다.

죽은 사람의 피와 기름으로 배가 불러서.

그러니 아들이여, 이 일들에 대해 생각해 보시오. 잘못을 저지르는 것은

모든 인간이 마찬가지요.

하지만 실수했을 때, 한 번 잘못에 빠졌어도   1025

치유책을 찾고 고집 부리지 않는 사람이라면,

결코 생각 없고 운 없는 사람이 아니오.

그대도 알다시피, 자만은 어리석다는 평을 빚질 뿐이오.

어쨌든, 고인에게 양보하고 죽은 이를

찔러 대지 마시오. 죽은 자를 또 죽이는 게 무슨 용기 있는 행동이겠소?   1030

그대에게 호의를 품었기에 좋게 말하는 것이오. 그리고 누가

득이 되는 좋은 충고를 하면, 받아들이는 게 가장 좋은 일이오.

크레온   오, 노인이여, 마치 궁수들이 과녁을 향한 것처럼 그대들 모두[59]가

내게 화살을 쏘아 대는구려. 그리고 나는 그대들

예언의 대상이기를 피할 수가 없군요. 당신들 족속은   1035

오래전에 나를 내놓고 거래하고 팔아 버렸군요.

---

59) 크레온은 예언자들 모두, 그리고 안티고네, 하이몬과 시민들 전부가 자신에게
    대항하고 있는 걸로 생각하고 있다.

이득이나 취하시오. 사르데이스에서 엘렉트론 화[60]를
바꿔 오시오, 또 원한다면 인도의
금도. 하지만 그대들은 저자를 결코 무덤에 감추지
못할 것이고,
설사 제우스의 독수리들이 그를 먹이로 움켜잡아   1040
제우스의 보좌로 가져가려 한다 해도,
나는 이 부정(不淨)이 두려워
저자를 묻도록 허용하지 않을 것이오. 나는, 인간 중
누구도
신들을 더럽힐 힘이 없다는 것을 잘 아니 말이오.
한데, 오, 연로하신 테이레시아스여, 인간들 중 아주
영민한 자들도   1045
수치스럽게 추락하는 법이오, 이득 때문에
수치스러운 말을 아름답게 꾸며 말할 때에는.

테이레시아스   아아, 인간 중 누가 지식이 있으며, 누가 생각
할 줄 아는지!

크레온   무슨 뜻이오? 너무 일반적인 말씀을 하시니.

테이레시아스   제대로 생각할 줄 안다는 게 얼마나 뛰어난
재산인지!   1050

크레온   아마도, 생각 없음이 크나큰 해가 되는 만큼이겠지요.

테이레시아스   한데 그대는 그 병으로 그득 채워져 있소.

크레온   나는 예언자를 나쁘게 꾸짖고 싶지 않습니다.

---

60) 기원전 7세기경 뤼디아에서 주조된 금과 은의 합금 주화. 사르데이스는 금이
    많이 산출되던 뤼디아의 수도였다.

테이레시아스   하지만 바로 그대가 그렇게 하고 있소, 내가
          거짓되이 예언한다면서.

크레온   예언하는 무리들은 모두 재물을 좋아하는 족속이
       니까요.   1055

테이레시아스   반면에 압제자들에게서 난 족속은 수치스러
          운 짓으로 이득 보기를 좋아하지요.

크레온   그대는 지금 자신이 지배자를 향해 말하고 있다는
       사실을 아시오?

테이레시아스   알지요. 그대는 내 덕에 이 도시를 구해 내
          차지하고 있으니까요.

크레온   그대는 재주 있는 예언자이지만 부당한 짓을 즐기
       는구려.

테이레시아스   그대는 내 가슴속에 조용히 있던 것을 발설
          하도록 자극하는구려.   1060

크레온   그걸 깨워 보시오, 단 이득을 위해서 말하진 말고.

테이레시아스   당신에게서는 이득을 얻지 못하리라고 진작
          부터 생각하고 있었소.[61]

크레온   내 생각을 거래 대상으로 삼을 수는 없음을 잘 알
       아 두시오.

테이레시아스   그러면 이것도 잘 알아 두시오, 이제 내달리는
          태양의 회전을 몇 번 채우기도 전에,   1065
          그대의 배에서 나온 이들 중 하나가 시신이 되어
          저 시체들에 대한 대가를 치르리라는 것을.

---

61) '내가 이제까지 이득을 노리고 말한 걸로 보인단 말이오?'로 옮길 수도 있다.

그대는 지상에 속한 자 하나를 아래로 던져
살아 있는 영혼이 명예를 잃고 무덤에 거주하도록
붙잡아 두고,
저승 신들에게 속한 시신 하나는, 바쳐야 할 의식도
바치지 않고서   1070
장례도 없이 신성치 않게 이곳에 잡아 두었으니, 그
대가로 말이오.
이들에 대해서는 그대에게도 이승의 신들에게도
권리가 없소. 이들은 이 일에서 그대에게 폭력을 당
한 것이오.
이들로 인하여, 나중에야 파멸을 주는 파괴자,
하데스와 신들의 에리뉘스[62]들이 그대를 기다려 매
복해 있소,   1075
그대가 같은 재난에 사로잡히도록.
그리고 보시오, 내가 과연 은화에 매수되어 말하는
것인지. 머지않아 시간이 당신 집안에서
남녀의 애곡 소리가 흘러나오게 할 것이오.
한편 모든 도시들이 적대하여 함께 들끓고 있소.   1080
원래 그들에게 속한 시신을, 개들이, 혹은 짐승들이,
혹은 날개 달린 어떤 새가 훼손하여 장례 치르고,
신성치 않은 냄새를 풍기며 도시의 화덕으로 모여들
것이기 때문이오.
나는 궁수처럼 ─ 그대가 나를 괴롭히므로 ─

---

62) 복수의 여신.

그대 가슴에 이와 같이 분노의 화살을   1085
확실하게 날려 보냈소. 그 뜨거움을 그대가 피해 달
아나지 못하도록 말이오.
(소년에게) 얘야, 너는 나를 집으로 인도하거라, 이 사
람이
분노는 더 젊은 자들에게나 날려 보내도록,
그리고 좀 더 온화한 혀와, 지금 지닌 것보다는
더 나은 정신을 마음속에 기를 줄 알도록.   1090
                    (테이레시아스와 소년 퇴장)

코로스장   왕이시여, 그분은 떠나 버리셨습니다, 무서운 일
         들을 예언하고서.
         한데 당신은 아십니다, 제가 검은 머리 대신
         이 흰 머리카락을 두른 때부터,
         저분께서 결코 이 도시를 향해 거짓된 소리를 발한
         적이 없다는 것을.

크레온   그건 나 자신도 잘 알고 있고, 그래서 마음이 혼란
         스럽소.   1095
         굴복하는 것은 끔찍한 일이기 때문이오. 하지만 맞
         서다가 내 오만함이
         파멸과 맞닥뜨린다면 이 또한 끔찍한 일이오.

코로스장   메노이케우스의 아들이시여, 좋은 충고를 취하
         셔야 합니다.

크레온   대체 어떻게 해야 할까요? 말해 보시오. 내 따르
         겠소.

코로스장   가서 땅속의 집으로부터 처녀를   1100

풀어 주시고, 버려져 누워 있는 자에게는 무덤을 세
워 주십시오.

크레온   그대는 진심으로 이것을 제안하고, 내가 굴복하는
게 좋다고 생각하는 거요?

코로스 장   그것도 되도록 빨리 말입니다, 왕이시여. 신들에
게서 오는 해(害)는
잘못 판단한 자들을 발 빠르게 베어 버리니까요.

크레온   아아, 괴롭구나. 하지만 내 행동에 대한 결심에서   1105
물러서노라. 무리해서 필연과 싸워서는 안 되는 법
이니.

코로스 장   이제 가서 그것을 행하시고, 타인에게 맡기지
마십시오.

크레온   이 자리에서 곧장 가야겠구나. 가라. 가라, 시종들
이여,
여기 있는 사람도, 없는 사람도, 손에 괭이를
들고서 저 너머 그대들이 보는 저곳으로 서둘러 가
도록 하라.   1110
이제 생각이 이렇게 돌아섰으니,
묶은 자로서, 가서 직접 풀기도 하리라.
예부터 전해지는 법을 지키면서 삶을 마치는 것이
으뜸이 아닐까 하는 생각이 드니 말이다.

(크레온 퇴장)

(제5정립가)

코로스   (좌 1)

여러 이름 지니신 이[63]여, 카드메이아 출신 신부[64]의

영광이자,   1115

무섭게 천둥 치시는 제우스의

혈통이시여, 이름 높은 이탈리아[65]를

지키시는 이여, 그대는

모두를 받아들이는 엘레우시스[66]의   1120

데오[67]의 품[68]에서, 박코스시여,

박코스를 따르는 어머니 도시인 테바이를 지키십

니다,

이스메노스의 부드러운

흐름 곁에, 사나운 용이

---

63) 디오뉘소스(박코스).

64) 카드모스의 딸 세멜레. 그녀는 제우스와 결합하여, 디오뉘소스를 임신하였으
    나, 제우스의 원래 모습을 보고 싶어 하다가 그의 벼락에 타 죽었다. 세멜레가
    벼락에 죽었으므로(오비디우스, 『변신 이야기』 3권 298행 이하 참고), 다음 행
    에 나오는 제우스의 수식어가 잘 어울린다.

65) 이 구절을 '이카리아'(희랍 땅에서 포도가 처음 재배된 곳)로 고치자는 주장이
    있으나, 이탈리아 남부는 포도의 산지로 유명하고, 그곳에 '구원자' 디오뉘소스
    숭배가 있었으므로, 여기서는 그냥 전하는 사본대로 '이탈리아'로 옮겼다.

66) 앗티케 지방의 도시였던 엘레우시스의 신비 의식에는 아주 많은 사람이 몰려
    들어 성황을 이루었다. 또 '모두를 받아들이는'이라는 수식어는 저승 여신으로
    서 데메테르의 면모를 반영하는 것일 수도 있다.

67) 데메테르의 별칭.

68) 디오뉘소스는 엘레우시스에서 자그레우스, 이악코스 등의 이름으로 섬겨졌고,
    이따금 데메테르는 이악코스의 어머니로 불리므로, 디오뉘소스는 데오의 품에
    안겨 있다고 할 수 있다. 한편 여기 나온 '품(kolpos)'이란 단어를 엘레우시스 부
    근 들판이나, 그 앞의 바닷가로 보자는 의견도 있다.

씨 뿌려진 곳[69]에 거주하시며.   1125

(우 1)

두 개의 봉우리를 지닌 바위산[70] 너머로 연기 속에

번쩍이는[71] 불길이 그대를 보았습니다, 박코스를 모

시는

코뤼키온 동굴[72]의 요정들이 거니는 곳에서.

또 카스탈리아[73]의 물줄기가 보았습니다.   1130

또 뉘사 산[74]의

담쟁이 뒤덮인 둔덕들이, 포도송이 풍성한

푸른 해안이 그대를 호위합니다.

테바이의 거리를

내려다보시는 당신을 위해   1135

불멸의 노래들이 '에우오에' 울릴 때.

(좌 2)

그대는 모든 도시 가운데 테바이를

가장 높이십니다,

---

69) 테바이의 설립자 카드모스는 샘을 지키는 용을 죽이고 아테네 여신의 지시에
   따라 그 이빨을 땅에 뿌렸다. 그러자 거기서 용사들이 솟아 나왔다. 다시 여신의
   지시에 따라 그들 가운데 돌을 던지자 그들은 자기들끼리 싸워 서로 죽였다. 용
   사가 다섯 남았을 때, 카드모스가 싸움을 말리고 이들과 함께 도시를 건설했다.
70) 파르나소스 산의 두 봉우리를 가리킨다.
71) 제우스의 벼락과 관련이 있다.
72) 파르나소스 산 속에 있는 동굴.
73) 파르나소스 인근의 샘.
74) 뉘사라는 이름을 가진 곳이 여럿 있으나, 여기서는 에우보이아 섬 북서쪽에 있
   는 산을 가리키는 것으로 보인다.

벼락 닿으신 어머니와 함께.
그러니 이번에도, 온 도시가   1140
강력한 질병에 잡혀 있으니,
오소서, 정화하는 발로써 파르나소스의
산비탈을 넘어, 혹은 거센 한숨의 길목⁷⁵⁾을 지나.   1145
(우 2)
이오, 불길 내뿜는
별들 무리를 이끄시는 이여, 밤의
소리들의 감독자시여,
제우스에게서 나신 아드님이시여, 나타나소서,
오, 왕이시여, 그대를 수행하는   1150
희생을 드리는 여인들, 밤 새워 광란하며 그대,
배분자⁷⁶⁾ 이악코스를 춤춰 섬기는 이들과 함께,

(전령이 들어온다.)

전령   카드모스와 암피온의 집에 이웃하여 사는 이들이여,   1155
      내가 칭찬할 수 있도록, 혹은 비난할 수 있도록
      정해진 인간의 삶은 없습니다.
      행운을 가진 자건 불운한 자건 간에 언제든지
      운이 곧추서게 하기도 하고 운이 쓰러뜨리기도 하니
      까요.

---

75) 위에서 에우보이아의 뉘사를 언급한 것이 맞다면, 이 '길목'은 에우보이아와 보
   이오티아 사이의 물살 거센 에우리포스 해협일 것이다.
76) 디오뉘소스는 죽음과 영원한 생명을 선물로 나누어 주는 신이다.

그리고 사람이 지금 그대로 살아갈지 예언해 줄 그
어떤 예언자도 없습니다.   1160

크레온 님은 전에는 제가 보기에 부러웠었으니 말입
니다.

그분은 적들로부터 이 카드메이아 땅을 구해 내고,

이 땅의 통치권을 완벽하게 독차지하여,

그것을 제대로 다스렸으며, 고귀한 자식들은 여럿
낳았습니다.

한데 이 모든 것이 사라졌습니다. 왜냐하면 사람이   1165
즐거움을 잃었을 때, 나는 그를 산 사람으로

여기지 않고 숨이 붙어 있는 시체라 여기기 때문입
니다.

그대가 원한다면, 집안에 큰 부를 쌓고,

군주의 위광을 갖추고 살아 보시오. 그렇다 해도 거
기에서

즐거움을 얻을 수 없다면, 나는 누구에게서도   1170
즐거움 이외의 다른 것은 사지 않으렵니다. 연기의
그림자라도 값으로 치르기에 아깝습니다.

코로스장   그대는 또 무슨 왕가의 고통을 가지고 온 거요?

전령   그들이 죽었습니다. 그리고 산 사람들이 그 죽음에
책임이 있습니다.

코로스장   누가 죽였고 누가 죽어 쓰러져 있소? 말하시오.

전령   하이몬이 죽었습니다. 피를 뿌린 것은 자기 집안 손
입니다.   1175

코로스장   어느 쪽이오, 아버지의 손에 죽었소, 아니면 자

기 손으로 그랬소?

전령 스스로 그랬습니다, 아버지의 살인 행위에 분노하여.

코로스 장 (탄식하며) 오, 예언자여, 그대가 진정 바른 예언
을 이루셨나이다.

전령 이제 상황이 이러하니, 나머지 일들을 어찌할지 생
각해야 합니다.

코로스 장 보시오, 불행한 에우뤼디케,　　　　　　　　1180
크레온의 아내가 지척에 있습니다. 아들에 대해 듣
고서,
집 밖으로 나온 게로군요, 아니면 우연히 그랬거나.

에우뤼디케 오, 모든 시민들이여, 저는 여신 팔라스께
기원을 드리려고 문으로 걸어 나오다가
우연히 소식을 들었어요.　　　　　　　　　　　1185
저는 문을 안으로 당길 수 있도록 빗장을 풀던
참이었습니다. 그리고 통탄할 불행에 대한 얘기 소
리가 내 귀에
들어왔습니다. 저는 공포에 질려 뒤로 넘어졌고,
하녀들의 품에서 정신을 잃었지요.
하지만 무슨 이야기인지 다시 말해 주세요.　　　　1190
저는 불행에 경험이 없지 않은 사람으로서 그걸 들
을 테니까요.

전령 친애하는 여주인이시여, 저는 현장에 있던 사람으로
서 말을 전할 것이고,
사실을 조금도 빠짐없이 아뢰겠습니다.
사실, 왜 당신께 돌려 말하겠습니까, 나중에

거짓말쟁이로 드러날걸요? 항상 진실한 게 옳지요.   1195
저는 길잡이로서 당신의 바깥 분을 수행했습니다,
높직한 평원으로 말입니다. 거기에 폴뤼네이케스의
몸뚱이가
그때까지 개들에게 무자비하게 찢긴 채 누워 있었
지요.
길거리의 여신[77]과 플루톤에게
자비로이 분노를 그치시라 기원한 후에,   1200
신성한 정화를 이루도록 그를 씻고는, 갓 베어 낸
나뭇가지들 위에 남아 있는 것이나마 함께 모아 태
웠습니다.
그리고 고향의 흙으로 머리 높직한 무덤을
쌓고는, 다시 돌로 덮인 처녀의 방을 향해
하데스의 우묵한 신방으로 들어가기 시작했습니다. ·   1205
한데 누군가가 멀리서 높은 애곡 소리를
들었습니다, 장례 치른 적 없는 무덤 가까이서.
그리고 군주이신 크레온 님께 가서 알렸습니다.
아주 가까이 다가간 그분을, 비참한 외침의
뜻 모를 소리가 에워쌌습니다. 그분은 신음하며 비
통하기 이를 데 없는   1210
말씀을 발하셨습니다. '아, 비참하구나, 나는.
내 예감이 맞는 것일까? 나는 지금, 지나온 길 가운데

---

77) 갈림길의 여신인 헤카테. '처녀'가 '죽음의 신방'에서 무사히 돌아오려면 이 여
신의 도움이 필요하다.(호메로스, 「데메테르 찬가」 22행 이하 참고.)

가장 불행한 길을 가고 있는 것일까?
나를 반기는 것은 아들의 목소리인가? 시종들아,
얼른 가까이 가서 무덤 곁에 서서   1215
살펴보아라. 봉분 입구의 돌이 어긋난 곳을 통해
무덤 입구로 들어가서,[78] 내가 하이몬의
목소리를 제대로 들었는지, 아니면 신들께 속았는지
알아보아라.'
기 꺾인 주군의 명령에
저희는 들여다보았습니다. 그리고 무덤의 맨 안쪽
에서   1220
목을 맨 그녀를 보았습니다,
고운 천을 끈처럼 해서 올가미로 만들어 걸고 있는
것을.
또 청년이 그녀의 허리를 감싸안고서 기대어 있는
것을 보았습니다,
하계(下界)로 떠나 잃어버린 결혼을, 그리고 아버지
의 소행과
불행한 혼인 침상을 애곡하면서.   1225
한데 왕은 그를 보자 비통하게 곡하며 안으로 들어
가시더니
그에게로 다가가며, 소리 높여 불렀습니다.

---

78) 안티고네가 갇혔던 돌무덤은 현재 뮈케나이 유적지에서 볼 수 있는 '아트레우
스의 보물 창고'처럼 생겼으리라고 추정된다. 양쪽에 벽면이 있고 지붕 없는 복
도가 있고, 그 끝에 입구가 있어서, 그곳을 통해 우물처럼 생긴 원통형 돌방의
옆면으로 들어가게 된다. 돌방의 천장은 궁륭형으로 조성하여 흙을 덮었다.

'오, 불쌍한 것, 무슨 짓을 한 게냐?[79] 무슨
생각을 한 게냐? 어떤 재앙이 네 분별을 망쳤느냐?
나오너라, 애야. 네게 탄원자로서 간청하노라.'   1230
하지만 아드님은 그를 사나운 눈으로 흝어보고는,
얼굴에 침을 뱉고[80] 아무 대답 없이 양날의
칼을 뽑았습니다. 하지만 아버지가 밖으로 피하여
뛰쳐나가서 헛치고 말았지요. 그러자 그 불행한 이는
자신에게 화가 나서, 그대로 칼에 자기 몸을 눌러   1235
옆구리에 칼이 절반이나 박히도록 찔러 넣었습니다.
그리고 아직 정신이 있는 동안
맥 풀린 팔 안에 처녀를 끌어안았습니다.
그리고 헐떡이며 쏟아지는 핏방울을
처녀의 흰 뺨에 내뿜었습니다.
그래서 그는 불행하게도 하데스의 집에서   1240
결혼 의례를 올리고, 시신이 되어 시신 위에 누워 있
습니다.
생각 없음이, 인간에게 달라붙은 해악 가운데 얼마나
큰 악인지를 사람들 가운데 보여 주면서 말입니다.

---

79) 전령은 본 것만을 전하기 때문에, 인물들의 말뜻이나 행위 의도를 정확히 알
   길은 없다. 크레온이 문제 삼는 하이몬의 행동이란 아마도 무덤 안에 들어간 일
   이겠지만, 하이몬이 안티고네의 죽음에 뭔가 역할을 했다고 의심했을 수도 있
   다. 한편 이 질문들은 안티고네를 향한 것으로 볼 수도 있다.(물론 세 번째 질문
   은 안티고네에게는 잘 맞지 않는다.) 두 젊은이가 다 연관되도록 일부러 모호하
   게 쓴 것일 수도 있다.
80) 젊은이는 자기 약혼녀를 '뱉어'(653행) 버리라는 아버지의 말에 상처를 입고,
   그 말을 기억했다가 지금 아버지에게 침을 '뱉은' 것이다.

(에우뤼디케가 안으로 들어간다.)

코로스 장 자네는 이 일을 어떻게 생각하시는가? 저 여인
         이 다시
         떠나 버렸네, 좋다 나쁘다 말도 없이.   1245

전령   저도 놀랐습니다. 하지만 저는, 저분이 자식의 재난
         을 듣고서
         도시를 향해 곡하는 것을 옳지 않게 여기고,
         집 안 지붕 아래서 하녀들로 하여금 가문의 고통을
         탄식하도록 이끌리라[81] 바라고 있습니다.
         그녀가 잘못을 저지를 정도로 분별 없는 분은 아니
         시니까요.   1250

코로스 장 나는 모르겠네. 내가 보기엔 지나친 침묵도
         공연스레 잦은 외침도 분명 모두 불길한 것일세.

전령   제가 집 안으로 들어가 보면 곧 알게 될 것입니다,
         혹시 그녀가 정말 뭔가를 격앙된 가슴에 몰래
         감추어 숨겼는지. 사실 당신이 제대로 말씀하셨습
         니다,   1255
         어딘가 지나친 침묵의 무게가 깔려 있으니 말입니다.

(애탄가)

코로스   보라, 여기에 왕이 직접 오셨도다,
         그 손에 확연한 — 이렇게 말해도 된다면 —

---

81) 희랍에서 애곡은, 한 사람이 먼저 메기면 다른 사람들이 그것을 받으며, 계속
   주고받는 식으로 이루어졌다.

기념물을 지니고서, 그것은 다른 이에게서 비롯한

피해가 아니라 자신이 저지른 잘못 때문이로다.　　　1260

(좌 1)

크레온　아아,

어리석은 생각의 완고함이여,

죽음을 부르는 오류여!

오, 죽인 자도 죽은 자도

한 가문에 속한 것을 보는 이들이여!

아아, 나의 결정들 중에서도 불행한 결정이여!　　　1265

아, 아들아, 때 이른 죽음을 택한 젊은 것아!

아이아이, 아이아이,[82]

너는 죽어서 스러졌구나,

너 아닌 나의 어리석음 탓에!

코로스　아아, 너무도 늦게야 정의를 보신 듯하군요!　　　1270

(좌 2)

크레온　아아,

나는 비참한 상태가 되어서야 제대로 알게 되었구

나! 그때, 진정 그때,

어떤 신이 내 머리로 달려들어, 온 무게를 실어

나를 내리쳤구나, 거친 길바닥으로 내동댕이쳤구나,

아아, 즐거움을 뒤엎어 짓밟아 버렸구나!　　　1275

아아, 아아, 인간들의 헛된 노력이여!

---

82) 「오이디푸스 왕」 1308행 각주 참고.

전령[83] 오, 주인이시여, 그대는 지금 굉장한 불행을 지닌 채
　　　도착했지만
　　　또 그만한 것을 안에 쌓아 둔 듯하군요! 한 가지 불
　　　행은 손으로 이렇게 들어 나르면서,
　　　또 집 안에 있는 다른 것을 곧 보시게 될 터이니!　　1280
크레온　이 불행들에 이어 또 무슨 더 나쁜 일이 있느냐?
전령　부인께서 돌아가셨습니다, 죽은 청년의 온전한 어머
　　　니인 그분은,
　　　불행하게도, 방금 새로이 받으신 타격 때문에.
　　　(우 1)
크레온　아아,
　　　아아, 정화할 수 없는 하데스의 항구여!
　　　왜 나를, 나를 파괴했습니까!　　1285
　　　(전령을 향하여) 오, 너는 내게, 전해 듣기 괴로운
　　　고통을 가지고 나와 무슨 말을 하느냐?
　　　아이아이, 너는 이미 파멸한 사람을 또 한번 죽이고
　　　말았구나!
　　　무슨 소리냐, 애야? 또 무슨 새로운 일을 내게 전하
　　　는 것이냐?
　　　아이아이, 아이아이,　　1290
　　　칼에 베인 아내의 죽음이
　　　아들의 파멸에 덧붙어 나를 에워싸고 있다는 게냐?

---

83) 몇몇 사본에는 이 사람이, '집 안 상태를 전하는 이(exangelos)' 또는 '하인
(oiketes)'으로 되어 있지만, 공연히 복잡하게 할 것 없이 조금 전에 집 안으로
들어갔던 사람과 같은 인물로 보는 게 좋겠다.

전령   직접 보실 수 있습니다. 시신은 더 이상 집 안 구석
       에 있지 않으니 말입니다.[84]

       (우 2)

크레온   아아,
       불행한 내가 또 다른 두 번째 재난을 보는구나.   1295
       대체 어떤, 어떤 운명이 아직 나를 기다리고 있는 것
       이냐?
       나는 방금 자식을 손에 들게 되었는데,
       불행하도다, 다른 시신을 앞에 마주 보게 되다니,
       아아, 불쌍한 어미여, 불쌍한 자식이여!   1300

전령   그녀는 제단 곁에서 날카롭게 날 세운 칼로
       죽어, 검은 어둠으로 눈을 덮었습니다. 우선 오래전
       에 죽은
       메가레우스[85]의 빈 침상을, 다음으로 이 젊은이의 침
       상을
       비탄하고서, 마지막으로는 자식을 죽인

---

84) 희랍 비극에서 살인이나 자살 따위의 끔찍한 일은 무대 위에서 직접 시연되지
   않고, 그 결과만 작은 이동 무대(ekkyklema)에 실려 밖으로 나오는 것이 관례였
   다. 하지만 그럴 경우 '문을 열어라.' 같은 대사가 나오는 것이 보통이므로, 여기
   서는 하인들이 시신을 들고 나온 것으로 보아야 한다는 의견도 있다.

85) 아이스퀼로스의 「테바이를 공격하는 일곱 영웅」에는 메가레우스가 테바이의
   일곱 성문 중 하나를 지키는 것으로 나오고(474행), 그가 죽으리라는 예고도 나
   온다.(477행) 반면 에우리피데스의 「포이니케 여인들」에는 이 인물이 메노이케
   우스라는 이름으로 등장하는데, 그는 테바이의 안전을 위해서는 용의 이빨에서
   태어난 자가 희생되어야 한다는 예언을 듣고, 스스로 목을 베고 성벽에서 뛰어
   내린다.(930~1018행)

당신이 불행하게 살기를 빌고서 말입니다.   1305

(좌 3)

크레온   아이아이, 아이아이,

두려움에 가슴이 떨리누나. 왜 누구든 나를 마주하여

양날 칼로 치지 않는 것이냐?

비참하구나, 나는, 아이아이,   1310

비참한 고통에 섞여 들었구나!

전령   사실 돌아가신 이 여인은, 그 죽음과 저 죽음이[86] 당

신의

책임이라 고발하셨습니다.

크레온   한데 그녀가 어떻게 유혈 속에 스러져 갔더냐?

전령   자신의 손으로 자기 배에 칼을 박았습니다, 아들이

당한,   1315

저 소리 높이 애곡되는 일을 알았을 때.

(좌 4)

크레온   아아, 아아, 이 일의 책임은 나 말고는,

인간 중 다른 누구에게도 있지 않으리.

내가, 내가 그대를 죽였으니까. 오, 불행한 나여!

내 말이 참이로다. 아아, 시종들아,   1320

되도록 빨리 나를 데려가라, 나를 거치적거리지 않

게 치워라,

이제 무(無)나 다름없는 자를!   1325

---

86) 에우뤼디케와 하이몬의 죽음으로 볼 수도 있지만, 대개는 하이몬과 메가레우
스의 죽음을 가리키는 것으로들 보고 있다.

코로스 장   유익한 제안을 하셨습니다, 만일 재앙 속에도 어

　　　　　떤 유익한 것이 있다면.

　　　　　앞을 방해하는 재앙은 짧은 게 최선이니까요.

　　　　　(우 3)

크레온   오게 하라, 오게 하라,

　　　　　나타나게 하라, 운명 중 가장 아름다운 것이,

　　　　　최고의 것이, 나를 위해 최후의 날을　　　　　　　　　1330

　　　　　이끌고서. 오게 하라, 오게 하라,

　　　　　내가 더는 다른 날을 보지 않게끔.

코로스 장   그 일은 나중 일입니다. 무엇인가 해야 한다면

　　　　　당면한 일에 대해서지요. 이 일[87]은 돌보는 이들이

　　　　　돌보아야 하니까요.　　　　　　　　　　　　　　　1335

크레온   하지만 내가 말한 것 중 이것만큼은 기원하고 싶소.

코로스 장   지금은 아무것도 기원하지 마십시오. 필멸의 인

　　　　　간에게

　　　　　정해진 재앙을 피할 길은 없으니까요.

　　　　　(우 4)

크레온   그대들은 부디 이 쓸모없는 인간을 밖으로 치워 버

　　　　　릴지어다.

　　　　　오, 아들아, 나는 너를 그럴 뜻 없이 죽게 했고,　　　　1340

　　　　　또 여인이여, 당신을 죽였소. 아아, 불행하구나! 기댈

---

87) 여기서 '이 일'은 앞 행의 '그 일'과 같은 것으로, 크레온이 바라는 바, '죽음'으
로 보는 것이 일반적이다. 그럴 경우 '그 일을 돌보는 이들'은 '신들'이 된다. 하지
만 앞 문장의 주체를 뒷 문장에 갖다 쓰면, 뒷 문장의 주체는 '우리'(돌보는 이
들)가 되고 '이 일'은 '당면한 일'이 된다.

곳을 찾아
어느 쪽을 보아야 할지 알 수 없구나. 손에 잡았던
모든 것은
기울어져 버리고, 다른 편에선 내 머리로   1345
운명이 짓이기려 달려들었으니.

코로스   현명함은 행복의 으뜸가는
바탕이로다. 그리고 신들에 관해서는
아무것에도 불경스럽지 말 것이로다. 지나치게 오만
한 자들의   1350
방자한 말은 큰 타격을
희생을 치르고서
노경(老境)에야 현명함을 가르치는 법이니.

아이아스

등장인물

아테네 전쟁과 기술의 여신
오뒷세우스 희랍 군의 영웅
아이아스 희랍 군의 영웅
코로스 살라미스 선원들로 구성
전령
테우크로스 아이아스의 이복동생
메넬라오스 스파르타의 왕, 아가멤논의 동생
아가멤논 희랍 군 총사령관, 메넬라오스의 형
테크멧사 아이아스에게 배당된 포로 여인

대사 없는 등장인물

에우뤼사케스 아이아스의 아들
하인

아테네　　오, 라르티오스[1]의 아들이여, 나는 항상 그대가 적
　　　　　　들을 노리며
　　　　뭔가 기회를 포착하려 엿보는 것을 보아 왔노라.
　　　　지금도 나는 보노라, 그대가 배들 곁 아이아스의
　　　　천막 가까이, 그가 차지하고 있는 정연한 선단 끝자
　　　　리[2]에서,
　　　　그가 안에 있는지 없는지 알기 위해,　　　　　　　　　　5
　　　　그의 새로 찍힌 발자취들을 오랫동안

---

1) 일반적으로 오뒷세우스의 아버지 이름은 라에르테스로 되어 있으나, 이 작품에
　서는 두 가지 다른 형태가 쓰이고 있다. 지금 1행에 나온 '라르티오스'와 101행의
　'라에르티오스'이다. 이 번역에서는 원문에 있는 대로 적었다.
2) 트로이아 전쟁 때, 희랍 군들은 배를 해변에 끌어 올려 정렬해 두었는데, 희랍
　군 중에서 가장 두려움이 없고 잘 싸우는 아이아스와 아킬레우스의 배가 각각
　선단의 양쪽 끝을 차지하고 있었다고 한다.

탐색하고 측정하는 것을. 그리고 그것은 그대를 잘
인도하였도다,
마치 후각 예민한 라코니아[3] 사냥개의 추적처럼.
그 사내는 방금 안으로 들어왔으니까, 칼 들어
살해한 손과 머리에 땀을 흘리며.   10
그리고 그대는 그 문 안을 들여다볼
필요조차 없도다. 그저 묻기만 하라, 무엇을 위해 그
대가
이렇게 노력하는지. 그대는 지혜로운 여신에게서 원
하는 걸 알 수 있으리라.

오뒷세우스   오, 아테네의, 신들 중 내게 가장 호의적인 분
의 목소리여,
당신이 제게 보이진 않지만, 저는 얼마나 명확하게
당신의   15
소리를 듣고 마음으로 포착하는지요,
마치 튀르레니아의 청동 나팔[4] 소리처럼.
그리고 지금 당신은 제가 적수 주변에서
맴돌고 있음을 바로 아십니다. 방패를 멘[5] 아이아스
주변에서 말입니다.
저는 다름 아닌 저자를 오랫동안 추적해 왔지요.   20
그는 오늘 밤 우리를 목표 삼아 생각도 못할 짓을

---

3) 스파르타 수도의 주변 지역.
4) 튀르레니아(이탈리아 중부 에트루리아)의 해적들이 처음으로 희랍 땅에 나팔을
   소개한 것으로 보인다.
5) 아이아스는 일곱 겹 가죽으로 된 탑 모양 방패를 사용한 것으로 유명하다.

저질렀습니다. 만일 그가 정말로 그 일을 했다면 말
이지요.

우리는 무엇 하나 명확하게 알지 못하고, 방황하고
있기에 하는 말입니다.

그리고 저는 자진해서 이 정탐의 노역을 짊어졌습니다.
왜냐하면 조금 전에 우리는 노획된 가축들이   25
모두 죽은 것을, 가축 지키는 자들과 함께
사람 손에 살육된 것을 발견했으니까요.

그런데 모두가 이 사건의 혐의를 저자에게 돌리고
있습니다.

그리고 어떤 목격자가, 저 사람이 혼자서
피가 방금 묻은 칼을 들고 들판으로 내닫는 것을   30
보고 내게 일러 주었지요. 그래서 저는 즉시
발자취를 따라 달려갔습니다. 그리하여 어떤 것은
알아보았으나,

어떤 것은 혼동되어 누구 짓인지 알 수가 없었습니다.
그런데 당신이 때 맞춰 오셨습니다. 저는 이전에도
이후에도 항상 당신의 지시에 따라 항해하기 때문
이지요.   35

아테네   나도 아노라, 오뒷세우스여, 그리고 전부터 그대의
           추적에
           호의를 품고서 그자의 행로를 지켜보았노라.

오뒷세우스   친애하는 여주인이시여, 제가 애쓰는 게 제대
           로 짚은 것인지요?

아테네   이 일이 저자의 짓임을 그대는 알지어다.

오뒷세우스 그러면 그가 무엇을 위해 그렇게 무분별한 손
     을 휘둘렀습니까?   40

아테네 아킬레우스의 무구[6] 때문에 분노에 불타서 그런
     것이다.

오뒷세우스 또 그러면 왜 가축 떼로 발길을 돌려 뛰어든
     것입니까?

아테네 그대들의 피로 자기 손을 물들이고 있다고 믿어서
     그랬도다.

오뒷세우스 진정 아르고스인[7]들을 해치려 이 계획을 품었
     단 말입니까?

아테네 내가 주의하지 않았더라면, 그는 실제로 아르고스
     인들을 해치고 말았으리라.   45

오뒷세우스 대체 이 무슨 만용이며 어리석은 충동이란 말
     인가?

아테네 밤중에 몰래 혼자서 그대들을 습격하자는 것이었지.

오뒷세우스 진정 그가 목표에 이를 만큼 가까이 다가왔었
     습니까?

아테네 실로 그는 두 지도자[8]의 문가에 서 있었도다.

오뒷세우스 그러면 어떻게 그가 살인을 갈망하던 손을 멀

---

6) 트로이아 전쟁 때, 아킬레우스가 죽으면서 남긴 무구 때문에 희랍 군 영웅들 사
  이에 분쟁이 생긴다. 그 무구를 물려받기에 가장 유력한 후보는 아이아스였으나,
  희랍 군 전체의 투표 결과 그것은 오뒷세우스에게 돌아가고 아이아스는 치욕 속
  에 분노한다.

7) 아르고스는 펠로폰네소스 중부 지역. '아르고스인'이란 말은 희랍 군 전체를 가
  리키는 표현 중 하나이다.

8) 아가멤논과 메넬라오스.

리 두고 자제하였습니까?   50

아테네   내가 그를 막았노라, 그의 눈앞에 참기 어려운 유
혹을 던져서,
치유할 길 없는 피해를 입히리라는 즐거운 생각을 던
져서.
그리고 그를 양 떼 쪽으로, 또 아직 분류되어
나뉘지 않은 노획 가축들을 소치기들이 지키는 곳
으로 몰아갔노라.
그러자 그는 뛰어들었고 사방팔방 돌아다니며 베어,
뿔 난 짐승 여럿을   55
죽여 쓰러뜨렸으며, 자신이 아트레우스[9]의 두 자식을
직접 잡아 죽인다고 생각했다가, 또 이번엔
군대 지휘관들 가운데 이 사람에게, 또 이번엔 저
사람에게 달려든다고 믿었다.
나는 바삐 오가는 이자를 광기의 질병으로
부추겼고, 재난의 함정으로 몰아넣었다.   60
그리하여 그는 이런 수고를 그치고 쉬었다가,
살아남은 소들을 다시 밧줄로 결박하여,
전체 양 떼와 함께 막사 안으로 끌고 갔다,
뿔이 잘 돋은 짐승의 무리가 아니라 사람들로 착각
하여.
그래서 지금 안에서 묶인 짐승들을 학대하고 있는
중이다.   65

---

9) 아가멤논과 메넬라오스의 아버지.

나는 그대에게도 이 질병을 명백하게 보여 주리라,

보고 나서 모든 아르고스인들에게 알리도록.

그대는 용기를 내어 머물러 있으라. 이자를 위험하

다고 생각지

마라. 내가 그 눈의 시선을 비껴가게 하여

그대의 얼굴을 보지 못하게 막을 터이니.   70

(아이아스를 향하여) 여보시오, 그대! 붙잡힌 자들의

손을

밧줄로써 뒤로 돌려 묶는 이여! 내 그대를 이리 오

라 명하노라.

나는 아이아스를 부르노라. 집 앞으로 나아오라.

오뒷세우스   무얼 하시는 겁니까, 아테네시여? 그를 밖으로

부르지 마소서.

아테네   그대는 조용히 하지 못할까? 안 그러면 겁쟁이란

평판을 얻을 터이니.   75

오뒷세우스   신들의 이름으로 청하니, 그러지 마소서. 그가

안에 머무는 것으로 만족하게 하소서.

아테네   무슨 일이 생길까 봐 그러는가? 같은 사내를 전에

는 두려워하지 않더니?

오뒷세우스   예, 그는 저와 전에도 원수였고, 지금은 더욱 그

렇습니다.

아테네   적들을 향해 웃는 것이 가장 달콤한 웃음 아니던가?

오뒷세우스   제게는 그가 안에 머물러 있는 것으로 충분합

니다.   80

아테네   광기에 빠진 자를 코앞에서 보는 게 겁나는가?

오뒷세우스 그렇습니다. 그가 제정신이라면 저도 조심스레
  비켜서진 않았을 겁니다.

아테네 하나 지금도 그는 가까이서조차 그대를 보지 못할
  것이다.

오뒷세우스 어떻게 그렇습니까, 그가 같은 눈으로 본다면
  말입니다.

아테네 내가 어둡게 하리라, 그의 눈이 날카롭다 하더라도. 85

오뒷세우스 신께서 꾸미시면 무슨 일이든 가능하겠지요.

아테네 이제 조용히 서서, 그대가 있는 자리를 지켜 머물라.

오뒷세우스 머물러야겠지요. 하지만 이곳을 벗어나 다른
  곳에 있었더라면 좋았겠습니다.

아테네 (아이아스를 향하여) 오, 그대, 아이아스여, 재차 그
  대를 부르노라.
  그대는 어찌 그리 동맹자 여신을 홀대하는가? 90

(아이아스가 막사에서 나온다.)

아이아스 오, 아테네시여, 평안하시길, 평안하시길, 제우스
  에게서 나신 자녀여.
  그대는 제 곁에 서서 얼마나 잘 도와주셨던가요! 저
  는 당신께 순금의 전리품으로
  관(冠)을 씌우겠습니다, 이 노획물들에 대한 감사의
  표시로.

아테네 거 좋은 말이군. 한데 이 질문에 답하라.
  그대의 칼은 아르고스 군대의 피로 잘 물들었는가? 95

아이아스   저는 그것을 자랑스럽게 여깁니다. 안 했노라고
          부정하지 않습니다.
아테네   진정 아트레우스의 아들들에게도 무장한 손을 댔
          는가?
아이아스   그들은 더 이상 아이아스를 무시하지 못하게 되
          었지요.
아테네   그대의 말로 이해하자면 그들은 죽은 게로군.
아이아스   죽어서도 할 테면 나의 무구를 빼앗아 보라지요.   100
아테네   그건 그렇다 치고, 라에르티오스의 아들은 대체 어
          찌되었는가?
          그는 그대에게서 어떤 운명을 당했지? 혹시 그대를
          피해 갔는가?
아이아스   무슨 말씀입니까? 그 갈아 죽일 여우가 어디 있
          냐는 말씀이십니까?
아테네   그러하다. 그대의 적수 오뒷세우스를 말하노라.
아이아스   오, 여주인이시여, 그는 제게 가장 큰 즐거움을
          주는 수인(囚人)으로서 안에   105
          앉아 있습니다. 아직은 그가 죽기를 원치 않으니까요.
아테네   그 전에 뭔가 행하기 위해서인가? 또는 뭔가 더 큰
          이득을 얻기 위해서?
아이아스   먼저 내 지붕 밑 기둥에 묶여…….
아테네   대체 어떤 재난을 그 불행한 자에게 내리려는가?
아이아스   매를 맞아 등에 피 칠갑을 한 채 죽게 하렵니다.   110
아테네   진정 그 불행한 자를 그렇게 학대하지는 말지어다.
아이아스   아테네시여, 다른 일들에 대해서는 당신의 뜻이

이루어지도록 할 터이지만,

저자는 반드시 이 징벌을 당하고야 말 것입니다.

아테네　그러는 게 즐겁다면,

마음껏 완력을 사용해 보아라. 원하는 어떤 것도 아 　　　115
끼지 말고.

아이아스　그럼 하던 일로 돌아가겠습니다. 하지만 이것만
큼은 당신에게 청하노니,

언제까지나 내게 여일한 동맹자로서 곁에서 도우라.

　　　　　　　　　　　　　(아이아스가 막사로 들어간다.)

아테네　보고 있는가, 오뒷세우스여, 신들의 힘을? 그것이
어떠한지를?

이 아이아스보다 더 현명한 사람, 시의에 맞는 일을
하기에

더 나은 사람을 그대는 찾을 수 있었던가? 　　　120

오뒷세우스　저는 더 나은 이를 전혀 알지 못합니다. 그리고
저는

저 불행한 사람이 적이긴 해도 전적으로 동정합니다.

그는 불행한 재앙의 멍에 아래 단단히 묶였으니까요.

저는 그의 운명이 제 운명보다 더 가혹하다고 생각
지 않습니다.

우리 인간은 살아 있을 때조차도 허깨비이고 옅은 　　　125

그림자일 뿐이라는 사실을 저는 알고 있으니까요.

아테네　그와 같은 것을 통찰하는 자라면 결코

신들을 향하여 오만한 발언을 하지 말지어다.

자랑도 품지 말지어다, 설사 그대가 다른 이보다

더 강한 완력을 지녔다 해도, 더 높고 거대한 부를
가졌다 해도.   130
모든 인간사란 이날은 저물었다가,
저날은 다시 흥하기 때문이라. 하지만 신들은
마음이 현명한 자들을 사랑하고 못된 자들을 미워하
도다.

　　　　　　　　　　　　　　(오뒷세우스와 아테네 퇴장)

(등장가)

코로스　텔라몬의 아들[10]이여, 조류가 에워 흐르는
　　　살라미스[11]의, 바다로 감싸인 지반을 가지신 이여,   135
　　　저는 그대가 번영을 누릴 때 기뻐합니다.
　　　하지만 제우스가 그대를 내리치거나, 다나오이[12] 사
　　　람들로부터
　　　비방의 가혹한 말이 그대를 덮칠 때,
　　　저는 커다란 걱정에 싸입니다, 두려워합니다,
　　　날개 지닌 비둘기의 눈처럼.   140
　　　그래서 지금도 밤이 이우는데,
　　　와자한 지껄임이 우리를 오명 가운데
　　　붙잡고 있습니다. 당신께서 말들이 거칠게 뛰는
　　　초원으로 들이닥쳐, 다나오이 사람들의 짐승들을,

---

10) 아이아스.
11) 아테나이 남쪽에 위치한 섬. 텔라몬은 이 섬의 왕이었다.
12) 트로이아 전쟁 때는 희랍 군 전체를 가리키는 말이 없어서, 대신 '다나오이', '아카
　　이오이'라는 이름을 사용했다. 전자는 펠로폰네소스에 정착했던 다나오스라는 인
　　물에서 따온 것이고, 후자는 희랍 북쪽의 지명 '아카이아'에서 따온 것이다.

214

노획한 동물들을 몰살했다고,   145
창으로 잡은 것 중 남은 것들을
빛나는 칼로 죽였다고,
오뒷세우스가 그렇게 비웃고 헐뜯는 말을 지어내어 속삭이며
모두의 귀에다 옮기고 있습니다.
그리고 그는 큰 믿음을 얻고 있습니다. 그는 지금 당
신에 대하여   150
매우 믿을 만한 얘기를 하고 있으니까요. 그리고 듣
는 이는 모두
말한 이보다 더 크게 즐거워하고 있습니다,
당신의 고통을 얕잡아 조롱하면서.
왜냐하면 큰 인물을 겨냥하여 공격한다면
누구라도 쉽사리 맞힐 테니까요. 하지만 누가 저를
향해   155
이런 말을 한다면 그는 믿음을 얻지 못할 것입니다.
질시란, 강자에게나 달려드는 법이니까요.
하지만 작은 자들이 큰 인물들 없이
탑을 방어하기란 위태롭습니다.
큰 인물들과 함께해야 작은 자는 가장 잘되고,   160
큰 인물은 또 그보다 작은 이들의 도움을 받아야 바
로 서니 말이지요.
하지만 생각 없는 자들은 이런 일에 대한
지혜를 배워 나갈 수 없습니다.
그러한 인간들에게서 헛소문이 일어나는데,

우리에게는 이에 맞설 힘이   165
없습니다. 왕이시여, 당신이 없기 때문입니다.
예, 실로 그들은 당신의 눈길을 피하면,
날개 지닌 새의 무리처럼 소란을 피워 댑니다.
하지만 거대한 독수리를 보면 겁을 집어먹어
— 갑자기 당신이 나타나시면 말이지요. —   170
소리 없이 조용히 움츠릴 것입니다.
(좌 1)
진정 그대를 제우스의 따님께서, 황소를 돌보시는
아르테미스께서,
— 오,
나의 수치를 낳은 거대한 소문이여. —
온 백성의 소 떼에게로 부추겨 보내셨나요?   175
아마도 여신께 소득이 되지 않았던 어떤 승리 때문에,[13]
아니면 영광스러운 무장을 봉헌받으리라 기대했다가
실망하여, 아니면 선물을 바치지 않은 사슴 사냥 때
문에 말이지요.
아니면 청동 가슴받이를 지닌 에뉘알리오스[14]께서
창으로 당신을
도운 후에 어떤 질책할 마음을 품어,[15] 자신이 당한
모욕에 대해 한밤의   180

---

13) 즉, '승리를 얻고도 봉헌물을 바치지 않아서'라는 의미이다.
14) 전쟁의 신으로서 보통 아레스와 동일시된다.
15) 역시 '신의 도움으로 승리를 얻고도 감사를 드리지 않은 데 대해 질책할 의도
로'라는 뜻이다.

계략으로써 보복하신 것일까요?

(우 1)

왜냐하면, 텔라몬의 아들이시여, 그대는 결코

맑은 정신으로는 그렇게까지 불길한 쪽으로,

가축 떼 속으로 뛰어들지 않았을 테니까요.

진정 신이 보낸 질병이라면 피할 길 없지요. 그래도 제우스와   185

아폴론께서 아르고스인들의 나쁜 소문을 막아 주시기를!

하지만 큰 왕들이

이야기를 날조하여 속이는 것이라면,

그리고 구제할 길 없는 시쉬포스의 족속[16]이 그랬다면,

결코, 결코, 왕이시여, 더 이상 그렇게 바닷가 막사에   190

얼굴을 숨기고 나쁜 소문을 견디고 있지만 마옵소서.

(종가)

이제 그만 자리에서 일어나소서,

이 기나긴 다툼이 휴식하고 있는 동안,[17]

그대가 어디에 자리 잡고서

하늘까지 닿을 재앙의 불길을 일으키고 있든 간에.   195

한데 적들의 오만함은 저토록 겁 없이

바람 많은 계곡에서 솟아오르고 있습니다,

---

16) 오뒷세우스의 어머니인 안티클레이아가 결혼하기 전에 이미 시쉬포스에 의해 임신했다가 결혼 후에 오뒷세우스를 낳았다는 설이 있다.

17) 여기서 '다툼'이라는 말을 '트로이아 전쟁'으로 해석하는 입장과 '무구 다툼'으로 보는 입장이 있다. 이 번역에서는 후자를 따랐다.

모두가 흥청이며

혀를 놀려 저에게 무거운 고통을 주면서.

반면에 제게는 괴로움이 닥쳐와 곁에 섰습니다.　　　　　200

(테크멧사가 무대로 나온다.)

(애탄가)

테크멧사　아이아스의 선원들이여,

　　　　땅에서 난 에렉테우스의 자손[18]들이여,

　　　　멀리서 텔라몬의 집안을 걱정하는 이들이여.

　　　　우리에겐 근심이 있어요,

　　　　무섭고도 위대한, 거친 힘을 지닌 아이아스께서　　　205

　　　　지금 혼란스러운 폭풍에

　　　　병 들어 누워 계시기 때문이지요.

코로스　지난밤은 낮과 교대하며

　　　　어떤 고통을 남겼습니까,

　　　　프뤼기아[19] 텔레우타스의 따님이시여?　　　　　210

　　　　말하소서, 그대가 포로이긴 하지만 담대한 아이아스

　　　　께서 그대를

　　　　아내로 삼아 사랑하며 함께 사시니.

　　　　그러니 당신은 사정을 잘 알고 말하실 수 있겠지요.

---

18) 에렉테우스는 아테나이의 전설적인 왕으로 땅에서 태어났다고 한다. 아이아스
　　일행은 살라미스 출신이지만, 나중에 살라미스가 앗티케에 속하게 되었으므로,
　　여기서는 아테나이와 같은 지역인 것처럼 다루고 있다.

19) 트로이아가 속한, 소아시아 반도 북서부 지역.

테크멧사　내가 진정 입에 올릴 수도 없는 그 이야기를 어떻
게 할 수 있겠어요?

그대는 그 얘기를 들으면 죽음과 같은 고통을 느끼
리다.　　　　　　　　　　　　　　　　　　　215

밤사이 우리의 영광스러운 아이아스께서

광기에 사로잡혀 수치를 당하고 말았다오.

그대는 막사 안에서 볼 수 있을 것입니다,

손으로 베어 죽여 피에 젖은 희생들을,

저 사람의 제물들을.　　　　　　　　　　　　220

코로스　（좌）

그대는 불같은 저 인물에 대해

견딜 수 없고, 피할 길도 없는 소식을 전하시는군요.

강대한 다나오이 인들이 퍼뜨리고 있는 소식을,　225

큰 소문이 키우고 있는 소식을!

아아, 저는 닥쳐올 일이 두렵습니다. 그분은 분명히

죽을 것입니다, 광기에 사로잡힌 손으로　　　　230

검은 칼을 들어 짐승들과

말 모는 목자들을 모두 쳐 죽였으니.

테크멧사　아아, 그러면 저리로부터, 저리로부터, 우리 쪽으로

그가 결박된 가축들을 이끌고 온 것이로군요.

그중 일부는 그가 집 안의 땅 위에서 목 베었고,　235

일부는 옆구리를 쪼개어 둘로 찢어 갈랐습니다.

그리고 다리가 하얀 숫양 두 마리를 뽑아

하나는 머리와 혀 끝을

베어 던지고, 하나는 똑바로 기둥에

세워 묶고서,   240
굵은 말고삐를 취해서는
두 가닥 채찍을 만들어 획획 소리가 나도록 때렸어요.
험한 욕설로 모욕하면서요, 그것은 사람이 아니라
신이 가르쳐 준 욕설이었죠.   244

코로스 (우)
이제는 우리가 천으로 머리를
감추고서 발을 비밀스레 움직여 행동할 때로다.
아니면 좋은 노를 갖춘 좌석에 앉아
바다를 달리는 배로써 도주할 때로다.   250
아트레우스의 아들, 두 지배자가 우리를 향해
그러한 위협을 휘두르는도다. 두렵구나, 돌로 치는
격한 죽음을
저 사람과 함께 맞이하여, 같이 고통 받을 것이.   255
어쩔 길 없는 운명이 그를 사로잡고 있기에.

테크멧사 이제는 아닙니다. 번쩍이는 번개가 멀어지자,
빠른 남풍이 몰아치다 그친 것처럼,
그는 정신이 들어 새로운 괴로움을 느끼고 있어요.
다른 누가 거든 것도 없이 제 손으로   260
저질러 이룬 재난을 목격할 때,
사람에겐 큰 고통이 닥쳐와 덮치는 법이니까요.

코로스 장 아, 그의 광기가 그쳤다면, 틀림없이 일이 잘될
것입니다.
불행은 일단 지나가면 무게가 가벼워지는 법이니까요.

220

테크멧사 한데, 만일 당신더러 택하라 한다면, 그대는 친구를
       괴롭히며 즐거움을 누리겠습니까,   265
       아니면 동행하며 같이 괴로워하겠습니까?

코로스 장 오, 여인이여, 함께 당하는 것이 더 큰 불행이겠
       지요.

테크멧사 그렇다면 우리는 고통 속에 있습니다, 그가 이제
       더 이상 아프진 않더라도.

코로스 장 무슨 말씀이신가요? 무슨 얘기인지 모르겠습니다.   270

테크멧사 저분은 병증 속에 있을 때,
       자기를 사로잡은 저 불행 속에서 즐거워하며,
       온전한 정신으로 곁에 있는 우리를 괴롭히셨지요.
       한데 광기가 그치고 병증에서 숨을 돌린 지금,
       저이는 온통 극심한 괴로움에 몰려 있으며,   275
       우리도 마찬가지입니다, 이전과 다를 바 없어요.
       이것은 한 가지 일에서 두 배의 불행이 나온 게 아니
       리까?

코로스 장 진실로 당신께 동의합니다. 그래서 저는 신께서
       그분을 치신
       게 아닐까 두렵습니다. 사실 어떻게 그렇지 않겠습
       니까, 그의 광기가 그쳤는데도,
       병증을 겪을 때보다 조금도 더 사려 있어 보이지 않
       는다면요?   280

테크멧사 사정이 그러하다는 걸 알아 두세요.

코로스 장 대체 이 재난의 시작은 어떻게 저분을 덮친 겁
       니까?

함께 고통 받는 우리에게 그 불운에 대해 말해 주십
시오.

테크멧사   함께하는 사람으로서 모두 알려 드리리다.

그러니까, 저분은 한밤중에, 저녁 등불들이 더 이상   285
타오르지 않을 때, 양날 칼을 집어 들고
정처 없이 나서서 떠나려 했지요.
나는 꾸짖어 말했어요. '대체 무슨 일이십니까,
아이아스여? 왜 그대는 부르는 이도 없는데 이렇게
뛰쳐나가세요, 전령이 부른 것도 아니고, 나팔 소리를   290
들은 것도 아니면서? 지금은 온 군대가 자고 있어요.'
그는 내게 짧게 말했지요, 노래처럼 항상 하던 얘기를.
'여인이여, 침묵은 여인에게 아름다움을 가져다주는
법이오.'
그래서 나는 그 뜻에 따라 그쳤고, 그는 혼자 뛰쳐
나갔지요.
그리고 다른 데서 일어난 일에 대해서는 얘기할 수
가 없습니다.   295
그런데 그가 꽁꽁 묶인 것들을 끌고서 안으로 들어
왔지요,
소들과 소 치는 개들, 좋은 양털을 가진 포획물들을
함께 말이죠.
무리 중에 뛰어들어 일부는 참수하고, 일부는 목을
위로 젖혀
멱을 따서 등뼈를 가르고, 일부는 묶은 채로
사람에게 하듯 학대했지요.   300

그러다 마지막엔 문 밖으로 뛰쳐나가 어떤 그림자를 향해

말을 건넸습니다, 아트레우스의 아들들에 대해,

또 한편으론 오뒷세우스에 대해, 자주 웃음을 터뜨리면서,

자신이 이들을 덮쳐 그 오만함에 대해 실컷 보복했노라고.

그런 다음 다시 집 안으로 뛰어 들어왔고,   305

시간이 지나면서 어찌어찌 간신히 정신이 들었어요.

그리고 집이 어떤 재앙으로 채워져 있는지 둘러보고는

자기 머리를 때리고 고함을 질러 댔지요. 참살된 양들의

사체가 쓰러져 있는 곳에 주저앉아,

손톱 세운 손으로 머리카락을 움켜쥐었지요.   310

그리고 한동안은 소리 없이 앉아 있었어요, 한참이나.

그런 다음 내게 무서운 말로 위협했어요,

무슨 일이 벌어졌는지 모두 밝히라고요.

[그리고 자신이 대체 어떤 사태에 처한 것인지 물었지요.][20]

친구들이여, 그래서 나는 겁에 질려 저질러진 일들을   315

내가 아는 대로 모두 얘기했어요.

그러자 그는 곧 날카로운 비명을 외쳐 올렸습니다,

이전에 내가 그에게서 결코 들어 보지 못한 소리였어요.

---

20) 「오이디푸스 왕」 906행 각주 참고.

왜냐하면 그는 그러한 고함이 항상 저열하고
기백 없는 자에게나 속한 것이라고 가르쳤으니까요.   320
그래서 그는 높은 통곡 소리를 내지 않고
우는 소처럼 낮게 신음하곤 했지요.
그런데 이번엔 그러한 불운에 처하여
이분은 먹지도 마시지도 않고, 자신의 칼에 죽은
짐승들 한가운데 주저앉은 채 쇠진해 가고 있습니다.   325
그리고 뭔가 무서운 짓을 저지르려는 게 분명해요.
어찌어찌 그런 말을 하기도 하고 탄식하기도 하니까요.
그러니, 오, 친구들이여, 진정 이것 때문에 명합니다,
안으로 들어가 도울 수 있는 대로 도와주세요.
그러한 사람들은 친구들의 말에 설복되는 법이니까요.   330

코로스 장 테크멧사여, 텔레우타스의 따님이시여, 그대의
말씀은,
더할 수 없이 무서운 불행으로 저분께 광기가 일었
다는 것이로군요.

아이아스 (안에서) 아아, 내 신세, 내 신세!

테크멧사 아마 곧 더한 일이 있을 거예요! 그대들은 아이
아스께서
얼마나 끔찍한 고함을 질러 대는지 듣지 못하나요?   335

아이아스 아아, 내 신세, 내 신세!

코로스 장 저분께서는 병증이 도졌거나, 아니면 지난밤 병
증의
결과들을 대하고 괴로워하시는 듯합니다.

아이아스 이오! 아들아, 아들아!

테크멧사   아아, 나는 불행하구나! 에우뤼사케스야, 그가
         너를 외쳐 부르는구나.   340
         대체 그는 무엇을 바라는 것일까? 너는 어디에 있느
         냐? 불행하구나!

아이아스   나는 테우크로스를 부르노라. 테우크로스는 어
         디 있는가? 그는 그저
         노획물만 쫓아다니려는 것인가, 내가 죽어 가고 있
         는데도?

코로스 장   저이가 정신이 든 것 같습니다. 문을 열어 보시
         지요.
         혹시 그가 저를 보고 삼가는 태도를 취할지도 모르니.   345

테크멧사   보세요, 열고 있어요. 이제 살필 수 있을 겁니다,
         그가 한 일들을, 그리고 그 자신이 어떤 상태에 있
         는지도.

         (애탄가)
         (좌 1)

아이아스   아아,
         동료 선원들이여, 나의 친구들 중 유일하게,
         유일하게 아직껏 올바른 법도에 머물러 있는 이들이여,   350
         그대들은 보고 있노라, 지금 피의 폭풍 아래
         사방에서 어떤 파도가 나를 에워싸고 달려들어
         휘감아 오는지를.

코로스 장   제가 보기에 당신께서 아주 정확히 증언하신 것
         같군요.

상황 자체가, 그가 정신이 나갔음을 드러내고 있습
니다.   355

(우 1)

아이아스   아아,

배의 기술로 도움을 주는 종족이여,

배에 올라 넓적한 노를 휘돌리는 이여,

나는 그대를 진정, 그대를 진정, 배들의 목자 가운데

유일하게 도와줄 사람으로 보노라.   360

부디 나도 이들처럼 쳐서 죽이라.

코로스 장   부정 타지 않도록 조용히 하십시오. 나쁜 것에
나쁜 것을 더하며

더 큰 재앙을 재난의 치료약이랍시고 내놓지는 마십
시오.

(좌 2)

아이아스   그대는 보는가, 이 대담하고 가슴에 용기를 지닌
자를,

적들 가운데 싸우면서도 떨지 않던 자를,   365

겁 없는 맹수들 가운데서도 무섭게 손 놀리던 자를?

아아, 웃음거리가 되었구나. 내가 진정코 얼마나 조
롱을 당했는지!

테크멧사   그런 말 마십시오, 주인이신 아이아스여. 탄원합
니다.

아이아스   비키지 못하겠느냐? 물러서서 밖으로 나가지 못
하겠느냐?

아이아이, 아이아이.   370

테크멧사 오, 신들의 이름으로 비오니, 제 말을 듣고 정신
　　　　을 차리세요.

아이아스 오, 나는 불운하도다, 그 저주받은 놈들을
　　　　두 손아귀에서 놓쳤구나,
　　　　굽은 뿔을 지닌 소들과
　　　　훌륭한 염소 떼에 뛰어들어　　　　　　　　　　375
　　　　검은 피를 적시며.

코로스장 이미 벌어진 일을 무엇 하러 괴로워하십니까?
　　　　그렇다고 이 사태가 달라질 수 없는데 말입니다.

　　　　(우 2)

아이아스 아아, 이 모든 것을 보면서, 이 모든 것을 살피면서,
　　　　불행들을 이뤄 낸 자, 라에르티오스의 자식이여,　　380
　　　　이 군대 가운데 가장 더럽고 교묘한 자여,
　　　　진정 너는 즐거워하며 많이도 웃어 대겠구나.

코로스 장 모든 사람은 신의 뜻에 따라 웃기도 하고 애통
　　　　하기도 하지요.

아이아스 진정 내가 그를 볼 수 있었으면! 내 비록 이렇게
　　　　재난을 당하고 있지만!
　　　　아아, 내 신세, 내 신세!　　　　　　　　　　　385

코로스 장 호기 부리지 마십시오. 그대가 어떤 불행에 처
　　　　해 있는지 모르시겠습니까?

아이아스 오, 제우스시여, 조상들의 아버지[21]시여,
　　　　어떡하면 저 교활하기 이를 데 없는

---

21) 아이아스의 할아버지인 아이아코스는 제우스의 아들이다.

교묘한 적과 두 지도자

왕을 멸하고서,   390

마침내 저도 죽을 수 있겠나이까?

테크멧사 당신이 그런 기원을 하시려면, 저 또한 죽도록

기원하십시오. 당신이 죽고 나서 제가 왜 살아야 하

나요?

(좌 3)

아이아스 아아,

어둠이여, 나의 빛이여,

오, 내게는 가장 빛나는 하계의 암흑이여,   395

데려가라, 데려가라, 불운한 나를,

나를 데려가라. 나는 신들의 종족 중에서도,

하루살이 인간들 중에서도,

그 누구의 도움도 바랄 수 없으니.   400

오히려 나를, 제우스의 따님인

강력한 여신께서

파멸토록 학대하셨도다.

그러니 누구라도, 어디로 피할 수 있으리오?

내가 어디 가서 머물겠소?

내 과거의 명성은 사그라졌고,   405

친구들이여,

내가 이 짐승들 가운데에,

어리석은 포획물들 중에 누워 있다면,

전 군대가 두 팔을 휘두르며

그 손으로 나를 잡아 죽일 것이오.

테크멧사   오 나의 불행이여, 능력 있는 분이 이런   410
　　　말을 하시다니, 전에는 결코 하지 않았을 말을!
　　　(우 3)

아이아스   아아,
　　　으르렁대는 바다의 길들이여,
　　　바닷가 동굴들이여, 물가의 초원이여,
　　　많고 많은 시간 동안, 오래도
　　　너희는 나를 트로이아 주변에 잡아 두었구나.   415
　　　하지만 더 이상 나를, 더 이상 생명의 숨결을 지닌
　　　나를
　　　소유하지 못하리라. 누구든 지각 있는 자라면 이것
　　　을 알게 하라.
　　　오, 이웃 스카만드로스[22]의
　　　흐름들이여,
　　　아르고스인들에게 호의를 품은[23] 것들이여,   420
　　　너희는 더 이상 이 사람을
　　　보지 못하리라. 내
　　　자랑스레 말하노라,
　　　그 어떤 비슷한 전사도
　　　희랍 땅에서
　　　오는 것을 트로이아는   425

---

22) 트로이아 지역을 흐르는 강.
23) 이 강은 호메로스의 『일리아스』에서 희랍 군에게 적대적인 것으로 그려졌기
　　때문에, 이 구절 '호의를 품은(euphrones)'을 '악의를 품은(kakophrones)'으로
　　고치려는 학자들도 있다.

보지 못했노라고. 그런데 지금 명예 없이

이렇게 나는 누워 있노라.

코로스 장 저는 당신을 막을 수도 없고, 당신에게 무슨 말

을 하라고 해야 할지도

모르겠습니다, 당신이 그와 같은 불행에 쓰러졌으니.

아이아스 아이아이, 대체 누가 내 이름이 이렇게 불행의   430

뜻과 깊게 맞아떨어질 줄[24] 알았으랴?

이제 나는 두 번이나 '아이'라고 외치게 되었으니.

[아니, 세 번이라도. 그토록 비참한 불행을 만났으니.]

내 아버지는 이 이데 산[25]의 땅에서

군인들 가운데 으뜸의 아름다운 상을 수훈으로 얻어   435

온통 아름다운 명예를 지니고 집으로 돌아가셨도다.[26]

한데 나는 그분의 아들로서, 트로이아의 같은

장소에 그 못지않은 힘을 지니고 왔으며,

그 못지않은 업적을 내 손으로 이뤘건만,

아르고스인들에게 이리도 수치를 당한 채 죽어 가

는구나.   440

---

24) '아이아스'라는 이름은 보통 그의 출생 때 나타난 '독수리(aietos)'에서 비롯한
것으로 설명되는데, 여기서는 고통의 외침('아이아이')과 일치하는 것으로 간주
하고 있다.

25) 현재 터키 북서부에 있는 산.

26) 아이아스의 아버지인 텔라몬은 트로이아 전쟁보다 한 세대 전에 헤라클레스
가 트로이아를 정벌하는 데 동참하여 큰 공을 세웠고, 아름다운 헤시오네를 상
으로 받았다. 이 헤시오네에게서 태어난 이가 아이아스의 이복동생인 테우크로
스이다.

하지만 내 이것만큼은 잘 안다 여기노라,
만일 아킬레우스가 살아 자신의 무구들을
누구에게 줄지, 힘의 뛰어남을 판정하려 했다면,
나 대신 다른 누가 그것을 채 가지 못했으리란 것을.
한데 지금 그것을 아트레우스의 자식들이 사악한 자
에게   445
넘겼구나, 나의 힘은 제쳐 두고서.
그러니 만일 이 눈과 마음이 비틀려
나의 뜻 바깥으로 뛰쳐나가지만 않았더라도, 그 자
들은 결코
다시는 다른 이에게 이따위 판정을 표결하지 못할
것이로다.
하지만 제우스의 따님께서, 제압당하지 않는 사나운
눈의 여신께서   450
내게, 그들에게 막 손을 뻗치는 참에
광기의 질병을 내려 나를 넘어뜨리셨도다,
이같이 짐승들 속에서 피로 손을 적시도록.
반면에 저들은 빠져나가 즐거워하고 있구나,
내 뜻과 반대로. 그러나 신들 중 어떤 분이   455
해를 입힌다면, 더 못한 자라도 강한 자를 피할 수
있으리라.
그러니 이제 어찌해야 하는가, 명백히 신들께
미움을 사고 있는 내가? 희랍인들의 군대는 나를 미
워하고,
온 트로이아와 이 들판도 나를 적대하고 있도다.

집을 향하여, 배들 곁에 자리한 진영과 아트레우스
의 자식들을   460
저희끼리 버려두고 아이가이온 바다[27]를 가로지를까?
하지만 무슨 낯으로 아버지 텔라몬을
만나 뵐 것인가? 대체 으뜸의 상도 없이
맨손으로 나타난 나를 그분이 어떻게 참고 보실 것인가?
으뜸가는 상으로 큰 명예의 왕관을 누리셨던 분이?   465
견딜 수 없는 일이로다. 아니, 차라리 트로이아인들의
방벽으로 달려가, 홀로 그들 중에 뛰어들어
쓸모 있는 일을 행하고서 마침내 죽을까?
하지만 그러면 아트레우스의 자식들한테나 기쁨을
줄 터.
있을 수 없는 일이로다. 어떤 위업을 추구해야만 하
리라,   470
늙으신 아버지께, 내가 그의 아들로서
적어도 용기를 타고나지 못한 건 아님을 보여 드릴
일을.
불행 중에 아무것도 바꾸지 못하는 자가
오래 살기를 원하는 것은 수치스러운 일이로다.
사실, 하루하루가 무슨 즐길 것 있으랴,   475
그 날들은 우리를 죽음으로 밀쳤다 뒤로 당겼다 하
는 것을.
나는, 헛된 희망에 달아오르는 사람은

---

27) 에게 해.

한 푼 값어치도 없다고 여기노라.

고귀한 혈통에 속한 자는 명예롭게 살거나,

아니면 명예롭게 죽어야 하는 법. 그대는 내 모든 말

을 다 들었도다.   480

코로스 장 아이아스여, 누구든 그대가 남의 생각이 아니라

자기 가슴속 말을 했다 할 것입니다.

하지만 그만 그치시고 친구들의 뜻에

양보하십시오, 그런 생각들은 떨쳐 버리시고.

테크멧사 오, 주인이신 아이아스여, 피할 수 없는 불운이야

말로   485

인간에게 가장 큰 불행입니다.

저는 부유한 프뤼기아인들 가운데 자유롭고 권세

있는

아버지에게서 태어났지요. 혹시 권세라는 게 있을

수 있다면 말입니다.

그런데 저는 지금 노예입니다. 신들께서 어쨌든 그렇

게 결정하셨고,

또 무엇보다 당신의 손이 그렇게 만들었으니까요. 그

래서 제가 당신의 침상으로 와서   490

결합하였으므로, 저는 당신이 잘되길 바라고 있어요.

그리고 당신께 탄원합니다, 화덕의 제우스의 이름으로,

또 당신이 저와 결합했던 잠자리의 이름으로,

부디 내가 당신의 적들 중 하나의 수하에 넘겨져서

고통스러운 험담을 들어서는 안 된다고 생각해 주시

기를.   495

진정 당신이 죽는 날, 삶을 마치고 저를 버리는 날,
바로 그날로 저 역시
아르고스인들의 폭력에 붙잡혀
당신 아이와 함께 노예로 살게 되리라는 걸 생각하
십시오.
그러면 주인들 중 하나가 쓰라리게 비아냥거리겠지요,   500
이런 말을 쏘아 대면서. '보라, 아이아스와 잠자리를
함께한
여자를! 그는 군대 전체에서 가장 강했으나,
그녀는 부러움 받는 삶 대신 이런 품팔이 삶을 살고
있도다!'
누군가 그렇게 말할 것입니다. 그러면 저는 운명을
괴로워하겠지요.
하지만 당신과 당신의 종족에게도 이 말은 수치가
될 것입니다.   505
그러지 마시고, 비참한 노경 속에 버려진 아버지를
존중하십시오. 또 연로하신 어머니를
존중하세요. 그분은 자주 신들께
당신이 살아서 집으로 돌아오기를 기원하고 계십니다.
그리고 왕이시여, 당신의 아이를 불쌍히 여기세요,
만일 그가   510
당신에게 받을 어린시절 보살핌을 잃고서, 외로이
애정 없는 보호자들 아래 살아간다면, 당신은 죽으
면서 이 얼마나 큰
불행을 그 애와 저에게 나눠 주는 것인지요.

저에게 당신 말고는 기댈 곳이 아무데도 없으니까요.

당신이 저의 조국을 창으로 멸했고,   515

절 낳으신 아버지와 어머니는

하데스의 죽음 속에 거주하도록 다른 운명이 낚아

챘으니 말이지요.

당신 말고 제겐 아무런 조국도

아무런 부유함도 없습니다. 저는 온전히 당신 때문

에 버티고 있습니다.

부디 저도 기억해 주세요. 바른 사람이라면   520

어디선가 즐거움을 얻었을 때, 그것을 기억해야

합니다.

항상 호의는 호의를 낳으니 말입니다.

누군가 호의를 받고서도 기억을 흘려보낸다면

그 사람은 더 이상 고귀한 인물일 수가 없습니다.

코로스 장   아이아스여, 내가 그렇듯, 당신도 마음에 동정심을   525

두 가지시길! 부디 이 여인의 말을 따르시길!

아이아스   그녀는 확실히 나의 동의를 얻을 것이오,

내가 명하는 걸 그녀가 수행하기로 마음먹는다면.

테크멧사   오, 친애하는 아이아스여, 저는 모든 일에 복종하

겠어요.

아이아스   그러면 내가 아들을 볼 수 있도록 데려오시오.   530

테크멧사   사실 저는 두려워서 그 애를 내보냈습니다.

아이아스   내가 이런 불행을 당해서겠지. 아니면 뭔가 다른

이유 때문이오?

테크멧사   혹시 그 불행한 아이가 당신을 만나서 죽게 될까

봐 그랬어요.

아이아스 아마도 그게 내 운에 합당한 것이었겠지.

테크멧사 하지만 어쨌든 저는 그것을 막을 만큼은 그 애를
지켰습니다.   535

아이아스 당신의 행동과 생각을 칭찬하오.

테크멧사 그러면 이제 제가 당신을 위해 무슨 일을 할까요?

아이아스 내가 그 아이를 대면하고 말할 수 있게 해 주오.

테크멧사 사실 그 아이는 가까이에, 하인들이 지키고 있긴
합니다.

아이아스 그러면 왜 오지 않고 머뭇거리는 거요?   540

테크멧사 얘야, 아버지께서 너를 부르신다. 하인 중 누구든
그 애를 손잡아 이리로 이끌어 오시오.

아이아스 그들이 당신 말에 따르고 있는 거요, 아니면 말
을 놓친 거요?

테크멧사 하인이 여기 아이를 데려오고 있어요.

아이아스 아이를 안아 이리 주시오. 제대로   545
아비를 닮은 자식이라면, 방금 목 베인
이 주검을 보더라도 두려워하지 않을 테니.
그 아이는 얼른 자기 아버지의 잔혹한 생활 방식에
망아지처럼 길들어야 하고, 본성 또한 닮아야 할 거요.
오, 아들아, 네가 아비보다는 더 큰 행운을 누리기를,   550
하지만 다른 점들에서는 나와 같기를! 그리고 저열
한 인간이 되지 않기를!
하지만 지금 이것만큼은 널 부러워할 만하구나.
네가 이 불행들을 전혀 느끼지 못한다는 점 말이다.

삶은, 네가 기쁨과 고통을 배우기 전,

아무 생각 없을 때에 가장 달콤하니까.   555

[생각이 없다는 것은 고통 없는 불행이니 말이다.]

하지만 기쁨과 고통을 배우게 될 때면, 네가 어떠한 이에게서

태어나서 어떤 자로 자랐는지 아버지의 적들에게 보여 주어야 한다.

그때까지는 부드러운 미풍으로 젊은 영혼을 키우며

자라나라, 어머니에게 기쁨이 되도록.

나는 아노라, 내가 없더라도 아카이아인[28]들 가운데 누구도 너를   560

밉살스러운 험담으로 조롱하지 못하리라.

그렇게 지켜 줄 보호자로 테우크로스를 네게

남길 것이니, 널 키우기를 망설이지 않을 이를, 비록 그가 지금

적들을 추적하여 멀리 나가 있긴 해도.

하지만, 방패를 든 자들이여, 바닷길의 동료들이여,   565

그대들에게도 이 은혜를 함께 베풀도록 부탁하노라.

그리고 저 테우크로스에게 나의 명을 전하라,

이 아이를 내 집으로 데려가서,

텔라몬과 내 어머니 에리보이아께 보이라고,

그가 부모님의 노년에 늘 봉양하도록,   570

[그들이 저승 신의 집 안 깊은 곳으로 갈 때까지,]

---

28) 137행 각주 참고.

그리고 나의 무구들은, 그 어떤 경기 진행자도,

나를 망친 자[29]도, 아카이아인들에게 내놓지 못하게

하라고.

아니, 아들 에우뤼사케스[30]여, 네게 이름을 준 그것은

부디 네가 취하여 지니고, 촘촘히 꿰맨 가죽 띠를

잡아   575

휘둘러라, 그 일곱 겹 쇠가죽의 찢기지 않는 방패를.

다른 무구들은 나와 함께 묻힐 것이다.

(테크멧사에게) 하지만 이제 얼른 이 아이를 받으시오,

그리고 문을 꼭 닫고, 막사 앞에서 울어

애곡하지 마시오. 진정 여자들은 비탄하기를 좋아하

는구려.   580

얼른 닫으시오. 현명한 의사는 도려내야 할 재난을

두고

주술 노래[31]로 곡하지 않는 법이오.

코로스장   나는 당신의 격정적인 얘기를 들으니 두려워집

니다.

당신의 날카로운 혀가 저를 기쁘게 하지 않으니까요.

테크멧사   오, 주인이신 아이아스여, 대체 무엇을 하려는 생

각이신가요?   585

아이아스   묻지 마시오, 질문치 마시오. 절제가 좋은 것이니.

테크멧사   아아, 절망스럽군요. 하지만 당신의 자식과 신들

---

29) 아가멤논.

30) '넓은 방패'라는 뜻.

31) 주술적인 노래를 부르는 것이 옛 치료법 중 하나였다.

의 이름으로

당신께 청합니다, 부디 우리를 버리지 마시길!

아이아스 그대는 너무 심하게 괴롭히는구려. 당신은 모른

단 말이오, 내가 더는 신들께

빚진 자가 아니기에 그들을 기쁘게 할 필요가 없다

는 것을?   590

테크멧사 말씀을 삼가십시오.

아이아스   듣는 자들에게나 말하시오.

테크멧사 제 말을 듣지 않으시렵니까?

아이아스   이미 그대는 너무 많

이 말했소.

테크멧사 저는 정말로 두렵습니다, 왕이시여.

아이아스   얼른 문을 닫

지 못하겠소?

테크멧사 신들의 이름으로 비오니, 마음을 누그리소서!

아이아스   내게

는 그대가 어리석게 보이는구려,

나의 습성을 지금 가르쳐 바꿀 수 있다고 여기다니.   595

(막사 문이 닫혀 아이아스가 보이지 않게 된다. 테크멧사

는 아들을 데리고 무대에서 나간다.)

(제1정립가)

코로스 (좌 1)

오, 이름 높은 살라미스여, 너는

바닷물 두루 철썩이는 곳에 자리 잡고 있겠지, 아마

도 행운을 누리며,

모두의 눈에 언제나 빛나며.

하지만 불행한 나는 이미 오랫동안 이데 산의   600

풀 무성한 초원에 머물며 언제나 거기 누워 있구나,

헤아릴 수 없는 달수가 지나도록,

긴 세월에 지쳐 가며,

언젠가 내가 먼저, 보기 두려운,   605

무엇이든 보이지 않게 만드는 하데스에게로 떠나리

라는 불행의 예감을 지닌 채.

(우 1)

또한 내게는 치유하기 어려운 아이아스가

다음 차례의 상대로 기다리고 있도다, 아, 내 신세,

내 신세,   610

신이 보낸 광기와 함께 같은 뜰에서.

살라미스여, 너는 그를 이전에 격렬한 전장에서

타인을 압도하는 자로서 떠나보냈도다. 하지만 지금

그는 혼자서 생각을

키우며, 동료들의 큰 고통이 되었구나.   615

이전에 그의 손이 이룬 탁월함하고 큰

업적들은 애정 없는 자들 가운데 사랑받지 못하는 것

으로

떨어졌도다, 떨어졌도다, 불행한 아트레우스의 자식

들 가운데.   620

(좌 2)

진실로, 이미 오래 살아 백발의 노년이 된

그의 어머니가, 그가 가슴속 재앙으로   625
병 들었음을 들을 때면,
불행한 그녀는 불쌍한 새
밤꾀꼬리의 구슬프디구슬픈 탄식으로
노래하지 않고, 날카로운 음조의 노래를   630
울어 부르리라. 소리 내어
손으로 가슴을
치리라, 허옇게 센 머리카락을 뜯으며.

(우 2)

실로 헛된 질병에 시달리는 그이는 저승으로 가는
것이 낫도다.   635
그는 조상들의 고귀한 혈통을 따라
많은 전역(戰役)을 겪는 아카이아인들 가운데 홀로
으뜸인 자이나,
더는 타고난 성정에
튼실히 서지 못하고 바깥으로 떠도니.   640
오, 불행한 아버지여, 불운한 그대가 들어 알도록
아들이 당할 어떠한 재난이 남아 있는지!
이 사람 빼고는 아이아코스의 자손 중 어떤 생명도
그런 재난은 키우지 않았는데!   645

(아이아스가 칼을 들고 무대로 들어온다.)

아이아스   길고 헤아릴 수 없는 시간은 모든
           숨겨진 것들을 드러내고, 또 드러난 것들을 숨기오.

그리하여 어떤 일도 예상 밖의 것이 아니며, 무서운 맹세도

굳고 굳은 가슴도 극복된다오.

왜냐하면 나 또한 방금 무섭게 굳었었고

강철을 물에 담근 듯했지만, 이 여인으로 인하여   650

나의 입이 부드러워졌으니 말이오. 나는 그녀를 동정하오,

적들 가운데 과부로 남는 것을, 또 아이가 고아로 남는 것을.

아니, 나는 씻을 곳으로 가겠소, 바닷가

초원으로, 나의 더러움을 정결케 하여   655

여신의 무거운 분노를 벗어나기 위해서.

그리고 사람의 발이 밟지 않은 곳을 찾아,

거기에 나의 이 칼을 숨길 것이오, 무기 중 가장 밉살스러운 것을,

누구도 보지 못할 그곳의 흙을 파고서.

그것은 밤과 하데스가 밑에 보관하도록 하라.   660

적 중의 적인 헥토르로부터

그것을 선물로 손에 받은 이래,[32]

나는 아르고스인들에게서 어떤 이득도 얻지 못했으니까.

실로 사람들의 속담이 진실하도다,

---

32) 『일리아스』 7권에서, 아이아스는 헥토르와 일대일 대결을 벌이지만 결판을 보지 못하고 끝낸다. 그날 아이아스는 상대에게 가죽으로 만든 칼집과 칼띠를, 헥토르는 칼을 선물로 주었다.

적들의 선물은 선물이 아니며, 이로움이 없다는 말이.   665
그래서 앞으로 나는 신들께 복종하는 법을
알 것이며, 아트레우스의 아들들을 존숭하기를 배울
것이다.
그들은 지배자들이니 복종을 받아야 한다. 왜 아니
겠는가?
무서운 것들도 가장 강한 것들도 영예에는
굴복하는 법. 이런 식으로 눈길을 달리는   670
겨울도, 좋은 열매 맺는 여름에 자리를 내주며,
무서운 밤이 도는 길도 흰 말의 낮을 위해,
빛을 불태우도록 비켜서도다.
또 무서운 숨결의 바람은 한숨짓는 바다를
잠재우도다. 또 다른 예로서, 가장 강력한 잠조차   675
족쇄를 풀며 잡은 것을 항상 붙들고 있지 않도다.
그런데 어찌 우리가 절제하기를 배우지 않을 터인가?
최소한 나는 배우리라. 왜냐하면 방금 알았기 때문
이니,
원수를 미워하되, 나중에 다시 사랑하기 위해서
그래야 하며, 친구를 향해서도   680
봉사하여 돕기를 바라되, 항상 그 상태로 머물면
안 된다는 것을. 왜냐하면 많은 사람에게
우정의 항구란 믿을 수 없는 것이니.
하지만 이런 일들은 잘될 것이다. 이제 그대,
여자여, 안으로 들어가서 신들께 빌라,   685
내 마음이 원하는 것들이 완전하게 이뤄지기를.

그리고 동료들이여, 그대들은 이 여인과 마찬가지로 나의 생각을
존중하라. 그리고 테우크로스가 오면, 그에게 전하도록 하라,
나의 일들을 돌보고, 또 그대들에게 호의를 베풀어 보이라고.
왜냐하면 나는 저리로, 내가 가야 할 곳으로 갈 터이니.   690
내가 말한 대로 행할지어다, 그리고 아마도 곧 그대들은
알리라, 내가 지금은 불운하지만 구원되었음을.

(아이아스가 무대를 떠난다.)

(제2정립가)

코로스   (좌)

나는 황홀하여 떨리는구나, 온통 기뻐 날개 쳐 오르는구나.
이오, 이오, 판이여, 판이여,
오, 판, 판, 바다를 떠도는 분이시여,   695
눈보라 때리는 퀼레네[33]의
바위 등성이에서 나타나소서, 오,
신들을 위해 합창단을 이루는 왕이시여,

---

33) 펠로폰네소스 반도 북서부 아르카디아 지방의 산. 목신인 판의 아버지 헤르메스가 태어난 곳이다.

홀로 배운 뮈시아[34]의 춤과

크놋소스의 춤[35]을 나와 함께 가벼이 뛰어 추시도록.　　700

지금 나의 관심은 춤추는 것뿐이니.

또한 이카리아 바다[36] 너머로,

왕이신 아폴론[37]이여, 델로스의 신이여,

알아보기 쉬운 뚜렷한 모습으로 오셔서,

모든 일에 호의를 품고 나와 함께하소서.　　705

(우)

아레스께서 우리 눈에서 무서운 고통을 풀어 버리

셨도다.

이오, 이오, 이제 다시,

이제, 오 제우스시여, 좋은 날의 밝은 빛이

바다를 날래게 달리는 빠른 배들에게

다가올 수 있습니다. 아이아스께서　　710

다시금 고역을 잊었고, 다시

---

34) 대개의 사본들에는 '뉘사'로 되어 있지만, 여기서는 파퓌로스 단편을 따랐다. '뮈시아'로 하면 곡식 및 생육의 여신인 퀴벨레를 따르는 코뤼반테스의 춤을 가리키며, '뉘사'로 하면 디오뉘소스 추종자들의 춤을 가리키는데, 둘 다 의미가 통한다.

35) 크놋소스는 크레테의 가장 유명한 도시인데, 크레테는 어린 제우스를 보호한 반신반인의 존재인 쿠레테스의 격렬한 춤과 연관되어 있다. 이들은 어린 제우스가 아버지 크로노스를 피하여 크레테의 동굴에 숨겨졌을 때, 아이의 울음소리가 밖으로 새 나가지 않게 요란하게 방패를 두드리며 춤을 추었다고 한다.

36) 에게 해의 일부로서 이카루스가 추락한 바다라고 한다.

37) 아폴론은 판처럼 춤의 신이며 또한 정화의 신이기도 하므로 이 자리에 나타나는 것이 적당하다.

온전한 제사로 축성된 신들의 법을
이루었으니까요, 크나큰 충실함으로 존경을 보이며.
시간은 강력하여 모든 것을 시들게 하도다.
그러니 내가, 그 무엇이든 믿을 수 없다고 하지   715
않기를! 예기치 않은 상황에서
아이아스께서, 아트레우스의 아들들을 향한
커다란 격정과 다툼으로부터 방향을 돌려 달리 생
각케 되었으니.

(전령 등장)

전령   친애하는 이들이여, 먼저 고하리다,
테우크로스께서 방금 뮈시아의 산지로부터   720
돌아오셨소. 그런데 진지 한가운데의 본부 쪽으로
가면서
사방 온 아르고스인들에게 비난을 당하셨소.
그들은 그가 다가오는 것을 멀리서 알아보고
둥글게 에워쌌고, 여기저기서
누구 하나 빠짐없이 욕설을 퍼부었소.   725
그를, 군대를 해치려 음모를 꾸민 광인과
피를 나눈 형제라고 불러 대며, 그가 반드시 돌에
맞아 온통
으깨져 죽고 말리라고 했소.
그래서 그들이 칼집에서 칼을 뽑아
손에 드는 상황까지 갔었소이다.   730

하지만 다툼은 극단까지 치닫지는 않았소,
화해하라는 노인들의 말씀에 따라서요.
한데 우리의 아이아스께서는 어디 계시오, 이 소식
들을 전하게 말이오.
중요한 분들께는 모든 얘기를 밝혀야 하니.

코로스 장 안에 안 계시고 방금 떠나셨소,   735
새로운 기분으로 새로운 계획의 짐을 지고서.

전령 아아, 아아,
진정 나를 이리 보낸 이가 한 발 늦은
것이로구나, 아니면 사실 내가 느린 자였거나.

코로스 장 대체 잘못되었다는 그 급한 일은 무엇이오?   740

전령 테우크로스께서, 자기 자신이 도착하기 전에는
그분을 집 밖으로 나가지 못하게 하라셨소.

코로스 장 하지만 당신에게 말하건대, 그는 갔소이다, 더
나은 쪽으로 생각이
돌아서서, 분노를 그치고 신들과 화해하러 말이오.

전령 이것은 진정 어리석은 말이로다,   745
칼카스[38]가 제대로 생각하고 뭔가를 예언하고 있다면.

코로스 장 그 예언이 무엇이오? 그대는 이 일에 대해 뭘 알
고 여기 온 거요?

전령 내가 알 만큼은 아오, 그리고 거기 있었소.
지배자들이 모여 앉은 둥근 원에서
칼카스가 일어나 아트레우스의 아들들과 따로 떨어

---

38) 트로이아 전쟁 때의 유명한 예언자.

져 나와서   750
테우크로스의 손에 자기 오른손을 호의적으로
올려놓으며 말했소. 만일 앞으로 아이아스가
살아 있는 것을 보고 싶다면, 온갖 수단을 다하여
오늘 하루 동안 아이아스를
천막 아래에 가두어 두고 밖에 나가지 못하게 하라
고 말이오.   755
왜냐하면 이 하루 동안만 아테네 여신의 분노가 그를
몰아칠 것이기 때문이라오. 칼카스는 그렇게 일렀소
이다.
그 예언자는 말했소. "웃자란 쓸모없는 몸뚱이들은
신들에게서 온 엄혹한 불운에
추락하는 법이오. 인간으로 태어났으면서도
분수에 맞지 않는 뜻을 품은 자들 말이오.   760
그런데 저 아이아스는 집에서 막 떠나려는 참에
아버지가 좋은 말씀을 하실 때, 분별없는 자로 드러
났었소.
그분은 그에게 이렇게 말씀하셨소. '아들아, 너는 창
으로
승리를 추구하되, 항상 신의 도움으로 이기려 해야
한다.'   765
한데 그는 오만하게 생각 없이 대답했소.
'아버지, 신들의 도움을 받으면 별 볼일 없는 자라도
승리를 얻을 수 있을 것입니다. 하지만 저는 그 신들
없이도

명성을 거머쥐리라 확신합니다.'

그는 이와 같은 말로 으스댔소. 그 후 두 번째로,   770

여신 아테네께서 그를 격려하며

손을 뻗어 적들을 죽이라고 명했을 때,

그는 입에 담아서는 안 되는 무시무시한 말로 대답

하였소.

'여왕이시여, 다른 아르고스인들 곁에

서소서, 나와 맞서 싸우려는 자는 결코 없을 테니.'   775

그는 이러한 말 때문에 여신의 사랑을 잃고 오히려

분노를

샀소, 인간의 분수에 맞는 뜻을 품지 않은 거요.

하지만 이날만 살아 넘긴다면, 아마도 우리는

신의 도움으로 그의 구원자가 될 수 있을 것이오."

예언자는 그렇게 말했소. 그러자 테우크로스가 즉시

자리에서   780

일어나 나를 보냈소, 당신들에게 그를 지키라고

지시하기 위해서. 하지만 만일 우리가 놓쳤다면,

칼카스가 능력 있는 예언자인 한 그 사람은 더 이

상 살아 있지 않소.

코로스 장   오, 불행한 테크멧사여, 불운한 분이여,

와서 이 사람을 보십시오, 그가 어떠한 말을 하는지.   785

이 말은 누구도 기뻐하지 않을 만큼 아슬아슬하게

피부를 스치고 있습니다.[39]

---

39) 사태의 위험성을 위험스러운 면도에 비긴 것이다.

(테크멧사가 무대로 나온다.)

테크멧사　왜 불행한 나를, 끝없는 재난에서 이제야
　　　휴식을 얻은 사람을 또다시 자리에서 일으켜 세우
　　　는 거요?

코로스 장　이 사람의 말을 들어 보십시오, 그가 우리에게
　　　아이아스의 운명에 대한 소식을 지니고 왔으니. 그러
　　　나 나는 그 소식이 괴롭군요.　　　　　　　　　790

테크멧사　아아, 무슨 말인가요, 남자여? 우리가 파멸했다
　　　는 것은 아니겠지요?

전령　당신의 운수에 대해서는 모르겠습니다만, 아이아스
　　　에 대해서는, 그가
　　　나갔다면, 저는 기운을 낼 수가 없군요.

테크멧사　그는 나간 게 사실입니다. 그래서 나는 당신 말
　　　이 대체 무슨 뜻일까 싶어 괴로워하는 거예요.

전령　테우크로스께서 저분을 막사 울타리 안에 가두고,
　　　혼자서는　　　　　　　　　　　　　　　　795
　　　나가지 못하게 하라고 명하셨습니다.

테크멧사　테우크로스는 어디 계신가요? 그리고 왜 이런 말
　　　씀을 하시나요?

전령　그분은 방금 돌아오셨습니다. 한데 그분은, 아이아
　　　스께서 이렇게 떠나간 것이
　　　치명적인 길로 이어지리라 예측하고 계십니다.

테크멧사　아아, 나는 불행하구나! 대체 누구에게서 그런
　　　얘기를 듣고 그러시는 거죠?　　　　　　　　800

전령   테스토르[40]의 아들이신 예언자에게서지요. 아이아스
     께 죽음을 가져올지,

     삶을 가져올지는 오늘 이 하루에 달렸답니다.

테크멧사   아, 내 신세여! 친구들이여, 피할 수 없는 불운으
     로부터 나를 가려 주세요,

     몇몇은 테우크로스께 어서 오라고 재촉해 주세요,

     또 몇 사람은 서쪽 만으로, 다른 사람들은 해를 마
     주 보는 만으로   805

     가서 이 사람의 불행한 행로를 탐색해 보세요.

     나는 이제 정말로, 내가 그 사람에게 속았다는 것을,

     예전에는 배려받았지만 이젠 버려졌다는 것을 알겠
     어요.

     아아, 어찌해야 할까, 아이야? 앉아만 있어서는 안
     되겠다.

     나도 가리라, 힘 닿는 데까지 저리로.   810

     가자, 서두르자. 앉아 있을 때가 아니다,

     [죽기를 서두르는 사람을 우리가 구하려 한다면.]

코로스 장   저는 갈 준비가 되어 있습니다. 말로만이 아닙니다.

     빠른 발과 행동이 뒤따를 테니까요.   (모두 퇴장)

(무대 구석, 덤불로 약간 가린 곳에 아이아스가 등장한다.)

아이아스   도살자 칼이, 이방 손님 가운데 내가 가장 증오

---

40) 칼카스의 아버지.

하는,   815
가장 밉살스러운 인간인 헥토르의 선물이
가장 잘 찌를 만한 곳에
서 있도다, 누가 그런 것을 생각할 겨를이 있다면 말
이지만.
그것은 적들의 땅 트로이아에 박혔도다,
강철을 깎아 내는 숫돌에 새로이 날이 서서.   820
나는 그것을 잘 묻어 박았도다,
이 사람이 속히 죽게끔 큰 호의를 베풀도록.
그러니 나는 준비가 잘 갖춰졌도다. 오, 제우스시여,
당신이 제일 먼저 그러셔야 할 터, 이제 나를 도우소서.
저는 당신께 큰 선물을 얻겠다고 청하지 않겠습니다.   825
저를 위해 전령을 보내소서, 나쁜 소식을
테우크로스에게 전할 이를. 그가 제일 먼저, 방금 피
뿌린
이 칼을 감싸 쓰러진 나를 일으키도록,
그리고 적들 중 누군가에게 먼저 탐지되어
개들의 먹잇감과 새들의 노획물로 던져지지 않도록.   830
오, 제우스여 이런 것을 당신께 빕니다. 또 영혼을
인도하시는
하계의 헤르메스를 함께 부릅니다, 제가 수고롭지
않게
빠르게 넘어져, 이 칼에 옆구리를 뚫려 찢겨
편히 쉬도록 해 주십사고.
하지만 저는 또 영원히 사시는 처녀 신, 항상 인간

들의   835

모든 고통을 보시는 이들에게 도움을 청합니다,

멀리 발을 뻗으시는 존귀하신 에리뉘스들께. 제가

아트레우스의 자식들에 의해 불행하게 죽어 간다는

것을 알아주십사 하고.

그리고 사악한 자들을 가장 가혹하게, 완전한 파멸로

낚아채시기를. [보시는 바 내가 스스로 베어 쓰러지는

것과 똑같이   840

저자들도 제 종족에게 베어져

가장 사랑하는 자식들에게 죽기를.][41]

오소서, 빠르신, 복수하시는 에리뉘스들이여.

맛보소서, 아끼지 마소서, 온 군대를!

또 그대, 오, 가파른 하늘로 마차를 몰아가는   845

헬리오스[42]여, 그대가 내 조상의 땅을

보거든, 황금 입힌 고삐를 당기시고

나의 재난과 내 죽음을 전해 주소서,

---

41) 후대에 덧붙은 구절이라는 주장이 많은 부분이다. 그 이유 중 하나는, 여기서 저주받는 자들이 나중에 자식에게 죽지 않는다는 점이다. 아가멤논은 아내와 그녀의 정부에 의해 죽게 되며, 메넬라오스는 헬레네와 함께 죽음을 맛보지 않고 엘뤼시온(낙원)으로 옮겨진다.(둘이 타우리케에서 이피게네이아에 의해 희생 제물로 바쳐진다는 판본도 있지만 그것은 상당히 늦은 시기에 생긴 얘기다.) 오 뒷세우스는 물론 보통 자기 아들 텔레고노스에게 죽는 것으로 되어 있지만 여기서는 논외다. 이 문맥에서는 아트레우스의 자식들만 언급되기 때문이다. 하지만 이것이 예언이 아니라 저주인 만큼, 그 일이 일어나든 그렇지 않든 큰 상관이 없다는 주장들도 있다.

42) 「오이디푸스 왕」 660행 각주 참고.

늙으신 내 아버지와 나를 키워 주신 불행한 여인께.
진정 그 불쌍한 여인은 이 소식을 들으면 850
온 도시에 높은 곡성을 울리시리라.
하지만 이렇게 헛되이 비탄할 필요는 없도다.
나는 얼른 일을 시작해야 한다.
오, 죽음이여, 죽음이여, 이제 와서 나를 보라.
하지만 죽음이여, 당신이 저승에 있다면 나는 그리
로 가서 당신께 말하리라. 855
그리고 오, 지금 빛나는 낮의 빛이여, 당신께,
또 마차를 타신 헬리오스께, 이제 정말 마지막으로
보는,
그리고 앞으로 결코 다시 볼 수 없는 분께 말합니다.
오, 빛살이여! 오, 내 고향 살라미스[43] 땅의 신성한
들판이여! 오, 아버지의 화덕의 기초여! 860
또 이름 높은 아테나이여, 그리고 함께 키워진 종족
이여!
또 이곳의 샘과 강 들이여! 그리고 나는 트로이아의
들판도 부르노라, 잘 있거라, 오, 나를 먹인 것들이여!
이것을 그대들에게 아이아스가 마지막 말로서 이르
노라,
다른 것들은 밑에, 하데스에 있는 이들에게 말하리라. 865
　　　　　　　　　(아이아스가 칼 위로 쓰러진다.)

---

43) 여기서 살라미스는 이미 트로이아 전쟁 때에, 아테나이와 함께 앗티케에 속해
있던 것으로 간주되고 있다. 사실 살라미스가 앗티케에 통합된 것은 기원전 6세
기이다.

(제2등장가)

반(半) **코로스 A**   수고가 수고에 수고를 가져오는구나.

　　　　어디로, 어디로,

　　　　진정 내가 가 보지 않은 곳이 어디 있던가?

　　　　하지만 어떤 장소도 나와 지식을 나눌 줄 모르는구나.

　　　　보라, 보라.　　　　　　　　　　　　　　　　870

　　　　다시 나는 어떤 소리를 듣노라.

반 **코로스 B**   우리 소리를, 배를 함께 타는 친구들 소리를

　　　　들은 거요.

반 **코로스 A**   그러면 어떤 소식이 있소?

반 **코로스 B**   함선들의 서쪽 들판을 다 돌아보았소.

반 **코로스 A**   그래 뭐가 소득이 있소?　　　　　　　875

반 **코로스 B**   고생만 잔뜩 했고 눈에 들어오는 건 없었소.

반 **코로스 A**   하지만 해 돋는 쪽 길을 따라서도, 아무데도

　　　　그가 나타나지 않았음이 분명하오.

(애탄가)

코로스 (좌)

　　　　대체 누가 내게, 수고를 즐기는 바닷사람의 자식 중

　　　　누군가 잠도 없이 고기를 쫓다가,　　　　　　880

　　　　아니면 올륌포스[44] 여신들 중에서, 또는 보스포로스[45]

　　　　로 흘러드는

---

44) 소아시아 지역에도 올륌포스라는 산이 있다.

45) 이스탄불 가까이에 있는 현재의 보스포로스가 아니라, 지중해에서 흑해 방향
　으로 들어가는 초입의 헬레스폰토스 해협을 뜻한다.

강 물결의 여신들 중에서 누가,

그 엄혹한 마음을 품은 이가 혹시 어디선가   885

방황하는 것을 보고서

말해 줄 수 있을까? 진정 잔인하도다,

긴 수고의 방랑자인 내가 순조로운 달음박질로

그에게 다가가지 못하고,

병약한 저이가 어디 있는지 보질 못하니!   890

테크멧사   아아, 나의 고통이여, 나의 고통이여!

코로스   누구의 외침이 숲을 벗어나 다가온 것일까?

테크멧사   아아, 불행하구나!

코로스   나는 아이아스가 창으로 얻은 불쌍한 신부를 보
노라,

테크멧사를, 저토록 애곡에 잠긴 이를.   895

테크멧사   나는 끝났어요, 파멸했어요, 완전히 무너졌어요,
친구들이여.

코로스   무슨 일인가요?

테크멧사   우리의 아이아스가 막 참살되어

누워 있어요, 칼을 몸에 받아 품고서.

코로스   아아, 나의 재앙이여!   900

아아, 왕이시여, 그대는

항해의 동료인 나를 죽였구려. 불행한 이여!

오, 가슴에 불행을 품은 여인이여!

테크멧사   이분이 이렇게 누워 있으니, 우리는 애곡해야 할
것입니다.

코로스   이 불행한 이가 대체 누구의 손으로 그 일을 이루

었습니까?

테크멧사 스스로 그랬어요, 확실히. 땅에 자루가 박힌 채로
그의 몸속에 칼날을 박은 이 칼이 그 사람의 짓임
을 보여 주니까요.

코로스 아아, 나는 눈먼 자로다! 그러면 친구들이 지키지
않는 사이에
그대 홀로 피를 뿌렸단 말이오?   910
나는 완전히 아둔하고, 완전히 무지하고
경솔했소. 어디, 어디에
누워 있나요, 돌아설 줄 모르는, 불행한 이름의[46] 아
이아스는?

테크멧사 결코 볼 수 없어요. 나는 옷을 펼쳐서 그분을   915
완전히 가려 두겠어요. 누구도,
설사 친구라 해도, 참고 볼 수 없을 테니까요,
윗부분인 코에서도, 또 스스로 찌른 곳
검붉은 상처에서도 피를 뿜어 검게 변한 그분을.
아아, 어찌해야 하나? 어떤 친구가 그대를 들어 줄까
요?   920
테우크로스는 어디 있나요? 그가 오기만 한다면, 참
맞춤하게 오는 것인데,
쓰러진 이 형제를 수습하기에 말입니다.
오, 불행한 아이아스여, 그토록 큰 인물이 이렇게 누

---

46) 아이아스(Aias)의 이름을 '애곡하다'라는 뜻의 희랍어 'aiazein'과 연결시킨 것
이다.(431행의 각주도 참고할 것.)

워 계시다니,

적들의 눈으로 보아도 애곡받아 마땅한 분이!

코로스 (우)

불운한 이여, 그러니 그대는 긴 시간 끝에   925

굳은 가슴으로, 끝없이 고통스러운

사악한 운명을 감당하실 작정이었군요, 그렇군요. 진

정 그와 같은 운명을

온밤 내내, 또 밝은 동안   930

비통하게 탄식했군요,

아트레우스의 아들들을 향한 증오의

파멸적 열정으로.

그러니, 저 시간이 고통의 큰

시작이었지요, 황금의 무구를 앞에 놓고   935

가장 뛰어난 자를 가리려는 저 경쟁이 시작되었던 때가.

테크멧사   아아, 나의 고통이여, 나의 고통이여!

코로스   슬픔이 고귀한 가슴을 덮쳤군요, 저도 이해합니다.

테크멧사   아아, 나의 고통이여, 나의 고통이여!

코로스   그대가 두 배로 애통한다 해도 나는 이해합니다,

여인이여,   940

방금 그러한 사랑을 잃었으니.

테크멧사   그대는 추측할 뿐이겠지만, 내게는 너무나 사무

칩니다.

코로스   그렇겠지요.

테크멧사   아아, 아이야, 어떠한 노예의 멍에 아래로

우리가 다가가는 것이냐, 어떤 감독자가 우리를 눌

러 설 것이냐?   945

코로스   아아, 이 고통 속에서

아트레우스의 무정한 두 아들의

입에 담지 못할 행위를 언급하셨군요.

하지만 신께서 막아 주시기를!

테크멧사   신들의 뜻이 아니라면, 이 일은 일어나지도 않았

을 거예요.   950

코로스   진정 그분들은 지나치게 무거운 짐을 지우셨습니다.

테크멧사   하지만 이 재난은 진정코 제우스의 따님이신 무

서운 여신

팔라스[47]께서 오뒷세우스를 위해 심으셨지요.

코로스   진실로 참을성 많은 그 사내는 컴컴한 가슴속으로

의기양양해하며   955

광기에서 나온 이 고통을 잦은 웃음으로

비웃을 겁니다, 아아, 아아.

그리고 아트레우스의 아들들, 두 왕도 함께 웃겠지요.   960

테크멧사   그러면 그들은 이이의 재난에 웃고

즐거워하라고 하세요. 하지만, 그가 눈뜨고 있을 땐

아쉬워하지 않았어도,

전투 중에 곤경에 처하면 그가 죽은 걸 애통해 할

거예요.

판단에 어리석은 이들은 손에 좋은 것을

쥐고도 모르는 법이니까요, 그걸 놓치기 전까지는요.   965

---

47) 「오이디푸스 왕」 20행 각주 참고.

그분의 죽음은 저들에게 즐겁다기보다는 내게 더
쓰라린 것입니다.
그분 자신은 만족스럽겠지만요. 그는 원하던 것들을
모두
얻었으니까요, 바라던 바로 그 죽음을요.
그런데 왜 이 사람을 내려다보고 비웃습니까?
이이의 죽음은 결코 저자들 때문이 아니라 신들 때   970
문이죠.
그러니 오뒷세우스에게 헛되이 뽐내라고 하세요.
아이아스는 저들에게 더 이상 존재하지 않으니까요.
하지만 내게 그는
괴로움과 탄식을 남기고 떠나갔습니다.

(테우크로스가 다가온다.)

테우크로스   아아, 괴롭도다, 괴롭도다.
코로스   (옆사람에게) 조용히 하시오. 내가 테우크로스의 소
리를 들은 듯하니 말이오,   975
그가 이 재난에 합당한 곡조를 외치는 것을.
테우크로스   오, 사랑하는 아이아스여, 오, 나와 피를 나눈
얼굴이여,
진정 그대는 가 버렸소, 소문이 설쳐 대며 이르는
대로?
코로스   그분은 죽었습니다, 테우크로스여, 잘 알아 두십시오.
테우크로스   그렇다면, 아아, 나의 가혹한 운명이여!   980

코로스　사태가 그러하니……,

테우크로스　　　　　　　　오, 나는 불운하도다, 불운하
　　도다!

코로스　탄식할 수밖에 없습니다.

테우크로스　　　　　　　　　오, 충격적인 재난이로다!

코로스　정말 그렇습니다, 테우크로스여.

테우크로스　　　　　　　　　　　아아, 불운하구나.
　　한데 진정 이분의
　　아이는 어찌 되었소, 트로이아 땅 어디서 내가 그
　　애를 만날 수 있소?

코로스　막사들 가운데 혼자 있습니다.

테우크로스　　　　　　　　　（테크멧사에게）최대
　　한 빨리　　　　　　　　　　　　　　　　　　985
　　아이를 여기로 데려오시려오? 혹시 원수들 중 누군
　　가가
　　짝 잃은 암사자에게서 새끼를 낚아채듯 할지 모르니.
　　가시오, 서두르시오, 도와주시오. 사람이 죽어 쓰러
　　지면
　　모두가 비웃기를 즐기는 법입니다.
　　　　　　　　　　　　　　（테크멧사가 나간다.）

코로스　테우크로스여, 아직 살아 계셨을 때 고인도 그대에게　990
　　이 아이를 돌보도록 맡기셨습니다, 지금 그대가 돌
　　보는 것처럼.

테우크로스　오, 내가 이제껏 본 것 중
　　가장 고통스러운 정경이구나!

내가 지금 온 길은, 내가 걸었던 길 가운데

가장 심히 내 속을 저민 길이었소,   995

오, 사랑하는 아이아스여, 내가 발자취를 살피며

쫓다가 그대의 운명을 알았을 때.

왜냐하면 그대에 대한 소문이 마치 어떤 신이 퍼뜨

린 듯

온 아카이아인들 사이에 퍼졌기 때문입니다, 그대가

죽어 떠나가 버렸다고.

불행한 나는 멀리서 그 소문을 듣고   1000

깊이 신음하였습니다. 한데 이제 직접 보니 나는 무

너집니다.

아아,

자, 덮은 것을 벗겨라, 내가 재앙을 온전히 보도록.

(시신이 드러난다.)

오, 차마 볼 수 없는 모습이여, 쓰라린 용기의 결과

여!

이러한 고통을 내게 남기고 그대는 죽어 갔구려!   1005

내 진정 어디로 갈 수 있으랴, 어떤 사람들에게로?

당신의 괴로움에 아무 도움도 주지 못했으니.

아마도 그대와 나의 공통의 아버지 텔라몬께서는

분명코 기쁜 표정으로 온화하게 나를 맞아 주시겠

지요,

그대 없이 돌아가더라도 말이죠. 왜 안 그러시겠습

니까, 일이 운 좋게   1010

진행될 때에도 전보다 더 즐겁게 웃을 줄 모르는 분

이시니.[48)

그런 분이 무엇을 뒤에 숨기시겠습니까? 무슨 나쁜
말을 퍼붓지 않겠습니까,

적대적인 창에서 태어난 서자에게.[49)

비겁해서, 혹은 남자답지 못해서 그대를 저버렸다고
말입니다,

사랑하는 아이아스여. 혹은 죽은 그대의 권력과 그
대의 집을

차지해 누리려고, 계략으로 그랬다고 하겠죠.   1015

화 잘 내는 데다가 나이 들어 가혹해진 그분은 그런
얘기들을

할 겁니다. 작은 일에 격분하여 다툼을 일으키는 분
이니.

그래서 결국 나는 쫓겨나 그 땅 밖으로 내동댕이쳐
질 것입니다,

그분의 선언에 따라 자유인 아닌 노예 신세가 되어.   1020

고향에서는 그렇다 치고 트로이아에서조차 내

적들은 많고 내 편은 적습니다.

이 모든 것을 나는, 그대의 죽음으로 인해 거두었습

---

48) 텔라몬은 엄격한 성격이어서 평소에 기쁜 일이 있어도 잘 웃지 않던 인물인지
라, 형제를 잃고 혼자 돌아가면 틀림없이 자신을 가혹하게 대하리라는 말이다.
실제로 테우크로스가 귀향 후 텔라몬에게 쫓겨나 퀴프로스로 갔다는 얘기가
있다.(에우리피데스, 「헬레네」 144행 이하 참고.) 본문에서 텔라몬이 자신을 틀
림없이 온화하게 받아 주리라는 말을 한 것은 반어법을 사용한 것이다.

49) 테우크로스는, 텔라몬이 헤라클레스와 함께 트로이아를 함락했을 때 포로로
잡힌 헤시오네에게서 태어났다.

니다.

아아, 무엇을 할 것인가? 어떻게 그대를 빼낼 것인
가, 이 쓰라린,

빛나는 칼날에서? 오, 불행한 이여, 그대는 그 살해
자 아래   1025

마지막 숨을 내쉬었던가요? 그대 이제 알았습니까,
헥토르가

죽어서라도 그대를 결국 없애리라는 것을?

그대들은 부디 생각해 보시라, 이 두 사람의 불운을.

헥토르는 이분에게서 선물 받은 칼 띠로

마차 난간에 되우 묶여   1030

거듭 난자당했소, 목숨을 토해 낼 때까지.[50]

한데 이 사람은 저자가 준 이 선물을 갖고 있다가

이것에 의해 치명적으로 쓰러져 죽었소.

그러니 이 칼은 에리뉘스가 벼린 것이 아니겠소?

그리고 저것은 잔인한 장인 하데스가 만든 것이 아
니겠소?   1035

그러니 나는 이 일도, 그리고 다른 일들도 언제나

신들이 인간들을 해치려 꾸며 내는 것이라 생각하오.

하지만 누구든 이런 생각이 마음에 들지 않는다면,

---

50) 『일리아스』 22권에서는 헥토르가 전차에 묶여 끌려가다 죽은 것이 아니라, 죽
은 후에야 거기 묶인 것으로 되어 있다. 여기 나온 얘기는 소포클레스가 만들어
낸 것이거나, 지금은 전하지 않는 서사시에 있었던 것으로 보인다. 그리고 『일리
아스』에는 헥토르의 시신을 전차에 묶어 맨 가죽끈이 아이아스에게서 받은 것
이라는 언급은 없다.

그 사람은 제멋대로 생각하라 하시오, 내가 내 뜻대
로 생각하듯 말이오.

코로스장 길게 이야기할 것 없이, 어떻게 이분을 무덤에   1040
모실지 생각하십시오. 그리고 무슨 말을 할지도 얼
른 생각하십시오.

적대적인 인간이 보이니 말입니다. 그는 아마도 재난을
비웃으러 왔을 것입니다, 악한 짓 하는 인간들이 그
러하듯이.

테우크로스 그대가 보는 사람이 군대 가운데 누구요?

코로스장 메넬라오스입니다. 우리가 이 항해를 조직한 건
바로 그 사람을 위해서였지요.   1045

테우크로스 나도 알겠소, 가까이 오니 쉽게 알아보겠구려.

(메넬라오스 등장)

메넬라오스 이놈, 네게 이르노니 이 시체에
손대어 옮기지 마라.

테우크로스 어째서 기세 높여 그런 말을 이르는가?

메넬라오스 내 맘이다, 군대를 지휘하는 자가 그렇게 결정
해서지.   1050

테우크로스 어떤 핑계를 내세우는지도 말할 수 없단 말인가?

메넬라오스 이유인즉 이러하다. 우리는 그를 고향에서 아
카이아인들의
동맹자요 친구로서 데려오는 거라고 기대했지만,
그가 프뤼기아인들보다 더 적대적이라는 걸 조사 끝

에 알아냈던 것이다.
그는 전군을 죽이려 획책하여   1055
창으로 살육하려고 밤중에 습격하였다.
그리고 신들 중 어떤 분이 이 시도를 진화하지 않았
더라면,
우리는, 지금 이자가 배당받은 불운을 얻어서,
수치스러운 운명으로 죽어 널브러져 있었을 것이고,
이자는 살아 있었을 것이다. 그런데 그때 신께서 이
자의   1060
오만이 양들과 다른 가축들에게 떨어지도록 방향을
트셨다.
그러니 그러한 자를 위해 그 시신을 무덤에
장사 지낼 만큼 강한 이는 아무도 없으리라.
그는 그저 누런 모래밭 가에 내던져져
바닷새들의 먹이가 될 것이다.   1065
상황이 이러하니, 공연히 힘을 써서 날뛰지 마라.
살아 있는 동안은 우리가 그를 통제할 수 없었다 해도,
최소한 죽은 다음엔 두 손으로 바로잡아 다스리리라,
설사 네가 원치 않는다 해도. 그는 살아서도
내 말을 들으려 한 적이 결코 한 번도 없었으니 말
이다.   1070
진정코, 백성 된 자가 위에 서신 분들의 말씀에 귀
기울이는 걸
정당하게 여기지 않으면, 못된 인간이라는 뜻이다.
사람들에게 공포가 자리 잡지 못하면

도시에서도 법이 결코 제대로 펼쳐질 수 없다.

또 군대도 두려움과 외경심의 방어막을 갖지 않고는   1075
더 이상 절도 있게 다스려질 수 없을 것이다.

한데 사람은, 체격을 우람하게 키웠을지라도,

작은 재난에서 시작하여 전락할 수도 있음을 생각
해야 한다.

그러니 진정 두려움과 염치가 함께 있는 사람이야말로

안전책을 갖고 있음을 너는 알지라.   1080

하지만, 사람이 오만스레, 제멋대로 행할 수 있는 곳
이라면,

그런 도시는 결국 언젠가 쾌속으로 달려가서는

심연으로 떨어지리라고 생각해라.

아니 그보다, 내게 합당한 두려움이라면 늘 머물러
있게 해라.

그리고 내키는 대로 행동하고도 나중에   1085

고통을 겪으며 그 값을 치르지 않으리라고는 생각지
마라.

이런 일은 차례를 바꿔 가며 진행되는 법. 이전엔 이
자가

열화같이 오만한 자였지만, 이제는 내가 더 높은 곳
에 섰노라.

그래서 네게 명하노니, 이자를 묻지 마라, 이자를 묻
으면

네 자신이 장례 자리로 떨어질지니.   1090

코로스 메넬라오스여, 현명한 금언들을 펼친 후에 죽은 자들을 향해 스스로 오만한 자가 되지 마십시오.

테우크로스 사람들이여, 나는 태생이 미천한 사람이

잘못을 저지른다 해도 더는 놀라지 않을 것입니다.

혈통 좋게 태어난 듯 보이는 이들도   1095

이와 같은 언사로 잘못을 저지르니 말입니다.

자, 처음부터 다시 말하시오. 진정코 그대가 이 사람을

아카이아인의 동맹자로 택하여 이리로 데려왔다고

말했소?

그가 자신의 지배자로서 스스로 항해해 온 것이 아

니라?

무슨 근거로 그대가 이 사람을 지휘하겠소? 무슨 근

거로 그대가   1100

이 사람이 고향으로부터 이끌어 온 대중을 다스릴

수 있겠소?

그대는 우리의 지배자로서가 아니라 스파르타의 통

치자로 왔소.

어떤 근거로도 그대에겐 이 사람에게 지시하고 이

사람을 지배할 권리가

없소. 이분이 당신을 지배할 권리보다 더 많이는 아

니라오.

그대는 다른 이들의 보조자로 여기 배 타고 왔소.

도대체 아이아스를   1105

통솔할 만한, 전체의 지휘자로서가 아니라 말이오.

그러니 그대의 수하들을 다스리고, 그 엄숙한 말씀

으로는

그들이나 나무라시오. 이분은, 그대가 하지 말라 해도,
아니 다른 어떤 지휘관이 그렇게 한다 해도, 내가
정당하게
장례를 치르겠소, 그대의 입을 두려워하지 않고.   1110
왜냐하면 그는 결코, 저 노역에 찌든 다른 자들처럼,
그대의 여자[51]를 위해서 싸운 게 아니라,
그를 묶었던 저 맹세[52] 때문에 싸웠으니 말이오. 전
혀 그대를 위해서가
아니었소. 그는 하찮은 자들에게 아무 가치도 부여
하지 않았으니까.
그러니 더 많은 전령들과 지휘관 자신을   1115
이리로 보내시구려, 그대가 지금처럼 형편없는 인간
이라면 나는
그대가 지껄이는 소리에 전혀 귀 기울이지 않을 터
이니.

코로스　이 재난 가운데 그런 말을 하는 것 역시 저는 찬
성하지 않습니다.
격한 말은, 아무리 넘치게 정당하다 하더라도 상처
가 되니까요.

---

51) 메넬라오스의 아내 헬레네. '그대의'란 말은 '그대의 군대가 목표로 삼는'이란 뜻.
52) 헬레네의 아버지 튄다레오스는 헬레네의 남편감을 공표하기 전에, 구혼자들을
모아 놓고, 앞으로 헬레네에게 나쁜 일이 생기면 구혼자들이 모두 모여 복수를
해 주겠다는 내용의 맹세를 시켰다.(에우리피데스, 「아울리스의 이피게네이아」
61행 및 투퀴디데스, 『펠로폰네소스 전쟁사』 1권 9장 1절 참고.) 나중에 헬레네
가 트로이아의 왕자 파리스에게 납치되자, 헬레네의 구혼자 중 하나였던 아이아
스도 전쟁에 참가하게 되었다.

메넬라오스 이 활쟁이[53]는 마음가짐이 겸손하지 않은 듯하군.

테우크로스 내가 가진 기술이 천한 게 아니기 때문이오.

메넬라오스 네가·방패를 들었더라면, 얼마나 더 크게 뽐냈겠느냐!

테우크로스 나는 맨몸으로도 완전무장한 그대를 감당할 수 있을 것이오.

메넬라오스 너의 혀는 용기를 대단하게 키워 주는구나.

테우크로스 정의와 함께라면 자부심을 가질 만하기 때문이오. 1125

메넬라오스 나를 살해한 이자가 행운을 누리는 것이 정당하단 말인가?

테우크로스 살해한 자라고? 그대는 죽었으면서도 살아 있다니, 정말 놀라운 일이군.

메넬라오스 저자에 의해서 죽었는데 신이 나를 구해 내신 것이다.

테우크로스 신들에 의해 구원되었다면, 이제 신들을 모욕하지 마시오.

메넬라오스 뭐라고? 내가 신들의 법에 맞서고 있다는 것인가? 1130

테우크로스 만약 그대가 와서, 죽은 자들을 장사 지내지 못하게 한다면 그렇소.

---

53) 『일리아스』에서 테우크로스는 뛰어난 사수 중 하나로 꼽히는데(13권 313행), 전통적으로 활을 쓰는 전사들은 다소 비겁하게 그려지는 경향이 있다. 당당하게 맞서기보다는 숨어서 싸우기 때문이다.(『일리아스』 11권 385행 참고.) 한편 아테나이에서는 스퀴티아 출신 노예들이 경찰 역할을 했는데, 이들이 '사수(toxotai)'로 불렸기 때문에 이 말에 나쁜 인상이 더해졌다.

메넬라오스   나의 적들에 대해 그러는 것이지. 적을 장사 지
　　　　　내는 일은 옳지 않으니까.

테우크로스   진정 아이아스가 그대에게 적으로서 맞선 적이
　　　　　있단 말이오?

메넬라오스   우리는 서로 싫어했다. 너도 이 사실을 알고 있지.

테우크로스   그대가 투표[54]를 조작하고 그의 것을 훔쳐 낸
　　　　　게 드러났기 때문이오.　　　　　　　　　　　　1135

메넬라오스   그건, 내가 아니라 판정자들이 그렇게 결정한
　　　　　것이다.

테우크로스   그대라면 남몰래 많은 사악한 일들을 보기 좋
　　　　　게 꾸며 낼 수 있을걸.

메넬라오스   그 말은 누구에겐가 피해를 가져다줄 것이다.

테우크로스   그보다 우리는 더 많은 고통을 줄 것이오.

메넬라오스   하나만 네게 말하겠다. 이자를 장례 지내서는
　　　　　안 된다.　　　　　　　　　　　　　　　　　　1140

테우크로스   그러면 이 답변을 들으시오. 나는 그를 장례 지
　　　　　낼 것이오.

메넬라오스   나는 전에 언젠가 혀만 용감한 자를 보았지,
　　　　　폭풍 철에 선원들에게 항해하기를 부추기던 자를.
　　　　　그러나 폭풍의 재난에 처하면, 그에게서 아무 소리도
　　　　　들을 수 없을 것이고, 그는 다만 옷으로 자신을 감
　　　　　싼 채,　　　　　　　　　　　　　　　　　　　1145

---

54) 아킬레우스가 사망한 후 그의 무구를 들고 누가 이어받을 것인가 논쟁이 벌어
　　졌는데 아이아스와 오뒷세우스가 서로 권리를 주장하자 희랍 군의 지휘관들이
　　이를 투표로 결정했다는 얘기가 있다.

뱃사람 중 누구든 원하는 대로 자신을 짓밟게끔 내
버려 둘 뿐이겠지.
그와 같이 너에게도, 너의 사나운 입에도,
곧 작은 구름으로부터 엄청난 폭풍이 불어 닥쳐
꺼 버리리라, 그 많은 허풍을.

테우크로스   하지만 나는 보았소, 어리석음으로 가득 찬 인
간을,   1150
이웃의 불행 앞에서 으스대는 자를.
그러자 나와 비슷하고, 성정이 유사한 어떤 이가
그를 보고 이렇게 말했소.
'오, 이 사람아, 죽은 자들에게 못된 짓을 하지 마시게.
그런 짓을 한다면, 그대 자신도 해를 입으리라는 걸
알게나.'   1155
그렇게 그는 저 불행한 자의 곁에서 충고하였소.
한데 내가 지금 그를 보고 있구려. 그리고 그는 내 생
각에,
그대와 전혀 다르지 않소. 내가 수수께끼를 냈소?

메넬라오스   나는 가겠다. 사실 힘으로 제압할 수 있는 사
람이
말로 꾸짖었다는 게 알려지면 수치가 될 테니.   1160

테우크로스   그러면 가 버리시오. 내게도, 생각 없는 인간의
헛소리를 듣는 건 정말 수치스러운 일이니.

코로스   (행진곡 운율)
큰 분쟁의 다툼이 생겨나겠군요.
하지만 테우크로스여, 최대한 서둘러서

얼른 우묵한 구덩이를 찾으시오,   1165

이분을 위해, 거기서 그가 사람들이 영원히 기념할,

축축한 무덤에 누울 수 있도록.

(테크멧사와 에우뤼사케스가 들어온다.)

테우크로스   보아라, 아주 적절한 때에 이들이 다가왔구나,

이분의 아이와 부인이,

가련한 시신의 장례를 치르러.   1170

오, 아이야, 이리 앞으로 오너라, 가까이 서서

탄원자로서 아버지께 손을 얹어라, 너를 낳아 주신

분께.

그리고 간청자로서 앉아라, 손에는 탄원의 귀물(貴

物)인 나와

이 여인과 세 번째로 너의 머리카락[55]을 가지고서.

군대 중 누군가가 완력으로   1175

너를 이 시신에서 떼어 낸다면,

그 악한은 신세를 망쳐 장례도 없이 땅에서 스러지

리라,

내가 이 터럭을 자르는 것처럼 그렇게.

그의 온 집안이 뿌리까지 뜯긴 채,

오, 아이야, 이 머리카락을 지니고 있어라, 그리고 주

---

55) 『일리아스』 23권 135행에, 아킬레우스가 죽은 파트로클로스에게 머리카락을
    바치는 장면이 있다. 학자들은 이 행동이, 자신을 죽은 이에게 바쳐 저승까지 동
    행하겠다는 의사 표현이라고 해석한다.

의해라, 혹시라도 누가 너를   1180
밀치지 못하게끔, 엎드려 그분께 꼭 매달려라.
(코로스에게) 그대들은 남자 아닌 여자들처럼 곁에
우두커니 서 있지 말고 그를 지키시오, 내가 이분을
위해,
설사 아무도 허락하지 않더라도, 무덤을 준비하고
올 때까지.   (테우크로스 퇴장)

(제3정립가)

코로스 (좌 1)

돌고 도는 세월의 마지막 해가 대체 언제 오려나!   1185
계속해서 전투의 노역이라는 쉼 없는 재앙을 내게
가져오는 것이,
넓은 트로이아 위로   1190
희랍인들을 괴롭게 꾸짖는 일[56]이 언제 완결되려나!
(우 1)
보기도 싫은 무장을 걸치고 나가 싸우는걸 희랍인
들에게 가르쳐 준 저 사람이,
모든 사람을 받아들이는 하데스가 아니라, 창공으
로 날아가 버렸더라면 얼마나 좋았으랴![57]   1195

---

56) 전쟁을 얼른 승리로 끝내지 못하고 질질 끄는 것이 희랍 군에게는 수치스러운
   일이다.
57) 누군지 모르지만 전쟁을 처음으로 생각해 낸 사람이 제 명을 채우고 저승으로
   가기보다 그런 것을 남에게 가르쳐 주기 전에 질풍에 날아가 버렸더라면 하고
   한탄하고 있다.

아아, 또 다른 노역들을 계속 낳는 전쟁의 노역이여!
저 사람은 진정 인간들을 유린하였도다.

(좌 2)

그자[58]는 화관도
술잔의 풍성한 즐거움도   1200
내게 함께하도록 베풀지 않았도다,
피리의 달콤한 소리도,
그 망할 인간은. 그리고 밤을
보낼 즐거움도.
사랑도, 사랑도 그자는 끊어 버렸도다, 아아.   1205
이렇게 나는 누워 지내는구나, 보살핌도 받지 못하고,
언제나 짙은 이슬로, 우리가 고통스러운 트로이아
땅에 있음을
일깨우는 이슬로 머리카락 젖은 채.   1210

(우 2)

한데 용맹한 아이아스, 그는 전에 언제나 내게,
밤의 공포를 막아 주는,
창들을 막아 주는 방어물이었다오.
한데 이제 그는 밉살스러운 신[59]에게
바쳐졌도다. 그러니 이제 어떤, 어떤 즐거움이   1215
나를 따르리오?
내 그곳에 있었더라면. 나무들 우거진, 짠물에 씻기는,

---

58) 전쟁과 무기를 발명한 자.
59) 어떤 신인지 분명치 않지만, 하데스를 가리키는 것으로 보는 학자도 있다.

바다를 가로막는 곳이 놓여 있는 곳, 수니온[60]의
평평한 꼭대기 아래에, 신성한 아테나이에게   1220
인사할 수 있게끔!

(테우크로스가 등장하고, 아가멤논이 뒤따라온다.)

테우크로스　보시오, 나는 저 사람, 군대의 지휘자 아가멤논이
　　　　　우리를 향해 이리로 달려오는 것을 보고 서둘렀소.
　　　　　그가 심술 사나운 입으로 윽박지를 게 분명하오.   1225
아가멤논　네놈이 감히 우리를 겨냥해서 저 끔찍한 말을
　　　　　그렇게 거리낌 없이 떠벌이더라고 사람들이 전하더
　　　　　구나!
　　　　　네놈은 창으로 얻은 포로 년의 소생이라는 걸 내 이
　　　　　르노라.
　　　　　진정 네놈이 혈통 좋은 어미에게서 났더라면
　　　　　더 기세 높이 지껄이고 발끝으로 걸었겠구나.   1230
　　　　　미천한 주제에 저보다 더 나을 것도 없는 자를 지킨
　　　　　답시고,
　　　　　우리가 아카이아인들에게도 네놈에게도, 지휘관 자
　　　　　격으로도
　　　　　함대 사령관으로도 여기 온 게 아니라고 맹세하는
　　　　　걸 보니 말이다.
　　　　　네놈 말에 따르자면, 아이아스 자신이 주인으로서

_____

60) 수니온 곶은 앗티케 반도 끝에 있다.

배를 몰아 온 거라며?

노예들에게서 듣기엔 정말로 창피스러운 말이로구나!　1235

어떤 인간을 떠받드느라 네놈이 그토록 기세등등하

게 떠드는 게냐?

내가 가지 않은 어느 곳에 그놈이 가고, 또 어디에

섰다는 게냐?

아카이아인들에게 사내가 그놈밖에 없단 말이냐?

우리가 전에 아킬레우스의 무장을 놓고 경쟁하게끔

선포해서 공연히 손해날 짓을 한 것 같구나,　1240

우리가 네놈에게 언제나 악인으로 비친다면 말이다.

또 너희가 패배했으면서도, 판정자들 다수가 찬성한 걸

받아들이려 하지 않는다면 말이다.

아니 너희는 오히려 우리를 사악한 말로 공격하거나

계략을 써서 칼로 찔렀지, 경기에선 뒤처진 주제에.　1245

하지만 우리가 이런 식으로,

정당하게 승리한 자를 밀쳐 내고

뒤진 자를 앞으로 이끈다면,

어떤 법도 확고히 서지 못하게 될 것이다.

그런 일은 막아야 하느니라. 어깨 넓고　1250

등판 넓은 자가 제일로 안전한 게 아니라,

생각 깊은 사람이야말로 모든 것을 통제하니 말이다.

소는 옆구리가 넓어도 작은 회초리 아래

똑바로 길을 가게 되는 법.

네놈에게도 이런 처방이 닥치는 걸　1255

내 곧 보리라, 네가 얼마라도 정신을 차리지 못한다면.

네놈은 그자가 죽어 벌써 그림자가 되었는데도,

기세를 높여 건방을 떨고 마음대로 입을 놀리니 말이다.

그래도 정신 차리지 못하겠느냐? 네놈이 어떤 핏줄을 타고났는지 깨닫고서,

네 대신 우리에게 사정을 얘기해 줄   1260

다른 자유인을 이리 데려오지 못하겠느냐?[61]

네 말은 전혀 알아먹지 못하겠다.

나는 바르바르[62] 하는 소리는 이해하지 못하니.

코로스 두 분 모두에게 자제할 수 있는 이성이 있었으면 좋겠습니다.

이것이 두 분께 드릴 가장 좋은 말씀이리다.   1265

테우크로스 아아, 고인에 대한 감사는 사람들 사이에서

얼마나 빨리 흩어져 버리고, 배신 행위로 몰리는가!

아이아스여, 이자는 그대에 대해 그저 몇 마디 조의를 표현할 만큼의

기억도 지니고 있지 않군요. 그대는 이자를 위해

자주 목숨 걸고 창을 가로막았고, 이자를 위해 그렇게 애썼건만!   1270

하지만 이 모든 일들이 내동댕이쳐졌군요.

---

61) 아테나이 법정에서 노예는 스스로 변호할 권리가 없고, 주인을 통해서만 변호가 가능했다.

62) 지금 아가멤논은 테우크로스가 이방 출신 노예라고 주장하는 것이다. 희랍인들은 자기들이 알아듣지 못하는 외국어를 '바르바르' 하는 식으로 표현했고, 그런 말을 쓰는 사람들을 '바르바로이'라고 불렀다.

(아가멤논을 향하여) 오, 당신은 방금 생각 없는 말들
을 많이도 지껄였는데,
이제는 전혀 기억 나지 않는 거요, 그때가?
방벽 안에 갇힌 당신들을,
아무 방도 없이 창도 돌리지 못하게 된 당신들을   1275
이분 혼자 구해 냈던 그때가 말이오. 그때 선단의
맨 끝부분 뒷 갑판 주변에선 벌써
불길이 타오르고, 헥토르는 함선을 향하여
해자 너머로 높이 건너뛰고 있었소.[63]
누가 이것을 막았소? 그 일을 해낸 것이 바로 이분
아니오?   1280
당신 말에 따르자면, 당신이 향하지 아니하면 어디
도 그 발을 디딘 적 없다고 한 그이 말이오.
당신들 눈에는 그 사람이 그 일을 정당하게 한 것
같지 않소?
그리고 또 그때는 어떻소? 헥토르가 단독으로 도전
했을 때,
그가 명령을 받아서가 아니라 제비뽑기로 혼자 맞
서 나갔을 때 말이오.
그는 젖은 흙덩이같이 뽑히지 않을 제비를   1285
던져 넣은 게 아니라, 멋진 술 달린 투구에서

---

63) 『일리아스』 15권 415행 이하에는 헥토르가 프로테실라오스의 배에 불을 던지
는 것으로 되어 있고, 이미 배가 불타고 있는 가운데 헥토르가 해자를 뛰어넘는
상황은 나와 있지 않다. 소포클레스는 다른 전통을 따르고 있거나, 좀 느슨하게
과거를 재구성한 듯하다.

가볍게 튀어나올 것을 넣지 않았소?[64]

그는 그런 일들을 한 사람이오. 그리고 나는 그의

곁에 함께 있었소,

이방인 어머니에게서 태어난 이 노예가 말이오!

막돼먹은 자여, 대체 어디에 대고 그런 소릴 지껄이

는 거요?   1290

당신은, 옛날 당신 아버지의 아버지인 펠롭스가

프뤼기아 출신 이방인이라는 것을 모르오?[65]

또 그대를 씨 뿌린 아트레우스는 자기 형제에게

그의 자식들을 요리해서 불경스럽기 그지없는 식사

를 베풀지 않았소?[66]

또 당신 자신은 크레테 출신 어머니에게서 태어나지

않았소? 그녀가   1295

샛서방과 부둥키고 있는 걸 친아버지가 잡아서는,

말 못하는 물고기들에게 죽게끔 남에게 맡기지 않았

---

64) 『일리아스』 7권 38행 이하에 그려진 상황이다. 헥토르가 희랍 군 영웅 아무하
고나 단독으로 겨뤄 보자고 제안하자, 희랍 군 중 아홉 명이 자원하여 일어선다.
그래서 각 사람이 자기 이름을 표시해 넣은 제비를 투구에 넣었고, 네스토르가
그것을 흔들자 아이아스의 제비가 튀어나와, 그가 헥토르와 대결하게 된다. 한
편 젖은 흙에 대한 언급은, 멧세니아를 얻고 싶어서 물동이에 (조약돌이 아니
라) 흙덩이를 자기 제비로 넣었다는 크레스폰테스의 이야기를 빗댄 것이다.(아폴
로도로스, 『신화집』 2권 8장 4절 참고.) 하지만 이 이야기는 트로이아 전쟁 이후
의 것이니 시대착오이다.

65) 펠롭스는 뤼디아 왕 탄탈로스의 아들이다. 뤼디아는 넓게 보면 프뤼기아 지방
에 속한다고 할 수 있다.

66) 아트레우스는 자기 형제 튀에스테스의 자식들을 잡아 튀에스테스에게 먹도록
주었다.(아이스퀼로스, 「아가멤논」 1591행 이하 참고.)

소?[67]

그대의 태생이 그런 주제에 남의 태생을 비웃는 거요?

나는 텔라몬을 아버지로 하여 태어났소.

그분은 군대 중 으뜸의 수훈을 세워 내 어머니를   1300

배우자로 얻었고, 그녀의 태생은 왕녀로서

라오메돈의 딸이었소. 알크메네의 아드님[68]께서 그녀
를 가려 뽑아

그분께 선물로 주었소.

이렇게 고귀하신 두 분 부모님에게서 난 고귀한 내가

한 핏줄인 사람들을 어찌 수치스럽게 하겠소?   1305

한데 지금 당신은 그분을, 저렇게 처참하게 누워 있는
데도

장례 없이 밀쳐 버리려 하고 있소. 그런 말을 하면서
부끄럽지 않소?

이제 잘 아시구려, 당신들이 이분을 어디엔가 팽개친
다면,

우리 세 사람[69]도 같은 곳에 함께 눕도록 팽개치는
셈이란 것을.

내게는 이분을 위해 애쓰다가 모든 이의 눈앞에서

---

67) 아에로페의 아버지 카트레우스는 딸이 노예와 바람을 피우는 것을 포착하고
는, 그녀를 물에 빠뜨려 죽이도록 나우플리오스에게 맡긴다. 하지만 그는 그녀
를 살려 두었고, 그녀는 나중에 아트레우스의 아내가 된다. 이 내용은 에우리피
데스의 「크레테 여인들」에 실려 있다고 하는데, 지금은 작품이 전하지 않는다.

68) 헤라클레스.

69) 테크멧사, 에우뤼사케스, 테우크로스.

죽는 것이   1310
그대의 여자를 위해 그러는 것보다 더 영예로우니
말이오.
아니면, 그대와 피를 나눈 형제의 여자를 위해서라
고 해야 할까?
그러니 나의 이익만이 아니라 당신의 이익도 살피시오.
만일 당신이 나를 괴롭힌다면, 그때는 당신 자신이
이 일을
서두르느니 차라리 겁쟁이로 남아 있을걸 하고 후회
하게 될 것이오.   1315

(오뒷세우스 등장)

코로스   왕이신 오뒷세우스여, 그대가 때 맞춰 오셨음을 아
          시기 바랍니다.
          그대가 엉킨 것을 더하기 위해서가 아니라 풀어 주
          러 오셨다면 말입니다.
오뒷세우스   무슨 일이오, 여러분? 나는 이 강한 사내의 시
          신 위에 울리는
          아트레우스 아드님의 고함을, 멀리서 들었으니 말이오.
아가멤논   우리가 진정 방금 저자에게서 정말 수치스러운
          말을   1320
          듣고 있던 참이오, 오뒷세우스 왕이여.
오뒷세우스   어떤 말을? 나는 욕설을 듣고는 험한 말로 맞
          서 싸우는

사람을 마음으로부터 이해합니다.

아가멤논   물론 그는 욕설을 들었소. 그런 짓을 내게 거듭
　　　　했기 때문이오.

오뒷세우스   그러면 그가 어떤 짓으로 당신께 해를 입혔습
　　　　니까?　　　　　　　　　　　　　　　　　1325

아가멤논   그는 이 시체가 무덤을 얻지 못하도록
　　　　버려 두지 않고, 내 권력에 맞서서 장례를 치르겠다
　　　　고 공언하고 있소.

오뒷세우스   그러면 제가 친구로서 당신께, 이전에 함께 노
　　　　저었다는 사실만큼이나
　　　　진실한 얘기를 해도 되겠습니까?

아가멤논   말하시오, 그걸 허락지 않는다면 내가 판단을 그
　　　　르친 꼴이 될 터요.　　　　　　　　　　1330
　　　　내 그대를 아카이아인들 중 가장 큰 친구로 여기니
　　　　까 말이오.

오뒷세우스   그러면, 자 들으십시오. 신들의 이름으로 부탁
　　　　하니, 여기 이 사람을
　　　　이렇게 무심하게 장례도 없이 던져 두지 마십시오.
　　　　또한 결코 폭력이 그대를 내두르게 허용해서,
　　　　정의를 짓밟으면서까지 이 사람을 미워하진 마십시오.　　1335
　　　　사실 이 사람은 이전에 온 군대 중에서 저를 가장
　　　　적대했었습니다,
　　　　아킬레우스의 무구를 제가 차지하게 된 날부터요.
　　　　하지만, 그가 저를 그렇게 대했다 해도, 저는 그를
　　　　깎아내릴 수 없을 것입니다. 트로이아에 당도한 우리

모든 아카이아인들 가운데, 아킬레우스를 제외하고   1340
그만큼 뛰어난 사람은 없었다는 걸 인정할 수밖에
없으니까요.
그러니 당신이 그를 모욕하는 게 정당하다고는 할
수 없습니다.
당신은 이 사람이 아니라, 신들의 법을
망치는 게 될 테니까요. 뛰어난 인물이 쓰러졌을 때,
그를 해하는 것은
정당치 않은 법입니다, 설사 그대가 당장은 그를 미
워한다 하더라도.   1345

아가멤논   오뒷세우스여, 그대는 이자를 위해 이렇게까지
나와 맞서는 거요?

오뒷세우스   그렇습니다, 그를 미워하는 게 옳을 때는 미워
했습니다만.

아가멤논   죽은 자를 딛고 올라서기까지 해선 안 된다는
말이오?

오뒷세우스   아트레우스의 아들이시여, 옳지 않은 이득을
즐기지 마십시오.

아가멤논   그대도 알다시피, 지배자에겐 경건이 쉽지 않소.[70]   1350

오뒷세우스   하지만 친구들이 좋은 충고를 할 때 존중하기
는 쉽습니다.

아가멤논   충성스러운 자라면 권력자들의 말을 들어야 하오.

---

70) 통치자는 사적 감정을 버리고 아이아스 같은 반역자를 처단해야 한다는 뜻으
로 보인다. 아가멤논이 조금 누그러질 조짐이라 할 수 있다.

오뒷세우스   그만하시지요. 친구들에게 저 주면 오히려 우
         월해질 것입니다.

아가멤논   그대가 어떤 인간에게 호의를 베풀고 있는지 기
         억하시오.

오뒷세우스   이 사람은 원수였지만, 그 이전에 고귀한 인물
         이었습니다.   1355

아가멤논   대체 어쩌려는 거요? 원수의 시신을 그토록 경외
         하다니?

오뒷세우스   적대감보다는 그의 덕이 훨씬 저를 압도하기
         때문입니다.

아가멤논   하지만 그렇게 미워하다 존중하는 건 변덕쟁이들
         짓이오.

오뒷세우스   당장은 친구여도 나중에 쓰라린 원수가 되는
         사람 역시 정말로 많습니다.

아가멤논   그러면 그대는 그런 변덕스러운 친구를 추천하는
         거요?   1360

오뒷세우스   저는 고집스러운 마음을 찬양하고 싶지는 않습
         니다.

아가멤논   그대 때문에 오늘 우리는 겁쟁이로 보이고 말 것
         이오.

오뒷세우스   반대로 전 희랍인에게 정의로운 인물로 보이게
         될 것입니다.

아가멤논   그러니 그대는 나더러 이 시신의 매장을 허락하
         란 거요?

오뒷세우스   그렇습니다. 저 자신도 언젠가 매장되어야 하니

말입니다.   1365

아가멤논   물론 모든 일에서 그렇듯이, 사람마다 자신을 위
          해 애쓰긴 하지.

오뒷세우스   사실 제가 자신 말고 누굴 위해 애쓰는 게 옳
          겠습니까?

아가멤논   그러면 이 일은 그대 일이지, 나와는 상관없는 일
          이 될 거요.

오뒷세우스   그걸 뭐라고 부르시든 당신은 자비로운 분이
          될 것입니다.

아가멤논   좋소, 하지만 이것만은 잘 알아 두시오, 내가 그
          대에게 이보다는   1370
          더 큰 호의를 베풀 수 있음을.
          그러나 이자는 저기 있든 여기 있든 마찬가지로
          내게 증오스러운 자요. 어쨌든 그대는 필요한 대로
          행해도 좋소.   (아가멤논 퇴장)

코로스   오뒷세우스여, 누구든 이러한 당신을 두고 현명한
          지혜를
          타고났다 하지 않는다면, 그는 어리석은 자입니다.   1375

오뒷세우스   이제 나는 테우크로스에게, 이 순간부터는 전
          에 내가
          원수였던 만큼이나 친구임을 알리고 싶소.
          그리고 나는 그를 도와 고인을 매장하고 싶고,
          존귀한 인물들을 위해 사람들이 힘써야 할
          일은 어느 것도 빠뜨리지 않도록 함께 힘쓰고 싶소.   1380

테우크로스   가장 존귀하신 오뒷세우스여, 나는 그대가 언

변으로 이룬 일을 그저
찬양할 따름이오. 그대는 나의 예상을 많이도 빗나
가게 하셨소.
그대는 아르고스인들 중 이분과 가장 첨예하게 대립
했는데도,
홀로 손 들어 그 곁에 서셨소. 그리고 그대는 살아
있으면서도
감히 고인께 큰 모욕을 더하려 하지 않으셨소.   1385
저 오만스레 날뛰는 지휘관과, 또 그와 한 핏줄인
형제는, 그분이 무덤도 없이 멸시받게끔
내팽개치려 했는데 말이오.
그러니 저 올림포스에 높이 앉으신 아버지께서,
또 언제까지나 기억하시는 에리뉘스와, 목적한 것을
이루시는 정의의 여신께서   1390
저 사악한 자들을 사악하게 파멸시키시길, 저들이
이분을
부당하게도 능멸하여 내동댕이치려 했던 방식 그대로!
한데, 오 늙으신 아버지 라에르테스의 씨앗이여, 나
는 그대가
이 장례에 손대도록 허락하기가 망설여지오.
혹시나 고인께 달갑지 않은 일을 하는 게 아닐까 싶
어서요.   1395
하지만 다른 일들은 함께하십시다. 그리고 혹시 그
대가 군대 중 누군가를
동반하기 원한다 해도, 우리는 전혀 꺼리지 않을 거요.

다른 일은 모두 내가 준비하겠소. 어쨌든 그대는

우리에게 존경받는 사람임을 아시기 바라오.

오뒷세우스   바라던 바요. 내가 이 일을 수행하는 게   1400

그대에게 내키지 않는다면, 그 결정을 받아들여, 이

만 가 보겠소.   (오뒷세우스 퇴장)

테우크로스   충분합니다. 이미 시간이 많이

지체되었으니 말이오. 자, 몇 사람은 서둘러서

손으로 오목한 무덤을 파시오. 또 몇몇은

경건하게 시신을 씻기도록 세발솥을   1405

맞춤한 높이로 놓고, 불로 에워싸시오.

그리고 일단의 사람들을 보내어 막사에서

방패 아래 몸에 걸치던 장식들을 가져오게 하시오.

아이야, 너는 네 힘이 닿는 대로, 나와 함께

아버지의 이 옆구리에 사랑스러운 손을 받쳐   1410

들어 올리자꾸나. 아직도 따뜻한 혈관이

검은 힘을 위로 뿜어내고

있으니. 자, 이제, 친구로서 여기 와 있노라 공언하는

모든 이들이여, 서둘러 오시오,

전적으로 탁월한 이분을 위해 힘쓰러 오시오,   1415

이보다 더 나은 인간은 결코 없었으니.

[나는 아이아스에 대해 말하노라, 그가 살아 있던 때에

그랬노라고.][71]

---

71) 운율상으로나 문법적으로나 이상한 구절이어서 많은 학자들이, 잘못 끼어들어
간 것으로 간주하는 행이다. 문법적으로 앞 문장에 붙여서 번역할 수도 있지만,
여기서는 따로 잘라 버리기 좋게 옮겼다.

코로스   진정 인간에게는 보고 알아야 할 것이 많기도
         하도다. 하지만 보기 전엔 그 어떤 예언자도
         미래의 일이 어떻게 될지 알 길 없도다.   1420

트라키스 여인들

데이아네이라 헤라클레스의 아내
유모
휠로스 헤라클레스의 아들
코로스 트라키스 여인들로 구성
전령
리카스 헤라클레스의 시종
노인
헤라클레스

대사 없는 등장인물

이올레 헤라클레스가 포로로 삼은 오이칼리아의 공주
포로 여인들

데이아네이라 예로부터 사람들 사이에 전하는 말이 있지요.

　　사람의 운명은, 그가 죽기 전엔 판단할 수

　　없다는 거예요, 그게 좋은 것인지 나쁜 것인지.

　　하지만 나는 하데스에 가기도 전에, 나 자신이

　　불행하고 무거운 운명을 지닌 걸 알고 있어요.　　　　　5

　　나는 우선 아버지 오이네우스의 집에 살 때,

　　플레우론[1]에서 아직 처녀로 지내면서 고통스러운

　　괴로움을 당했지요, 그 어떤 아이톨리아 여인보다

　　더 심하게.

　　내게 청혼한 자가 강의 신이었기 때문이지요. 아켈

---

1) 희랍 북서부 아이톨리아 지역의 도시. 멧돼지 사냥으로 유명한 칼뤼돈의 서
　북쪽에 있다. 데이아네이라의 아버지 오이네우스는 보통 칼뤼돈의 왕으로 되어
　있으나, 플레우론도 다스렸던 것으로 되어 있다.

로오스[2] 말입니다.

그는 세 가지 형태로 나타나서 아버지께 나를 달라
했어요.   10

어떤 때는 황소의 모습으로 왔고, 어떤 때는 구불대며

낭창거리는 뱀으로, 또 어떤 때는 인간의 몸에

황소의 이마를 하고서[3] 청했지요. 그런데 무성한 수
염에서는

샘처럼 물줄기가 듣고 있었어요.

불행한 나는 이러한 구혼자를 맞아   15

저 결혼의 침상으로 가기 전에

차라리 죽기를 거듭 기원했지요.

한데 좀 늦긴 했지만, 기쁘게도,

제우스와 알크메네의 저 유명한 아들[4]이 내게 왔어요.

그는 저자와 맞붙어 싸움에 돌입했고   20

나를 구해 냈지요. 그 싸움이 어떻게 진행됐는지

난 얘기할 수 없어요. 모르니까요. 누구든 그 광경에

떨지 않은 사람이 있다면, 그 사람이 말할 수 있겠
지요.

나는 두려움에 정신이 나가서 앉아 있었으니까요.

혹시 나의 아름다움이 내게 고통을 가져다 주게 될

---

2) 희랍의 북서부에 있는 강이자 그 강의 신 이름. 남쪽으로 흘러 코린토스 만의
   서쪽으로 흘러든다.
3) 미노타우로스같이 쇠머리를 한 것은 아니고, 인간의 얼굴에 뿔이 돋고 귀만 짐
   승 모양이었던 것으로 보인다.
4) 헤라클레스. 알크메네는 제우스의 손녀딸이다.

까 봐요.   25

하지만 다툼을 관장하시는 제우스께서 일을 좋게

끝내셨지요,[5]

만일 정말로 좋게 끝나는 게 가능하다면 말이지만.

나는 헤라클레스의 배우자로

선택된 후에도 그분을 위해 걱정하며 항상 꼬리에

꼬리를 무는 두려움을 키우고 있으니까요,

한 밤이 고통을 데려오면

이어지는 밤이 그것을 몰아낸답니다.   30

그리고 우리는 아이들을 낳았지만, 그분은 아이들을

마치 밭에서 멀리 떨어져 사는 농부가

단지 씨 뿌릴 때와 거둘 때만 들여다보듯 했지요.

그분은 항상 그렇게 집 안팎을

오가며 사셨지요, 누군가[6]에게 봉사하면서.   35

그런데 이제 그가 저 노역들을 벗어난 지금,

나는 가장 큰 두려움에 사로잡혀 있어요.

왜냐하면 그가 이피토스의 힘[7]을 살해한 이후로

---

5) 헤라클레스는 아켈로오스의 뿔을 부러뜨려 이긴 것으로 알려져 있다.(아폴로
   도로스,『도서관』2권 7장 5절 참고.)

6) 헤라클레스에게 열두 가지 노역을 시킨 에우뤼스테우스. 보통 다른 판본들은
   헤라클레스가 이 노역들을 다 끝내고 나서 데이아네이라와 결혼했다고 전하는
   데, 소포클레스는 그 노역들 전에 결혼한 것으로 바꿔 놓았다.

7) 희랍어의 특징적인 표현으로, 어떤 사람 대신 그 사람의 힘이 행위의 대상으
   로 놓인다. 사람을 부를 때 '아무개의 머리여!'라고 하는 것도 비슷한 표현법이
   다.(이피토스에 대해서는 70행 각주 참고.)

우리는 추방을 당해 이곳 트라키스[8]에서
이방인 친구[9] 집에 살고 있었는데, 저분이 어디로   40
갔는지는 아무도 모르니까요. 단지 아는 것이라곤
그가 여기 남은
내게 쓰라린 탄식만을 던져 놓고 가 버렸다는 것뿐
이지요.
하지만 나는 그가 어떤 재난을 당했다는 걸 거의
확실히 알고 있어요.
짧은 기간이 아니라, 벌써 열 달하고도
덧붙여 다섯 달 동안 소식조차 없는 상태니까요.   45
그러니 어떤 무서운 재난을 당하신 거예요. 그분은
떠날 때 그런 일을 암시하는 서판을
남기고 갔지요. 나는 그것을 갖고서
재앙과 상관없기를 자주 신들께 기도하고 있지만요.

유모   여주인이신 데이아네이라여, 저는 당신이
헤라클레스께서 길 떠난 것에 괴로워하며   50
많은 눈물로 애통하는 것을 진정 많이도 보았습니다.
그런데 이제, 만일 노예가 자유인에게 충고하여
가르치는 게 합당하다면, 저도 당신이 할 일을 말해
야만 하겠습니다.
당신은 그렇게 많은 아들이 있으면서도, 어째서

---

8) 희랍 중부의 동쪽 해안에 있는 도시. 2차 페르시아 전쟁 때 격전지가 되는 테
르모퓔라이 바로 북쪽이다.
9) 트라키스의 왕 케윅스. 이 작품에서는 아무 역할도 하지 않으므로, 이름도 언급
되지 않는다.

남편을 찾도록 누군가를 보내지 않으시나요?　　　　55
특히 휠로스는, 만일 그가 아버지께서 잘 지내는지
어떤지
살피는 일을 맡는다면 적절할 텐데요.
한데 휠로스 자신이 마침 집 안으로 뛰어들어 다가
오고 있군요.
그러니 만일 제가 당신께 적절한 제안을 했다고 생
각된다면,
저 사내아이와 제 의견을 지금 이용하실 수 있습니다.[10]　　60

(휠로스가 들어온다.)

데이아네이라　　오, 내 자식, 내 아들아, 진정 낮은 신분으로
태어난 자들에게서도
현명한 말이 나오는구나. 이 여인이 노예이긴 하지만,
자유인 같은 의견을 내놓았으니 말이다.
휠로스　　어떤 의견인가요? 말씀해 주십시오, 어머니. 제게
밝혀도 되는 거라면요.
데이아네이라　　아버지가 이렇게 오랫동안 떠나 계신데도, 그
가 어디 계신지　　　　65
네가 알아보지 않는 건 수치스러운 일이 될 거라고
하는구나.

---

10) '멍에 지우기'라는 수사법이 쓰였다. '내 의견을 채택하여 저 아이를 보낼 수 있
　　다.'라는 뜻인데 두 개의 목적어를 한 개의 동사에 '억지로 묶었다.'

힐로스   하지만 이미 알고 있습니다, 만일 소문에 뭔가 믿
      을 데가 있다면요.

데이아네이라   그러면 얘야, 그분이 어디에, 어느 땅에 자리
      잡고 계시다 들었느냐?

힐로스   지난해 내내
      뤼디아 여인 밑에서 종으로 고생하셨다고 합니다.[11]   70

데이아네이라   그분이 그런 일까지 겪었다면, 그 어떤 소식
      이 들리든 놀랄 게 없겠구나.

힐로스   하지만 제가 듣기에 이제 그 일에서는 풀려나셨습
      니다.

데이아네이라   지금 도대체 어디에 살아 계시다고, 아니면
      돌아가셨다고 전해지더냐?

힐로스   사람들이 말하기를, 아버지는 에우보이아 지역 에
      우뤼토스의 도시를
      공격하고 있거나, 곧 그러리라고 합니다.   75

데이아네이라   그런데, 얘야, 그분이 내게 이 지역과 관련된
      믿을 만한 신탁을 남겼다는 걸 아느냐?

힐로스   어떤 것인가요, 어머니? 무슨 얘긴지 모르겠습니다.

데이아네이라   그가 삶의 종착점에 당도하든가, 아니면
      이 노역을 감당해 내고 나서 앞으로   80
      남은 삶을 유복하게 지내리라는 것이지.
      그러니 얘야, 이렇게 저울 위에 서 있는 그분을

11) 헤라클레스는 오이칼리아의 왕자인 이피토스를 죽이고 나서, 그 죄를 씻기 위
   해 제우스의 명에 따라 뤼디아 여왕 옴팔레에게 팔려 가서 종살이를 했다.(아폴
   로도로스, 『도서관』 2권 6장 1~3절 참고.)

네가 도우러 가지 않겠느냐? 저분이 생명을 보존하면
우리도 살 것이고, 아니면 그와 함께 우리도 스러질
것이니 말이다.   85

휠로스 예, 가겠어요, 어머니. 만일 제가 이 신탁의
말씀을 알았더라면, 벌써 가 있었을 겁니다.
하지만 아버지의 행운을 익히 보았기에, 놀라거나
너무 두려워하지는 않아도 될 거예요.
이제 알았으니, 저는 이 일의 진상을   90
완벽하게 알아보기 위해 모든 수고를 다하겠습니다.

데이아네이라 그러면 떠나거라, 얘야. 모든 일이 순조롭게만
된다면 그걸
뒤늦게 알더라도 득이 될 테니 말이다.

(휠로스가 나간다.)

(등장가)

코로스 (좌 1)
오, 별 빛나는 밤이 죽어 가며
낳는 분이여, 그대, 타오르고 있을 때 밤이 잠재우
는 이여,   95
헬리오스[12]여, 헬리오스여, 알려 주시기를
청합니다, 알크메네의 아들이
대체 어디에, 어디에
머물고 있는지. 오 찬란한 빛으로 타오르는 이여,

---

12) 「오이디푸스 왕」 660행 각주 참고.

그가 바다의 좁은 길목에, 아니면   100
두 대륙[13] 중 어디에 의지하고 있는지.
말해 주소서, 오, 눈길 탁월하신 이여.
(우 1)
저는 듣고 있으니까요, 다툼의 대상이던
데이아네이라께서 늘 걱정스러운 마음으로,
마치 한 마리 불행한 새[14]와 같이,   105
눈의 그리움을 눈물 없인
잠재우지 못하고,
남편의 여행 때문에 자꾸 떠오르는 두려움을 키우며,
불행과 재난의 운명을 예상하면서,
남편 없는, 그리움 사무치는   110
침상에서 시들어 가고 있다는 것을.
(좌 2)
진정 지치지 않는 남풍에 의해,
아니면 북풍에 의해, 무수한
파도가 너른 바다에서
닥치고 또 닥쳐 오는 것을 보듯이   115
그렇게 카드모스에게서 난 이[15]를
인생의 많은 고통이, 더러는 곁으로 밀치고,

---

13) 유럽과 (아프리카를 포함한) 아시아.
14) '짝 잃은 기러기'와 같은 관용적 의미로 쓰였거나, 제 자식을 죽이고 밤꾀꼬리
가 된 프로크네 이야기를 인용한 것으로 보인다.
15) 헤라클레스는 카드모스의 자손은 아니지만 부모님이 카드모스의 도시인 테바
이에 있는 동안 태어났기 때문에 이렇게 노래하고 있다.

더러는 높이 올리도다, 마치 크레테의
바다처럼. 하지만 신들 중 어떤 분께서
항상 그를 하데스의 집으로부터   120
막아 주시니 그는 실족치 않도다.

(우 2)

그대가 이런 일을 불평하는 데에 나는
예의를 갖추지만, 반대를 표하노라.
내 진정 권하노라, 그대가
좋은 희망을 떨쳐 버리지   125
말아야 한다고. 모든 것을 지배하시는
왕, 크로노스의 아드님[16]께서는 인간들에게
고통 없는 것을 주시지 않고,
마치 큰곰자리의 회전이 그러하듯이,
재난과 기쁨이 모든
인간들 위에 돌고 있으니.   130

(종가)

진정 별들로 빛나는 밤도
인간들 위에 계속 머물지 않고,
재앙도, 부유함도 그러하여 곧
떠나가고, 사람에게는 기뻐함도   135
빼앗김도 찾아오도다.
하여 고귀하신 이여, 당신도 이 일들에 대해 항상

---

16) 크로노스는 농경과 계절의 신으로 여기서 크로노스의 아들은 제우스를 가리
킨다.

희망을 가지라고 나는 말하노라. 누가
제우스께서 자식들에게 그렇게 무심하신 것을 보았
는가?   140

데이아네이라   당신은 내 고통을 듣고서 여기
온 듯하군요. 내 가슴 타 들어가는 사정을
당신은 결코 겪지 않기를! 지금 당신은 모르고 있으니.
어린 소녀는 그러한 걱정이 없는 자신의 자리에서
자라지요. 그것을 태양신의 열기도,   145
비도, 바람의 숨결들 중 어느 것도 뒤흔들지 않고,
그녀는 즐거워하며 슬픔 없는 삶을 키우지요,
그녀가 처녀 대신 여인이라고 불리게
될 때까지, 또 밤에 남편이나 자식들에 대해
두려워하면서 근심의 몫을 취할 때까지.   150
그때에 그녀는 자신의 상황을 보고 알게 되겠지요,
어떤 나쁜 일들로 내가 힘들어하고 있는지를.
이미 나는 많은 고통에 울었습니다. 하지만 한 가지,
이전 것과 결코 같지 않은 얘기를 지금 하리다.
주인이신 헤라클레스께서 저 마지막 여행을 위해   155
집에서 떠나실 때, 집에다
기호들이 적힌 옛 서판을
남기셨지요. 전에 그는 많은 고역들을 향해 가면서도,
결코 내게 그런 식으로 말하려 하지 않았습니다,
죽으러가 아니라, 뭔가를 이루려 떠나갔던 거지요.   160
한데 이번엔 더 못 살 사람처럼, 내가 어떤 재산을

부인 자격으로 취해야 하는지 얘기하고, 또 자식들
에게
아버지 땅의 어떤 몫을 나누어 줄지를 얘기했지요.
그리고 시간을 미리 정했지요. 자신이 출발해서
일 년하고도 석 달을 떠나 있게 되면,   165
그때는 자신이 죽게 되어 있으며,
혹시 그 기한을 넘어 살아남게 된다면
그 후에는 고통 없는 삶을 살리라고 말이에요.
이와 같이 신들에 의해 헤라클레스의 노역이
끝나도록 정해졌다고 말했지요.   170
그것을 언젠가 도도네[17)에서 오래된 참나무가
두 펠레이아데스[18)를 통해 말했다고 했어요.
그리고 이 말들이 이뤄져야 할 정확한 기한이
바로 지금 이 시간 다가오고 있습니다.
그래서 나는 달콤하게 자다가 벌떡 일어났지요,   175
두려움 때문에. 친구들이여, 혹시 내가 모든 인간 가
운데
가장 뛰어난 분을 잃은 채 삶에 머물러 있어야 하
는 건 아닌가 하고.

코로스 장   이제 조용히 하세요. 어떤 남자가 기쁜 소식을
전하려는 듯

---

17) 희랍 북서부 에페이로스에 제우스 신전이 있던 지역.
18) 도도네의 사제를 이렇게 불렀다.(파우사니아스, 『희랍 안내서』 10권 12장 10절
   참고.) 하지만 이 구절을 '두 마리 비둘기'로 옮길 수도 있다. 소포클레스는 일부
   러 두 가지 뜻을 가진 표현을 사용한 듯하다.

월계관을 두르고 오는 게 보이니까요.

전령   여주인이신 데이아네이라여, 전령들 중 제일 먼저   180
제가 당신을 두려움에서 벗어나게 해 드리겠습니다.
알크메네의 아드님께서
살아서 승리를 구가하고 있으며, 전투에서 얻은
첫 수확을 이 땅의 신들께 이끌어 오고 있음을 아
시옵소서.

데이아네이라   노인이여, 그대가 내게 전하는 것이 무슨 말
인가요?

전령   곧 당신의 집으로 큰 부러움의 대상이신 부군이   185
당도하리라는 겁니다, 승리를 쟁취하여 마땅한 힘을
지닌 모습으로.

데이아네이라   우리 시민으로부터 듣고 말하는 것인가요, 아
니면 이방인에게 들었나요?

전령   소 먹이는 여름 목초지에서 많은 사람 앞에 시종인
리카스가 밝힌 얘기입니다. 저는 그에게서 듣고
달려왔고요. 당신께 이 소식을 제일 먼저 전해   190
당신으로부터 뭔가 이로운 것도 얻고 감사도 받으려
고요.

데이아네이라   그런데 그 사람 자신[19]은 왜 안 오나요, 사태
가 운 좋게 풀렸다면서?

전령   그에게 일이 아주 쉽진 않습니다, 여인이여.

---

19) 이 말은 보통 리카스를 지칭하는 것으로 해석되고 있으나, 일부 학자는 헤라
클레스를 지칭하는 것으로 해석하기도 한다.

온 말리스[20] 백성들이 그를 빙 둘러싸고

질문을 퍼붓고 있어서, 앞으로 나아갈 수가 없으니

까요.   195

저마다 알기를 원해서, 만족스러운 대답을 듣기 전

에는

그 욕구를 떨쳐 버리지 못할 것입니다.

그래서 저 사람은 원치 않으면서 원하는 사람들 가

운데

붙들려 있는 것이지요. 하지만 곧 그가 직접 나타난

것을 보시게 될 겁니다.

데이아네이라   오, 제우스시여, 풀을 베지 않은 오이테 산을

소유하신 이여!   200

시간이 걸리긴 했지만, 당신은 우리에게 기쁨을 주

셨습니다.

외치라, 여인들이여, 집 안에 있는 사람이건,

울타리 밖에 있는 사람이건! 이제 우리가 진정 예상

치 않게 떠오른

이 소식의 빛을 거두었다고!

코로스   곧 혼례를 치를 이 집으로 하여금[21]   205

---

20) 트라키스 동남부 지역.

21) 원문을 어떻게 해석하고 어떻게 고칠지에 대해 학자들 간에 의견이 엇갈리는
부분이다. '곧 결혼할 여자들의 합창단으로 하여금'으로 하자는 의견도 있다.(그
럴 경우, 뒤이어 나오는 남자들에 대한 언급이 대칭으로 잘 어울린다는 장점이
있다.) 여기서는 곧 있을 헤라클레스와 데이아네이라의 재결합을 기대하는 것으
로 해석했다. 하지만 그 결합은 예상 밖의 것이 될 터이다.

집안 화로에 다가온 승리를 소리 높여
외치게 하여라. 거기서 남자들의 함성도
함께하여라, 아름다운 화살통을 가지신 이,
앞서 막아 주시는 아폴론께.
동시에 파이안[22]을, 파이안을   210
외쳐 올려라, 처녀들이여.
환호하여라, 그와 함께 나신
오르튀기아의 아르테미스, 사슴을 죽이시는 이, 양
손에 횃불을 지니신 이께,
그리고 그녀의 이웃인 뉨페들께.   215
가슴이 부풀어 오르는구나, 피리도
물리치지 않으리, 오 내 마음의 지배자시여.
보아라, 담쟁이가 이제 막 나를 뒤흔들도다,
에우오이,
나더러 박코스의 춤으로
남들과 겨루라고 돌려세우며.   220
이오, 이오, 파이안이시여,
보아라, 보아라, 오, 친애하는 여인이여,
이것을 그대는 진정 마주하여
분명하게 볼 수 있도다.

데이아네이라 보고 있어요, 친애하는 여인들이여, 나도 열
         심히 보고 있어서   225

---

22) 파이안은 원래 치유의 신으로서 대개는 아폴론의 별칭이지만, 때로는 구원받은
걸 감사하여 아폴론이나 아르테미스에게 바치는 노래나 승전가를 가리키기도 하
고, 좀 더 확장된 뜻으로 엄숙한 노래 일반을 가리키기도 한다.

저 행렬을 놓치지 않았지요.

(리카스가 포로 여인들을 이끌고 들어온다.)

나는 오랜만에 나타난 시종에게 먼저 안부 인사를
건넵니다, 그대가 진정 뭔가 기쁜 것을 가져왔는지.

리카스 예, 마님, 우리는 잘 도착했고, 합당한 환영을 받고
있습니다,

업적을 기리는 데 걸맞게. 행운을 누리는 남자는   230
좋은 인사말을 즐겨야 하니까요.

데이아네이라 오, 사람들 중 가장 친애하는 이여, 제일 먼저
내가 가장 듣고 싶은 걸
말해 주세요, 내가 살아 있는 헤라클레스를 맞이할
것인지.

리카스 제가 떠날 때 그분은 강건하게 살아 계시고
활력 있었으며 병을 앓고 있지도 않았습니다.   235

데이아네이라 어디에 계신가요? 조국에, 아니면 이방인의
땅에? 말해 주세요.

리카스 에우보이아에 어떤 곳이 있습니다. 그분은 거기서
케나이온의 제우스를 위하여[23]
제단들과 수확의 헌납액을 경계 짓고 계십니다.[24]

데이아네이라 서원한 것을 실행하느라 그러는 건가요, 아니
면 무슨 예언 때문인가요?

---

23) 에우보이아는 희랍 동부에 남북으로 길게 뻗어 있는 섬이며, 그 북서쪽 끝에
케나이온이란 이름의 곶이 튀어나와 있다.

24) 제단에 딸린 농지를 정하고, 거기서 난 소출 중 신께 바칠 몫을 정하고 있다는
말이다.

리카스   기원 때문이지요, 마님 앞에 있는 이 여인들의 땅을   240
          창으로 뒤엎어 차지하고자 했을 때 올렸던 기원 말
          입니다.

데이아네이라   그런데 이 여인들은 대체 누구에게 속한 어떤
          이들인가요?

          이들의 재난이 나를 속이는 게 아니라면, 가련하군요.

리카스   이들은 저분께서 에우뤼토스[25]의 도시를 파괴하고
          자신의 소유로, 또 신들을 위하여, 골라 취한 여자
          들입니다.   245

데이아네이라   그러면 그가 예상했던 것 이상으로 그 도시에
          가 계셨던 건가요, 날짜를 헤아릴 수 없을 만큼 오래?

리카스   아닙니다. 그렇지 않고 대부분의 시간 동안은 뤼디
          아인들 가운데
          붙들려 있었지요, 그분 말에 따르면, 자유인으로서
          가 아니라
          팔려 간 몸으로요. 이 말에 대해 언짢아하시면   250
          안 됩니다, 마님, 제우스께서 주관하신 걸로 보이는
          일에 대해서는요.
          어쨌든 그분은 이방 여인 옴팔레에게 팔려 가서
          일 년을 채웠지요,[26] 그분 말씀에 따르면 그렇습니다.
          그래서 이런 수치를 당한 것에 상처를 받았고,
          스스로 서약을 던져 맹세했지요,   255

---

25) 오이칼리아의 왕인데, 헤라클레스에게 활쏘기를 가르쳤다고 알려져 있다.
26) 보통은 헤라클레스가 옴팔레 밑에서 삼 년 동안 노예 생활을 한 것으로 알려
    져 있다.(아폴로도로스, 『도서관』 2권 6장 2절 참고.)

기필코 이런 고생을 야기한 자를
그 자식들과 부인과 함께 노예로 만들고 말겠다고요.
그리고 이 말은 허풍이 아니어서, 그는 죄가 정화되
자 곧
용병 군대를 취하여 에우뤼토스의 도시로
갔습니다. 인간들 중엔 이자만이 그 고통에 대해   260
책임이 있다고 말하곤 했으니까요.
이 사람은, 헤라클레스께서 오랜 이방 친구로서
그 집 화덕을 찾아갔을 때, 말로만이 아니라
사악한 마음으로도 많이 모욕을 가했습니다.
그분이 빗나가지 않는 화살을 손에 지녔긴 하지만,   265
활쏘기에 있어서 자기 자식들보다는 뒤진다면서요.
또 그가 노예로서, 말하자면 자유인의 손에 곤욕을
치르고[27] 있다고도
했고요. 그리고 만찬에서 술에 취한 그분을
바깥으로 내동댕이쳤지요. 헤라클레스 님은 이에 분
을 품었고,
나중에 이피토스[28]가 떠돌아다니는 말들의   270
자취를 쫓아 티륀스의 언덕으로 왔을 때,
그의 눈들이 한쪽에, 생각은 다른 쪽에
있는 사이, 그를 탑 같은 언덕 위 평평한 곳에서 밀
쳐 버렸지요.

---

27) 헤라클레스가 에우뤼스테우스의 명을 받아 열두 가지 노역을 치른 일을 가리
킨다.
28) 에우뤼토스의 아들.

그런데 이것 때문에 만물의 아버지이신 왕
올림포스의 제우스께서 분노하셔서,   275
참지 않으시고, 그분을 나라 밖으로 팔려 가게 하셨
습니다.
왜냐하면 헤라클레스 님께서 사람들 중 이 사람만
은 계략으로
죽였기 때문입니다. 이분이 공개적으로 복수했더라면,
제우스께서는 분명히, 그가 정당하게 승리한 것으로
너그러이 받아들이셨을 겁니다.
신들께서도 오만은 즐거워하지 않으시니 말입니다.   280
어쨌든 악한 혀로써 주제넘게 행동했던 그자들은,
모두 하데스에 거주하게 되었고,
그 도시는 노예가 되었습니다. 마님께서 보고 있는
이 여인들은
행복에서 추락하여 누구도 부러워하지 않을 삶을
얻어
마님께로 왔습니다. 부군께서 이것을   285
명하셨고, 저는 그분께 충실한 사람으로서 이 일을
수행하고 있습니다.
그런데 그분 자신은, 그 함락에 감사하여
조상 대대의 제우스께 신성한 제사를 드리고 나면,
직접 오시리라 알고 계십시오. 제가 좋은 말을 장황
하게 늘어놓았지만
아마 이 말이 가장 듣기 즐거운 소식이겠지요.   290
코로스 장   여주인이시여, 이제 당신께 즐거움이 찾아온 게

확실합니다,

즐거움의 일부는 벌써 곁에 와 있고, 일부는 말로

전해 듣고 있으니까요.

데이아네이라   남편이 이렇게 잘되었다는 걸 전해 들었는데

어찌 마음으로부터 기뻐하지 않겠습니까?

이런 상황에는 진정코 이런 기쁨을 함께해야지요.   295

하지만 사려 깊은 자라면 행운을 누리는 사람에 대

해서도

두려워할 게 있습니다. 혹시 그가 어느 때 실족하지

나 않을까 하는 거지요.

내게는 끔찍한 동정심이 들이닥쳤으니까요, 친구들

이여.

불운한 이 여인들을 볼 때 말입니다, 낯선 땅에서

집 없이, 아버지 없이 유랑하는 저들을.   300

이들은 아마도 자유인 부모에게서 태어났겠지요.

그런데 지금은 노예로 살게 되었습니다.

오, 싸움의 방향을 돌리는 제우스시여, 부디 저는,

당신이 저의 씨들을

어디서건 이렇게 대하는 걸 보게 되지 않기를!

혹시 당신이 뭔가를 행하신다 해도 이 데이아네이라

가 살아 있는 동안은 그러지 마시길!   305

이 여인들을 보면서 이처럼 나는 두려워합니다.

(이올레에게) 오, 불행한 여인이여, 젊은 여인들 가운

데 그대는 누구인가요?

남자를 모르는 여자인가요, 아니면 아이 엄마인가

요? 모습으로 보아서는

이런 일들을 겪어 본 적 없는 고귀한 인물인 듯하니.

리카스여, 이 이방 여인은 대체 누구의 딸인가요?　　　310

낳은 이는 누구며, 생명을 주신 아버지는 누구인가요?

말해 보세요. 나는 이 사람들을 지켜보는 중 그녀를 가장

동정하게 되었어요. 그녀만이 사려 깊게 행동할 줄

알기에 더욱 그렇습니다.

리카스　　제가 어떻게 알겠습니까? 어찌 제게 물으시나요? 아마도

저 땅 사람들 가운데 가장 낮은 신분에서 나지는

않았겠지요.　　　315

데이아네이라　　지배자들의 자식이 아닐까요? 에우뤼토스에

게 자녀가 있었나요?

리카스　　저는 모릅니다. 그리고 사실 저는 많이 알아보지도

않았습니다.

데이아네이라　　동료 중 누구에게선가 이름은 들어 알고 있

나요?

리카스　　전혀 아닙니다. 조용히 제 일을 했을 뿐이지요.

데이아네이라　　오, 불행한 여인이여, 우리에게 당신의 입으

로, 말해 보세요, 당신이　　　320

누구인지 알지 못하는 게 내게는 정말 고통이니까 말

이에요.

리카스　　이제 와서 그녀가 말을 한다면, 이전과 달리

행동하는 셈이 될 겁니다. 그녀는 길게든 짧게든

결코 말을 직조하지 않았고,
항상 재난의 무게를 애통하며   325
슬픈 눈물을 흘렸습니다, 바람 많은
조국을 떠난 이래로요. 그래서 그녀의 운은
불행하지만, 우리의 연민을 얻었습니다.

데이아네이라 그러면 그녀를 놓아 두세요. 그리고
그녀가 원하는 대로 집에 들어가게 두세요, 지금 있는   330
고통에 더하여 내게서 다른 괴로움을 얻지 않도록.
현재의 고통만으로도 충분하니까 말이에요. 한데 이제
집으로
모두 들어갑시다, 그대는 가고 싶은 데로
얼른 가고, 나는 집안일들을 제대로 돌보겠어요.
(리카스가 다른 사람들과 함께 나간다. 전령이 데이아네
이라에게 다가간다.)

전령 하지만 먼저 잠깐만 여기 머물렀다 가시지요,   335
마님이 끌어들이고 있는 저 사람들 없는 데서 따로
아셔야 할 게 있습니다.
마님이 아셔야 하지만 전혀 듣지 못한 이야기지요.
하지만 저는 모든 내막을 알고 있으니까요.

데이아네이라 무엇 말인가요? 왜 내가 들어가는 걸 이렇게
막아 세우나요?

전령 서서 들어 보시지요. 제가 전에 들려드렸던 이야기도   340
헛것이 아니었고, 이번에도 그럴 테니까요.

데이아네이라 저들을 다시 이리로 불러올까요,
아니면 나와 이 여인들에게만 말하고자 하나요?

전령   마님과 이 여인들에게는 아무것도 거리낄 게 없습니
        다. 하지만 저들은 그냥 보내시죠.

데이아네이라   자, 저들은 갔어요. 그러니 이야기를 드러내
        보이세요.   345

전령   저 사람이 얘기한 것 중 어느 것도
        정직함의 잣대에 제대로 들어맞지 않습니다. 그는
        방금 형편없는 전령이 되었거나
        아니면 이전부터 정직하지 않은 전령이었습니다.

데이아네이라   무슨 소린가요? 그대가 생각하는 걸 모두 내
        게 분명하게 말해 보세요.
        당신이 무슨 소릴 하는지 나는 전혀 모르니까요.   350

전령   저 사람이 말하는 걸 제가 들었는데,
        그에 대한 많은 증인이 있습니다. 이 처녀 때문에
        그분께서 에우뤼토스와 탑 높은
        오이칼리아를 멸했다고 말입니다. 그리고 신들 가운데
        에로스만이 창으로 이 일을 이루도록 그를 호렸다고요.   355
        뤼디아인들 가운데 있었던 일도, 옴팔레 밑에서 했
        던 고통스러운
        노예 생활도, 이피토스를 밀쳐 죽인 것도 이유가 아
        니라는 겁니다.
        그런데 에로스를 제쳐 두고 저 사람은 반대로 말하
        고 있습니다.
        사실은, 헤라클레스 님께서 그녀를 숨겨 두고 부인
        으로 삼으려고,
        그녀의 아버지에게 딸을 달라고 설득을 하다가 실패

하자,[29]   360

작은 불만과 핑계를 만들어서

이 여인의 조국으로 쳐들어가, [거기서는

— 리카스가 말하기를 — 저 에우뤼토스가 왕좌를 차지

하고 있었는데,

이 여인의 아버지인 왕을 죽이고],[30] 도시를

약탈한 겁니다. 그리고 지금, 마님께서 보시다시피,

헤라클레스 님은 돌아오면서   365

그녀를 이 집으로 보냈습니다. 생각 없이 그런 게 아

니고요, 마님,

노예로서 보낸 것도 아니지요. 그런 건 기대하지도

마십시오.

그러지 않을 것입니다, 그분이 속으로 욕망에 달아

오른 한,

그래서 여주인이시여,

저는 이 리카스에게서 알게 된 것을 당신께 모두 밝

히기로 했습니다,   370

그리고 트라키스인들의 저잣거리

한가운데서 많은 사람이 저와 같이 이 얘기를 들었

습니다,

대질할 수 있을 정도로. 제 얘기가 기꺼운 얘기는

아닐 터이니,

---

29) 에우뤼토스가 딸 이올레를 걸고 활쏘기 대회를 열었는데 승리한 헤라클레스
에게 이올레를 주지 않았다.

30) 이 부분은 원전에 문제가 있어서, 후대에 첨가된 것으로 보는 학자들이 많다.

저도 즐겁지는 않습니다. 하지만 그래도 저는 바르
게 얘기했습지요.

데이아네이라 아아, 나는 불행한 여자로구나, 대체 내 처지
가 지금 어떠한가?   375
어떤 은밀한 재난을 나는 집안으로
받아들인 것인가? 오, 불운하구나! 그러면 그녀는
이름 없는
존재인가요, 데려온 사람이 그렇게 맹세했듯이?
용모와 태도가 정말로 빛나는 여인이던데?

전령 그녀는 에우뤼토스를 아버지로 하여 났으며, 전에는   380
이올레라고 불렸습니다. 그런데 저 리카스는
그녀에게 직접 물어보지 않았기 때문에
그녀의 출신에 대해 아무 말도 할 수 없었던 것입니다.

코로스 장 다른 모든 악인들에 앞서, 자신에게 합당치 않은
악을 은밀히 꾸미는 자가 멸망하기를!

데이아네이라 어찌해야 하는가, 여인들이여? 나는 지금 들은
이 말에 완전히 넋이 빠졌으니.   385

코로스 장 가서 그 사람에게 물어보세요. 그가 혹시 밝혀
말할 수도 있으니까요, 바르게 대답하라고 당신이
압박하신다면.

데이아네이라 예, 가리다. 당신이 이치에 어긋나지 않게 말
을 했기에.

전령 우리는 근처에 머물러 있을까요? 아니면 무슨 일을
할까요?   390

데이아네이라 기다려요, 그 사람이 나의 전갈을 받지 않고도

제 스스로 집 밖으로 나오고 있으니.

(리카스가 무대로 들어온다.)

리카스   마님, 제가 헤라클레스 님께 가서 뭐라고 전할까요?
          제가 출발하는 걸 보고 계시니 일러 주십시오.

데이아네이라   그렇게 더디 와서는 어찌 그리 급히   395
          서둘러 가나요, 우리가 얘기를 다시 나누기도 전에?

리카스   마님께서 뭔가 묻고자 하신다면, 저는 여기 준비되
          어 있습니다.

데이아네이라   그러면 그대는 진정 믿을 수 있는 참된 얘기
          를 들려줄 건가요?

리카스   위대하신 제우스께서 알아주시길! 제가 잘 알고
          있는 것에 대해서라면 그러겠습니다.

데이아네이라   그대가 이끌고 온 이 여인은 대체 누구죠?   400

리카스   에우보이아 여인입니다. 누구에게서 태어났는지는
          제가 말할 수 없습니다.

전령   이 사람아, 여기 보게. 당신이 누구와 이야기하는 중
          이라고 생각하는가?

리카스   당신은 무슨 꿍꿍이로 그런 걸 묻소?

전령   제정신이라면 내가 묻는 것에 답해 보시오.

리카스   내가 헛것을 보는 게 아니라면, 지배권을 가지신
          데이아네이라, 오이네우스[31]의 따님이시며   405

---

31) 7행 각주 참고.

헤라클레스의 부인이신,

나의 여주인과 얘기 중이오.

전령 바로 그것, 그것을 당신에게서 알고 싶었소. 당신,

이분이 여주인이라고 했소?

리카스   그게 정당하니까.

전령 그러면 어떻소? 당신이 이분을 정당하게 대하지 않

은 걸로   410

드러나면, 어떤 벌을 받는 게 합당하다고 생각하오?

리카스 정당치 못하다니, 무슨 말이오? 도대체 무슨 교묘

한 수작이오?

전령 아니지. 오히려 당신이야말로 진짜 수작을 부리고

있는 거지.

리카스 나는 가겠소. 당신 말을 지금껏 듣고 있다니 내가

어리석었지.

전령 안 되오, 질문에 한마디 대답하기 전에는.   415

리카스 원한다면 말하시오. 당신은 조용하질 못하니.

전령 저 포로, 당신이 집 안으로 들여보낸 이,

대체 누굴 말하는지 아시오?

리카스   그렇소. 한데 왜 묻는

거요?

전령 당신은, 당신이 모른 척하고 보고 있는 그녀가

이올레라고, 그러니까 에우뤼토스의 딸을 데려가고

있다고 말하지 않았소?   420

리카스 사람들 중에서 내가 그랬단 말이오?

당신이 나한테서 이 말을 들었다고 와서 증언해 줄

이가 있소?

전령   많은 시민들 속에서 그랬지. 트라키스의 저잣거리
　　　한가운데서 많은 군중이 이 얘기만큼은 당신에게서
　　　들었소.

리카스   그렇소.
　　　그렇게들 들었다고는 합디다. 하지만 들었다고 생각
　　　하는 걸 전하는 것과　　　　　　　　　　　　　425
　　　말한 걸 그대로 전달하는 것은 같은 게 아니오.

전령   들었다고 생각을 해? 당신은 맹세하고 말하길,
　　　헤라클레스를 위한 아내로 그녀를 데려가는 거라고
　　　하지 않았소?

리카스   내가 아내라고 했다고? 신들의 이름으로 청컨대,
　　　친애하는 마님,
　　　말해 주십시오, 이 사람, 도대체 이 낯선 자는 누구
　　　입니까?　　　　　　　　　　　　　　　　　430

전령   당신 곁에서, 이 여자에 대한 욕망 때문에 전 도시가
　　　멸망했다고, 뤼디아 여인이 그 도시를 파괴한 게 아
　　　니라
　　　명백히 이 여자에 대한 사랑이 도시를 파멸시켰노
　　　라는 걸 들은 사람이오.

리카스   오 여주인이시여, 이 사람을 물리십시오.
　　　정신이 온전한 사람이라면 병든 헛소리를 하지 않을
　　　테니까요.　　　　　　　　　　　　　　　　435

데이아네이라   오이테의 꼭대기 숲에 번개를 던지시는 제우
　　　스의 이름으로

당신께 부탁하니, 말을 돌리지 마세요.

당신은 지금 못된 여자에게 말을 전하는 것도 아니고,

인간사에서 기쁨이 늘 같은 사람들에게 머무르진

않는다는 걸

모르는 여인에게 말하는 것도 아니니까요.   440

분명 에로스에게 맞서 권투 선수처럼

붙어 보자고 일어서는 사람은 생각이 틀렸어요.

이 에로스는 원하는 대로 신들까지 다스리고,

나까지도 그러니까요. 어떻게 나와 비슷한 다른 여

자에겐 안 그러겠어요?

그러니 만일 내 남편이 이 질병[32]에 잡혔다고 해서   445

비난한다면, 나는 정말 정신이 나간 거겠지요.

혹은 이 여인, 전혀 수치스럽지도

내게 해가 되지도 않는 일에 관련된 이 여인을 비난

해도 그렇고요.

나는 그러지 않습니다. 한데 만일 당신이 그분께 지

시를 받아서

거짓을 말하는 거라면, 그 지시가 존경할 만하지 않

은 게지요.   450

반면에 당신이 스스로 이렇게 하기로 결정한 거라

면, 당신은 친절한 사람이란

평판을 바라면서도 잔인한 인간으로 보일 거예요.

그러지 말고 모든 진실을 털어놓으세요. 자유인으로서

---

32) 일반적으로 고대 희랍에서 사랑은 일종의 질병으로 여겨졌다.

거짓되다는 평판을 얻는 건 죽음 같은 수치이니까요.
당신이 빠져나갈 길은 없습니다.   455
당신에게 얘기를 들었던 많은 사람들이 내게 말해
줄 테니까요.
또 만일 당신이 겁을 먹은 거라면, 그 두려움은 합
당치 않아요.
사실을 알아내지 못하는 거야말로 진정 내게 괴로
운 일이 될 테니 말이죠.
반면에 알아서 무서울 게 뭐 있나요? 헤라클레스
한 사람이
다른 수많은 여자와 결합하지 않았던가요?   460
그리고 그들 중 어느 누구도 적어도 내게선 욕설도
비난도 받지 않았어요. 이 여인 또한 그럴 겁니다,
그녀가 사랑으로 진정 녹아 버린다 해도. 나는
그녀를 보자마자 진심으로 동정했으니까요, 그녀의
아름다움이 그녀의 삶을 망쳐 버렸고,   465
불행한 그녀는 원치 않으면서도 조국 땅을
멸망시키고 노예로 만들었으니 말이죠. 이런 건
바람 따라 흘러가게 둡시다. 하나 당신에게 이르니,
다른 이를 향해서나 거짓되게 굴고, 내게는 항상 진
실하세요.

코로스 장   분별 있게 말씀하시니 이분 말을 들으세요. 그
러면 당신은 나중에   470
부인을 비난할 일이 없을 것이고, 내게서도 감사를
받을 거예요.

리카스 그러면, 오 친애하는 여주인이시여, 저는, 마님께서

　　　필멸의 인간으로서

　　　인간적인 것을 살피시고 이해심이 없지 않다는 걸

　　　알겠기에,

　　　모든 진실을 여쭙고 숨기지 않겠습니다.

　　　정말로 저 사람이 말한 그대로입니다.　　　　　　　　475

　　　그 여인을 향한 엄청난 욕망이 헤라클레스 님께

　　　들이닥쳐 꽂혔고, 그 여인 때문에 그녀의 조국 오이

　　　칼리아가

　　　창에 완전히 무너져 함락되었던 거지요.

　　　그리고 헤라클레스 님 편에서도 얘기를 해야 하니

　　　하는 말인데,

　　　헤라클레스 님은 이것을, 숨기라 하시지도 않았고,

　　　사실을 완전히 부정하지도 않았습니다.　　　　　　480

　　　그런데 오 여주인이시여, 저 자신이 혹시 이런 말들로

　　　마님의 가슴을 괴롭게 하지나 않을까 두려워

　　　잘못을 저질렀습니다, 혹시라도 마님께서 이것을 잘

　　　못이라 여기신다면.

　　　한데 이제는 모든 사실을 아셨으니,

　　　그분과 당신, 두 분 모두에게 이롭도록　　　　　　485

　　　이 여인을 아껴 주시고, 마님께서 그녀에 대해

　　　하셨던 말들은 확실하게 지켜 주십시오.

　　　다른 모든 것은 손의 힘으로 이기신 그분도

　　　이 여인에 대한 사랑에는 완전히 패하셨으니까요.

데이아네이라 물론 나도 그렇게 하려고 생각하고 있으며,　490

결코 신들께 맞서 불리하게 싸우면서

또 다른 재난을 더 일으키지 않으렵니다. 이제 집 안

으로

들어갑시다, 그대가 전할 말을 가져가도록,

그리고 선물에 대한 보답으로 합당한 선물이 준비되

어야 하니

그것들도 가져가도록. 당신이 이렇게 큰 대열과   495

함께 왔는데, 빈손으로 떠나는 건 합당치 않으니까요.

(두 사람이 집으로 들어간다.)

(제1정립가)

코로스 (좌)

퀴프리스[33]께서는 항상 승리의 큰 힘을 지니시도다.

나는 신들의 일도 그냥 지나치고,

그 여신이 어떻게 크로노스의 아드님을 속였는지도   500

말하지 않고, 어둠 속에 계시는 하데스에 대해서도,

땅을 흔드는 포세이돈에 대해서도 언급하지 않으리.

하지만 이 여인을 배우자 삼아 결혼하고자

어떤 사지 건장한 이들이 나섰던가,

어떤 이들이 주먹질 난무하고 먼지구름 일어나는   505

다툼의 시련으로 나아갔던가?

(우)

하나는 강의 힘, 네 발로 버텨 선, 뿔 높은

황소 형상의

---

33) 바다에서 태어난 아프로디테가 퀴프로스 섬에 도착하였기에 퀴프리스로 불렀다.

아켈로오스[34]로서 오이니아다이[35]에서 왔으며, 다른
이는 박코스의 고향   510
테바이에서 왔도다, 뒤로 구부러진
활과 창들과 곤봉을 휘두르며,
제우스의 아드님이. 그들은 이때
가운데로 나가 맞섰도다, 결혼을 열망하여.
그때 아름다운 침상의 퀴프리스만이 가운데서   515
함께하며 심판 지팡이를 놀리셨도다.
(종가)
그때에 손에서 나는 소리 있었고,
활 소리 있었도다,
황소의 뿔 소리 뒤섞여.
또한 올라타고 목 조르는 소리,   520
파괴를 가져오는 이마의
타격과 두 사내의 신음도 있었도다.
그때에 아름다운 용모의 부드러운 그녀는
멀리까지 보이는 제방 곁에
앉아 있었도다, 자신의 남편 될 이를 기다리며.   525
나는 관전자[36]처럼 얘기를 전하도다.
다툼의 대상인 신부의 눈은
가련하게 결과를 기다리도다.

---

34) 9행 이하 참고.
35) 아켈로오스 강의 하구에 있는 도시.
36) 전하는 사본들에는 '어머니처럼'으로 되어 있으나, 뜻이 통하지 않으므로 지엘
린스키(Zielinski)의 제안을 따랐다.

그리고 갑작스레 어머니에게서 떠났도다,[37]
버림받은 송아지처럼.   530

데이아네이라   친구들이여, 손님이 길 떠나기 위해 집 안에서
　　　　　모든 포로 여인들과 얘기 나누는 동안,
　　　　　나는 바깥 당신들에게로 몰래 나왔습니다.
　　　　　한편으론 내 손이 한 일을 얘기하기 위해서고,
　　　　　또 내가 겪는 고통을 함께 한탄하려는 거예요.   535
　　　　　나는 그 처녀를, 아니, 그게 아닌 듯하네요, 그 결혼
　　　　　한 여인을
　　　　　받아들였습니다, 마치 선원이 짐을 받아들이듯,
　　　　　내 마음의 파멸이 될 화물을.
　　　　　그러니 이제 우리는 말하자면 둘이서 한 담요 밑에서
　　　　　포옹을 기다려야 합니다. 그런 것을 헤라클레스께서,   540
　　　　　내가 신의 있고 좋은 사람이라 부르는 그 사람이,
　　　　　오랜 시간 집을 지킨 데 대한 보답으로 내게 보냈습
　　　　　니다.
　　　　　나는 그 병[38]을 자주 앓는 저이에게
　　　　　화 낼 줄은 모릅니다.
　　　　　하지만 이 여인과 함께 사는 일을 어떤 여자가   545
　　　　　감당할 수 있을까요, 같은 남편을 공유하면서?

---

37) 보통은 헤라클레스가 아내의 집에 한동안 살다가 실수로 한 소년을 죽이는
　　바람에 트라키스로 이주한 것으로 되어 있으나, 이 작품에서는 결혼 후에 곧장
　　떠난 것으로 만들었다.
38) 445행 각주 참고.

내가 보기에 한 여자의 청춘은 피어나고, 다른 여자
의 젊음은
시들고 있습니다. 사람의 눈은 그중 하나를 보고는
꽃 꺾기를
열망하고, 다른 하나로부터는 발길을 돌리지요.
그래서 나는 이제, 헤라클레스께서 이름만   550
내 남편일 뿐, 사실상 더 젊은 저 여인의 남자가 될
까 봐 두렵습니다.
하지만 내가 말했던 대로 화를 내는 건 지각 있는
여자에겐 전혀 어울리지 않지요. 그런데, 친구들이
여, 내가 그 고통에 대한
어떤 해결책을 갖고 있는지 그대들에게 말하리다.
내게는 언젠가 옛 짐승에게서 받은 오래된   555
선물이 있습니다. 청동의 상자에 숨겨진 것이지요.
그것은 내가 아주 젊었을 적, 가슴털 부스스한 넷소
스[39]가
죽을 때 그에게서, 그의 핏덩이에서 얻은 것입니다.
그는 깊이 흐르는 에우에노스 강[40]에서 삯을 받고
사람들을 그의 손으로 건너게 해 주었지요, 데려다
주는   560
노의 손잡이도, 배의 돛도 쓰지 않고.
넷소스는, 내가 처음 아버지의 보내심에 따라

---

39) 상반신은 인간이고 하반신은 말인 켄타우로스 족의 하나.
40) 오이테 산의 서쪽 사면에서 발원하여 아이톨리아를 가로질러 칼뤼돈의 동쪽
　　에서 코린토스 만으로 흘러드는 강.

헤라클레스의 아내로서 함께 여행하고 있을 때,
나를 어깨에 얹어 나르다가 강 한가운데 다다르자
내게 방자한 손을 댔지요. 나는 비명을 질렀고,   565
제우스의 아들은 즉시 몸을 돌려 그 손으로
깃털 달린 화살을 날렸습니다. 그것은 허파까지
가슴을 휙 뚫고 들어갔지요. 그 짐승은 죽어 가면서
이렇게 말했습니다. '오이네우스 노인의 아이여,
그대가 내 말을 따른다면, 내가 그대를 날라 준 게   570
아주 큰 이익이 될 거요, 당신은 내가 마지막으로
건네준 사람이니까.
만일 당신이 내 상처 언저리, 레르네 휘드라가 키운
검은 담즙의 독이 적시고 있는 부위에서[41]
엉겨 붙은 피를 손으로 거두어 간다면 말이오.
그러면 이것은 당신을 위해 헤라클레스의 마음을   575
매혹하는 약이 될 게요, 그가 어떤 여자를 보고서도
당신보다 더 많이 사랑하지 않도록.'
오, 친구들이여, 이것을 생각해 내고서 — 그것은
그자가 죽은 후로 집 안에 잘 봉해져 있었으니까
요. —
이 키톤[42]을 적셨어요, 그자가 살았을 때   580
일러 준 것들을 두루 적용해서. 그리고 이렇게 완성

---

41) 헤라클레스는 레르네에서 머리 아홉 개 달린 물뱀 휘드라를 죽이고 그 담즙의
독에 화살촉을 담갔다. 넷소스는 그 화살에 맞아 죽었으므로, 그 피에는 휘드
라의 독이 들어 있는 것이다.
42) 아래위를 잇대어 단 희랍 옷.

됐지요.

사악한 담대함은 내가 알지 못하기를,

배우지도 않기를! 대담한 여자들을 나는 싫어합니다.

하지만 내가 어떻게든 사랑의 묘약과 헤라클레스를

매혹할 수단을 써서 저 처녀를 능가할 수만 있다면,   585

작업은 다 꾸며져 있습니다, 혹시 내가 무분별하게 행동하는 것으로

보이지 않는다면 말이죠. 그렇게 보인다면, 곧 그만 두리다.

코로스 장   그렇지요, 그 행동에 믿을 만한 근거가 있다면

　　　　　우리가 보기에 당신은 계획을 잘못 세운 게 아닙니다.

데이아네이라   그렇게 될 것 같다는 추측이 믿을 근거예요.   590

　　　　　하지만 내가 제대로 시험해 본 건 아니에요.

코로스 장   하지만 행해 봐야만 알 수 있습니다. 그러니, 효과가 있을 것 같아 보이더라도,

　　　　　시험해 보지 않곤 이렇다 저렇다 판단할 수 없지요.

데이아네이라   그래요, 우리는 곧 알게 될 거예요. 저 사람이 벌써

　　　　　문가에 있는 것이 보이니. 그는 금방 떠날 거예요.   595

　　　　　이 얘기는 당신들만 알고 잘 덮어 두세요. 부끄러운 일도

　　　　　어둠 속에서 행하면, 수치로 떨어지지 않으니까요.

(리카스가 집에서 나온다.)

리카스   무엇을 해야 합니까? 명하십시오, 오이네우스의 따
     님이시여.

     저는 벌써 많이 지체하고 있으니까요.

데이아네이라   사실 나는 당신이 안에 있는 이방 여인들과

     이야기를 나누는 동안,   600

     바로 이걸 준비하고 있었어요, 리카스여,

     그대가 나를 위해서 저분께

     내 손이 보내는 선물로서 이 긴 의복을 가져가도록.

     이것을 드리고 말하세요, 사람들 중 누구도

     그분보다 먼저 이걸 몸에 둘러 입지 못하게 하라고,   605

     그리고 그분이 찬란하게 모습을 드러내고 서서

     황소를 잡아 바치는 날, 신들께 보여 드리기 전에는,

     태양의 빛살도,

     신성한 울타리도, 화덕의 불빛도 그 옷을 보지 못하
     도록 하라고.

     그렇게 나는 기원했었으니까요, 만일 그가 집으로   610

     안전하게 오는 것을 내가 보거나 들으면, 서원에 합
     당하게

     이 키톤을 갖춰 입힐 것이고, 그가 새옷 입고

     새로운 제사를 바치는 모습을 신들께 보여 드리겠노
     라고.

     당신은 그 물건들의 표식을 가져가게 될 겁니다. 그
     러면 그분께서

     이 테두리 안에 찍힌 인장을 쉽게 알아볼 거예요.   615

     자, 이제 떠나세요. 그리고 우선 규율을 지키세요,

호송자가 쓸데없이 과한 행동을 시도하면 안 된다는[43]
것 말이에요.
다음으로, 일을 잘 수행해서 저분의 감사와 나의 감
사를 합쳐
두 배의 감사를 받도록 하세요.

리카스 예, 헤르메스의 기술[44]을 제가 확실하게   620
수행하는 한, 당신의 일에 관해서는 실족하지 않을
것입니다.
이 상자를 지금 상태 그대로 가져가서 보이고,
당신이 설명하는 것을 확실히 덧붙여 전하겠습니다.

데이아네이라 이제 가도 좋아요. 지금 집안의 일들이
어떻게 돌아가는지는 잘 알겠지요?   625

리카스 저는 집안이 그동안 무사했음을 알겠고, 또 그렇게
전할 것입니다.

데이아네이라 그리고 또 당신은 저 이방 여인의 상황도, 그
대접을 직접 보아서
알겠지요, 내가 그녀를 친절하게 받아들였음을.

리카스 그러셨지요, 제 가슴이 기쁨으로 놀랄 만큼.

데이아네이라 그러면 이제 달리 말할 것이 뭐 있겠어요? 그
저 내가 그분을 그리워한다는 걸 당신이   630
너무 일찍 전할까 봐 두려울 뿐이에요.
그분이 우리를 그리워하는지 어떤지, 저쪽의 심정을

---

43) 봉인을 뜯지 말라는 뜻으로 보인다.
44) 전령이 하는 일.

알기도 전에 말이죠.

(리카스가 나간다. 데이아네이라도 안으로 들어간다.)

(제2정립가)

코로스　(좌 1)

오, 배 머무는 항구와, 바위에서 솟는 더운 목욕물[45]

과, 오이테의

언덕 곁에 사는 이들이여! 그리고 말리스의　　　　　　　635

땅들 가운데에 놓인 바다[46]와

황금의 실톳대들을 지닌 처녀[47]의 해변 곁에,

희랍인들의 퓔라티데스 모임[48]으로 유명한 그곳 주민

들이여!

---

45) 테르모퓔라이의 유황천. 아리스토파네스의 희극 「구름」 1050행의 고대 주석에
　　따르면, 이곳에서 헤라클레스가 목욕하고 쉬도록 신들이 샘을 솟게 해 주었다고
　　한다.

46) 이 바다는 삼면이 땅으로 둘러싸여 있다.

47) 대개는 '황금의 화살을 지닌' 아르테미스를 가리키는 것으로 보고 있다. 고대
　　희랍에서는 양털에서 실을 뽑아내어 긴 꼬챙이(실톳대)에 감았다. 그 꼬챙이는
　　화살과 유사하기 때문에 화살을 지닌 아르테미스 여신이 비유적으로 '황금의 실
　　톳대'를 지닌 것으로 그려졌다. 많은 바닷가에서 '바다의' 아르테미스를 섬겼다.

48) 희랍에는 여러 성역들을 관리하고 거기서 행해지는 제의들을 관장하기 위한
　　회의들이 있었는데, 이들을 암픽튀오니아(amphictyonia)라고 부른다.(이 이름은
　　데우칼리온의 아들인 암픽튀온에서 따온 것이다.) 그중에 가장 중요한 두 가지
　　회의가 델포이에서 있었던 것과, 테르모퓔라이 서쪽의 안텔라에서 있었던 것이
　　다. 여기서는 후자를 노래하고 있다. '퓔라티데스'는 '대문의'라는 뜻이다. '테르
　　모퓔라이'가 '더운 대문'이라는 뜻이라 그 가까이에서 열리는 회의를 그렇게 부
　　른 것이다.

(우 1)

아름답게 외치는 피리가 곧 그대들을 위해, 괴롭지

않은   640

울림을 반향하며 다시 올라오리라, 신들의

음악을 들려주는 리라와 대등하게.

알크메네에게서 난 제우스의 아드님이

온전한 덕의 노획물을 지닌 채 집으로 달려오리니.   645

(좌 2)

도시를 떠난 그분을 우리는

열두 달 내내

기다렸도다, 바다에서 떠도는 그를,[49] 아무것도

모르는 채. 그때 그분의 아내는 비통한   650

가슴으로 괴로워하며

늘 눈물에 젖어 시들어 갔도다.

하지만 이제 아레스께서 분기하여

괴로움의 날을 풀어 없앴도다.

(우 2)

오시기를, 오시기를! 멈추지 마시길,   655

그분을 실은 배가, 많은 노를 가진 수레가,

섬에 있는 제단을 떠나서

이 도시에 다다르기까지!

소문에 거기서 그분이 제물 바치고 있다 하니.

---

49) 코로스는 헤라클레스가 옴팔레에게 팔려 가기 전이나 그 후에 바다에서 떠돈
   것으로 상상하고 있다.

거기서 오시기를, 옷에 덧바른 설득의 묘약이 몸에
스며들어,   660
저 짐승 켄타우로스의 부추김을 받아
사랑으로 가득한 채!

(데이아네이라가 집에서 나온다.)

데이아네이라   여인들이여, 내가 방금 한 모든 일이 지나쳤
         던 게
         아닌가 두렵습니다.
코로스 장   무슨 일인가요, 데이아네이라, 오이네우스의 딸
         이여?   665
데이아네이라   모르겠어요. 하지만 내가 선한 희망에서
         계획한 일이 혹시 곧 악한 짓이 되지 않을까 두렵습
         니다.
코로스 장   혹시 헤라클레스 님께 보낸 당신의 선물과 관련
         된 일인가요?
데이아네이라   바로 그거예요. 혹시 내가 사람들에게, 분명
         치 않은 일에는
         열심을 내지 말라는 충고를 주는 게 될지도 몰라서요.   670
코로스 장   얘기해 주세요, 혹시 말해도 되는 것이라면, 무
         엇 때문에 두려워하는지.
데이아네이라   여인들이여, 얘기하자면 이렇습니다.
         그대들이 뜻밖의 놀라움을 얻을 일이지요.
         내가 방금 그 예복을 칠하는 데 썼던,

흰 양의 풍성한 털뭉치가   675
사라져 버렸어요, 먹혀 버렸지요. 집 안의
그 어떤 것에 의해서도 아니고, 스스로 먹어 들어가
소멸했어요,
돌바닥 위에 부스러져서요. 이 일이 어떻게 일어났
는지
당신이 모두 알 수 있게, 더 자세히 얘기하지요.
나는 저 짐승 켄타우로스가 내게, 쓰라린 미늘로   680
옆구리에 고통을 당하면서 미리 가르쳐 준
처방들 중에 어떤 것도 소홀히 하지 않고 잘 기억하
고 있었어요,
마치 청동 서판에 쓰여 닦아 내기 어려운 글자처럼.
[그리고 그것은 내게 진작 전해져 있었고, 나는 그대로
행했지요.]⁵⁰⁾
즉, 그 약을 불에 가까이하지 말고, 더운 햇살에   685
닿지 않게 항상 구석에 보관하라는 거였습니다,
언젠가 옷에 묻혀 신선한 상태로 사용하기까지는요.
나는 그렇게 했지요. 한데 이제, 일을 실행할 때가
되어,
집 안의 실내에서 아주 은밀하게
옷에 발랐어요, 집에서 기르는 짐승의 털을 뜯어서.   690
그리고 그 선물을 개켜서 햇빛을 받지 않게

---

50) 이 구절을 그대로 두는 것이 옳은지, 지우는 게 옳은지에 대해서는 학자들의
   의견이 엇갈리고 있다.

우묵한 상자에 넣었지요, 당신들도 보았다시피.
그런데 안으로 들어가다가 말로 할 수 없는
일을 보게 되었죠, 인간의 머리로는 이해할 수 없는
일을.
털뭉치를 어쩌다가 던져 넣었던 거예요,   695
[약 칠하는 데 사용했던 양털 뭉치를 불길 가운데에다,]
태양의 빛살에. 그런데 그것이 온기를 얻자,
아주 희미하게 녹아들어, 땅에서 부스러져 버렸어요,
그 모양은 나무를 자를 때
톱밥을 보는 것과 아주 비슷했지요.   700
그것은 그렇게 떨어진 자리에 놓여 있었죠. 그런데,
땅에서,
그것이 놓여 있던 자리에서 거품 덩어리가 끓어올랐
어요,
마치 박코스의 포도 덩굴에서 딴 푸른 과실의
풍요한 즙이 땅에 쏟아졌을 때같이.
그러니 불행한 나는 어떻게 생각해야 할지 모르겠어요.   705
나는 내가 끔찍한 짓을 저질렀다는 걸 알았어요.
대체 어떤 점에서, 무엇 때문에 그 짐승이 죽어 가며
내게 호의를 베풀었겠어요, 나 때문에 죽게 되었는데.
그럴 리가 없어요. 그는 자기를 죽인 자를 멸하고
싶어서 나를 홀린 거예요. 나는 그 깨달음을 너무
늦게,   710
알아도 소용없을 때에 얻은 거지요.
혹시 내가 잘못 생각한 걸로 드러나지 않는 한,

진정 불행하게도 나 혼자 그를 완전히 파멸시킬 거
예요.
그가 쏜 화살이 신인 케이론⁵¹⁾까지도
괴롭혔다는 걸 난 아니까요. 그리고 그것이 닿기만
하면   715
어떤 짐승이든 모두 죽어 버리니까요. 한데 이 피로 된
검은 독도 저 넷소스의 상처에서 나온 것이니
어떻게 그분을 파괴하지 않겠어요? 내 생각으로는
그래요.
그래서 결심했어요, 만일 저분이 쓰러진다면,
같은 고통을 받아 나도 같이 죽으리라고.   720
오명을 입고서 사는 것은 견딜 수 없으니까요,
비천하지 않게 태어난 것을 명예로 여기는 여자에게는.

코로스 장   무서운 사태를 걱정하는 건 피할 수 없지만,
　　　　　결과를 보기도 전에 희망을 버려서는 안 됩니다.

데이아네이라   선하지 않은 계획들에는 용기가   725
　　　　　될 만한 희망이 있지 않아요.

코로스 장   하지만 고의가 아닌 실수에 대해서는
　　　　　분노도 부드럽지요. 그러니 당신도 관대한 대접을
　　　　　받는 게 합당합니다.

데이아네이라   재난을 공유하지 않고 자기 집에 짐 될 게

---

51) 의술, 음악, 수렵 등에 능했던 켄타우로스족의 현자. 케이론은 우연히 헤라클
레스의 화살에 맞아, 너무나 고통스러운 나머지 죽기를 원했지만 불사의 존재로
태어나서 죽을 수가 없었다. 결국 그는 프로메테우스와 운명을 맞바꿔 겨우 죽
을 수 있었다.(아폴로도로스, 『도서관』 2권 5장 4절 참고.)

없는 사람은 그렇게 말할 수 있겠지요. 730

코로스장 더 이상의 말을 삼가는 게 좋겠군요,

당신의 아들에게 뭔가 말하려는 게 아니라면.

아버지를 찾아 떠났던 그가 가까이 왔으니까요.

(휠로스가 들어온다.)

휠로스 오, 어머니, 당신에 대해 세 가지 중 하나를 내가

고를 수 있다면 얼마나 좋을까요,

당신이 전혀 살아 있지 않거나, 살아 있다면 다른 사

람의 735

어머니라 불리든가, 아니면 지금 이 사태에 대해

당신이 좀 더 나은 생각을 떠올렸든가 중에서요.

데이아네이라 대체 나의 어떤 점이 그리 혐오스럽더냐, 애야?

휠로스 당신은 당신 남편을, 저의 아버지를

오늘 죽게 했다는 걸 아시기 바랍니다. 740

데이아네이라 아아, 아들아, 네가 어떤 소식을 가져온 것이냐?

휠로스 이미 이루어진 일입니다. 대체 누가

이미 일어나 버린 일을 없던 것으로 만들 수 있겠습

니까?

데이아네이라 무슨 말이더냐, 애야? 대체 누구에게서 듣고서,

그렇게 끔찍한 일을 내가 했다는 게냐? 745

휠로스 제가 직접 아버지의 무거운 재난을 눈으로

보았습니다, 누구의 혀로부터 들은 게 아니라요.

데이아네이라 대체 어디서 네 아버지를 만나 곁에 있었느냐?

힐로스　당신이 아셔야만 하겠다면, 진정 모든 것을 얘기해
야겠지요.

그분이 에우뤼토스의 이름난 도시를 파괴하고는 승
리의 노획 무기들과　　　　　　　　　　　　　　　　750

으뜸의 약탈품들을 이끌어 오고 계실 때,

에우보이아의 케나이온 곶, 두루 파도치는

한 해변에서, 거기서 그분은 조상 때부터 섬겨 온
제우스를 위해

제단들과 성역에 딸린 숲을 경계 지었죠.

거기서 저는 아버지를 처음으로 뵈었습니다, 그리움
에 기뻐하면서요.　　　　　　　　　　　　　　　　755

한데 아버지께서 많은 희생을 바치려는 참에, 그분
에게

우리 가문의 시종 리카스가 집으로부터 도착했습니다,

당신의 선물인 죽음의 의복을 가지고서.

아버지는 당신의 지시대로 그 옷을 입었고,

우선 노획물의 첫 열매로서 온전한 열두 마리의 소
들을　　　　　　　　　　　　　　　　　　　　　760

취하여 잡기 시작했습니다. 그러고는 백 마리 짐승을

모두 한곳으로 섞어서 이끌었습니다.

그리고 먼저, 그 불행한 분은 평온하게

장식과 의복에 기뻐하며 기도를 올렸습니다.

그런데 신성한 제의의 불길이 피를 받아　　　　　765

기름진 나무로부터 타오르자,

아버지의 몸에서 땀이 솟았고, 키톤이

옆구리에 찰싹 달라붙었습니다, 마치 장인이
그렇게 꼭 맞게 만든 것처럼 그의 온 관절에. 그리고
뼈를 물어뜯는
발작적인 고통이 그를 덮쳤습니다. 그러고 나서 적대
적인   770
독사의 파멸적인 독이 그러하듯 아버지를 먹어 들어
갔어요.
그러자 아버지께서는 불운한 리카스, 당신의 악행에
아무 책임도 없는 그 사람에게 소리쳐 물었습니다,
무슨 계략으로 그 옷을 가져왔느냐고.
그 불쌍한 사람은 아무것도 모른 채, 당신이 보낸   775
선물이며 보내진 그대로라고 말했지요.
그분은 그 말을 듣고, 꿰뚫는 고통의
경련이 폐에 달라붙자,
리카스의 발을, 관절이 굽은 곳을 잡아채어,
바다의 파도로 에워싸인 바위에 내동댕이쳤습니다.   780
그러자 머리카락 사이로 하얀 뇌수가 흩어져 나오
고 머리
가운데가 쪼개져 나가면서 피가 튀었습니다.
온 백성이 비통함에 비명을 내질렀지요,
한 사람은 병들었고, 또 한 사람은 파멸했으니까요.
그리고 누구도 그분 앞으로 다가갈 엄두를 내지 못
했습니다.   785
그가 고통이 이끄는 대로 땅바닥에 뒹굴고 공중으
로 뛰어올랐기 때문입니다,

소리를 지르고 고함을 치면서. 그러자 주위의 절벽
들과
로크리스[52]의 험준한 곳들과 에우보이아의 해변이
울렸지요.
하지만 그가 괴로워하며 땅에 수없이 몸을 던지고,
수없이 비통함에 소리치다가 지쳤을 때,   790
저주받을 당신의 혐오스러운, 눕지 못할 결혼 침상과,
오이네우스와 인척이 된 것을, 그리고 거기서
어떤 인생의 재난이 비롯되었는지를 욕하다가,
그곳을 에워싼 짙은 제물 연기를 뚫고 이리저리 돌
아가는
눈을 들어, 많은 무리 가운데 눈물 흘리고 있는   795
나를 발견하시고는, 눈길을 던져 불렀습니다.
'얘야, 가까이 오거라, 나의 재난을 피하지 마라,
설사 내가 죽을 때 네가 함께 죽어야 한다 해도.
나를 들어내 — 이게 제일 좋은 방법 같구나. — 인
간 중 누구도
나를 보지 못할 곳에 두어라.   800
만일 네가 동정심 때문에 그리 못하겠다면, 최소한
이 땅으로부터
나를 최대한 빨리 내보내 주어, 내가 여기서 죽지
않게 해 다오.'
아버지는 그렇게 명했고, 우리는 그분을 배 한가운데

뉘어 이 땅으로 겨우 데려왔습니다,

발작으로 울부짖는 그분을. 그리고 당신은 곧, 그분이 805

살아 있든 방금 죽었든 간에, 보게 될 것입니다.

어머니, 당신은 내 아버지를 해치고자 그러한 짓을 꾸미고

실행하다가 붙잡힌 셈이지요. 그것에 대해 벌주시는 디케가,

그리고 에리뉘스가 보복하시길! 그것이 정의라면, 나는 기원합니다.

그리고 그것이 옳지요, 당신이 내 앞에 그 권리를 던져 주었으니까요, 810

지상의 모든 인간 가운데 가장 뛰어난 분을

죽였으니까요, 그와 같은 다른 사람을 당신은 결코 볼 수 없을 테니까요.

(데이아네이라가 말없이 집으로 들어간다.)

코로스장 왜 말없이 떠나시나요? 그대가 침묵하면

고발자의 주장을 인정하는 셈이란 걸 모르시나요?

휠로스 가게 놔두시오. 떠나는 그녀를 바람이 815

밀어 주기를, 내 눈으로부터 멀어지도록!

공연히 어머니라는 이름의 위엄을 지닐 필요가

어디 있습니까, 전혀 어미답게 행동하지 않은 여자라면.

그러니 평안히 가게 두세요. 내 아버지께 그녀가 주고 있는

즐거움을 그녀 자신도 차지하기를! 820

(제3정립가)

코로스　(좌 1)

　　보아라, 오, 딸들이여, 오래전에 내린 예지의

　　신탁 말씀이 얼마나 갑자기 우리에게

　　성큼 다가섰는지!

　　신탁은 선언했도다, 달이 차고 이울어

　　열두 해가 지나면, 제우스 자신의 아드님이　　　　825

　　노역을 받는 일은 끝나리라고.

　　그리고 이 일들은 제대로

　　확실하게 순풍을 받고 있도다.

　　왜냐하면, 죽어 빛을 보지 못하는 사람이 대체 어떻게

　　여전히, 여전히 고통스러운

　　노역을 질 수 있으리오?　　　　　　　　　　　830

　　(우 1)

　　만일 교활한 필연이 켄타우로스53)의

　　피의 구름으로 그의 허리를

　　감싸고 찔러 댔다면, 죽음이 낳은,

　　희번덕이는 뱀이 낳은 독이 달라붙었다면,

　　어떻게 그가 다시 해 뜨는 것을 볼 수 있으리오?　　835

　　휘드라의 끔찍한

　　형상이

　　들러붙었으니. 검은 머리 넷소스의

　　거짓말이 죽음을 가지고 찾아와

---

53) 반인반마 넷소스를 가리킨다.

드잡이 중에 날뛰며

뾰족한 꼬챙이처럼 그를 해치는구나.　　　　　840

(좌 2)

불행한 그녀는 이 일들을 두려워 않고,

새로운 결혼의 큰 해악이

집으로 닥쳐오는 것을

보고서, 제 뜻에 따라

처방했구나, 한편으론 다른 말을 하는 이의

생각에서 유래한 것을, 저 파멸적인 만남에서 온 것을.　845

진정 죽으리만큼 그녀는 신음하도다,

진정 짙은 눈물

방울을 다시금 떨어뜨리는도다.

운명이 다가와 내보이는도다, 기만이 낳은

거대한 재난을.　　　　　850

(우 2)

눈물의 샘이 터졌구나,

질병이 쏟아졌도다, 오오 아아,

적들에 의해서는 결코

이분의 영광스러운 몸에 닥친 적 없던 것이,

그토록 동정받아 마땅한 괴로움이.　　　　　855

아아, 전열의 맨 앞에 서서 싸우는 창의 검은 머리여,

그때 가파른 오이칼리아로부터

이 신부를 창날로써

얼른 데려온 자여!

하지만 말없는 참관자 퀴프리스가 명백히　　　　　860

이 일들을 이루신 이로 드러났도다.

유모 (집 안에서) 아이고아이고.

코로스 내가 공연한 생각을 하는 걸까요, 아니면 뭔가 집 안에서 방금
        일어난, 동정해야 할 사건의 소리가 들리는 걸까요?
        무어라 할까요?   865
        누군가 안에서 분명한, 불운의 비명을
        울리고 있습니다. 이 집에 무언가 또 새로운 일이 생
        겼구려.
        보시오,
        저 여인을. 저 노파가 기쁨 없이, 눈썹을 우그린 채
        우리에게 오고 있습니다, 뭔가를 전하려고.   870

(유모가 집에서 나온다.)

(유모는 일상적인 어투로, 코로스는 노래로 대화를 나눈다.)

유모 오 딸들이여, 헤라클레스 님께 보낸 선물이
      얼마나 큰 재앙을 우리에게 일으켰는지.

코로스 노파여, 대체 또 무슨 새로운 일을 말하는지요?

유모 데이아네이라께서 모든 길 중 마지막 길을
      가셨다오, 움직이지 않는 발로.   875

코로스 돌아가셨다는 것은 아니겠지요?

유모   그대는 모든 것을

들은 셈이오.

코로스 불쌍한 그녀가 죽었나요?

유모 　　　　　　　　　그대는 그것을 두 번째로
듣고 있소.

코로스 불쌍도 해라. 그녀가 어떤 방법으로 파멸하여 죽었
다는 말씀인가요?

유모 가차 없는 방법으로 실행하셨어요.

코로스 　　　　　　　　　말해 주세요, 여
인이여,
어떤 운명으로써 그녀는 달려갔나요?　　　　　　　　880

유모 〈양날의 칼⁵⁴⁾로써〉 자신을 멸했다오.

코로스 어떤 격정이, 아니면 어떤 질병이
이 여인을 사악한 무기의 날로써
움켜잡았나요? 어떻게 그녀는 홀로
남편의 죽음에 덧붙여 다른 죽음을,　　　　　　　　885
신음을 자아내는 강철의 베임으로
이루려 계획했나요?
오, 헛소리하는 이여, 그대가 저 험한 행동을 직접
보았소?

유모 보았다오, 정말로 가까이 곁에 서서.

코로스 장 이 무슨 대담한 짓이오? 어찌 된 것인지 부디
말해 주세요.　　　　　　　　890

---

54) 전하는 사본들에는 자살 방법이 밝혀져 있지 않아서 H. 로이드 존스와 N. G.
윌슨의 보충을 따랐음.

유모　스스로 제 뜻에 따라 제 손으로 이뤘다오.

코로스　대체 그게 있을 수 있는 일인가요?

유모　　　　　　　　　　　　　　분명하다오.

코로스　낳았도다, 낳았도다, 검은
에리뉘스를, 새로 온
이 신부 이올레는, 이 집을 위해.　　　　　　　895

유모　너무나도 맞는 말이오. 하지만 당신이 그 곁에 가까
이 서서
그녀가 한 일을 보았다면, 정말로 더 동정했을 거요.

코로스　게다가, 어떤 여인의 손이 감히 그런 일을 행할 수
있을까요?

유모　정말로 무서운 일이지요. 하지만 나를 위해 증인이
되도록 들어 보시오.
그녀는 집 안으로 혼자 들어가서,　　　　　　900
자기 아들이 아버지를 맞으러 다시 돌아가려고
마당에 우묵한 들것을 펼치는 것을 보자,
누구도 보지 못하도록 자신을 감싸고서
제단 가까이에 쓰러져 울부짖었다오, 그 제단들이
곧 황폐하게 되리라고. 그리고 불행한 그녀가　　　905
사용해 왔던 기물마다 손에 닿는 대로 모두 애곡했
다오.
그리고 집 안을 이리로 저리로 돌아다니면서,
사랑하는 집안 식구 중 누구든 마주치면
불쌍한 그녀는 그를 주시하면서 울었지요,
자신의 운명을 탄식하며,　　　　　　　　910

[그리고 앞으로는 자식 없게 될 재산들을.][55]
그런데 나는 갑자기 그녀가 이런 일을 그치고
헤라클레스의 침실로 달려 들어가는 것을 봤소.
그리고 그늘에 가리운 채 숨어서
지켜보았다오. 다음에 그 여인은 헤라클레스의   915
침상에 천을 펼쳐 던지더이다.
그러고 나서, 그녀는 침상 위로 뛰어올라
잠자리 한가운데에 앉았지요.
그러고는 뜨거운 눈물을 터뜨려 쏟으며
말했다오. '오, 침상이여, 그리고 나의 신방이여,   920
이제 잘 있기를, 더 이상 너희는 내가
이 침소에 눕는 걸 받아들일 일 없을 터이니!'
이렇게 말하고는 격한 손길로
자신의 옷을 풀어 헤치기 시작했다오, 가슴에
금으로 아로새겨진 옷핀이 놓여 있는 부분을. 그리
고 왼쪽   925
옆구리 전부와 팔을 드러냈다오.
그래서 내가 힘닿는 대로 급히 달려가서
아들에게 그녀가 이런 일을 꾸미고 있다고 알렸다오.
그런데 내가 이쪽저쪽으로 내달리는 사이에
그녀가 양날 칼로써 옆구리의   930
배와 가슴 사이를 찌른 것을 보게 되었다오.

---

55) 원문이 훼손된 것으로 보이는 구절이다. 하지만 대체로, 자기 자식들이 집안
재산을 빼앗길까 봐 슬퍼하는 것으로 볼 수 있다.

이것을 보자 아들은 통곡했지요. 불행한 그는 자신
이 성급한 분노로
그녀를 죽음으로 몰아붙였다는 것을 깨달았으니
까요.
뒤늦게 집안사람들에게서, 그녀가 그럴 의도가 없었
는데 저 짐승의 부추김 때문에
이 일을 저질렀다는 사실을 알고서 말이오.   935
그리고 이 불행한 아들은 애곡을
남김없이 행하고, 그녀를 얼싸안고 울면서
끊임없이 입 맞추고, 옆구리에 바짝 붙어
거듭 울부짖으며 누워 있었다오,
자신이 그녀에게 이유도 없이 못된 비난을 던졌노
라고,   940
자기 한 사람이 두 사람을, 아버지와 그녀를 동시에
잃고서 평생을 살아가야 한다고 애통해하면서.
안에서 일어난 일은 그러하다오. 그러니 만일 누가
두 날 혹은
더 많은 날들에 대하여 궁리한다면,
그건 헛된 짓이오. 내일이란 없으니 말이오,   945
오늘을 잘 보내기 전에는.

(유모 퇴장)

(제4정립가)

코로스 (좌 1)

어느 것을 먼저 탄식해야 하나,
어느 쪽이 더 슬픈가,

불행한 나로선 결정하기 어렵구나.

(우 1)

한 가지 슬픔은 이미 우리가 볼 수 있도록 집 안에
있으며,   950
또 다른 슬픔은 예상 속에 기다리고 있구나.
고통을 지닌 것이나 앞으로 지니게 될 것이나 매한
가지인 것을!

(좌 2)

어떤 바람이 이 집을 향해
세차게 일어났으면, 이곳을 벗어나게끔
나를 도와 멀리 데려가도록! 제우스의   955
저 강한 자손을
보자마자 무서워
내가 죽지 않게끔!
사람들이 말하기를 그는 풀려나기 어려운
고통 속에 집 앞으로 오고 있다니,   960
이루 말할 수 없는 모습으로.

(우 2)

그러니 가깝도다, 멀리 있지 않도다, 내가
날카로운 소리의 밤꾀꼬리처럼 미리 슬퍼하는 그
분은.
여기 이방인들의 낯선 행렬이 있으니.
한데 그를 어떻게 날라 오고 있는가? 마치 친구를   965
애도하듯 소리 없이
무거운 발걸음을 옮기는구나.

아아, 이분은 목소리도 없이 옮겨지는구나.[56]

어떻게 판단해야 하나, 그가 이미 죽었나,

아니면 잠들었나?   970

(헤라클레스가 들것에 실려 오고, 휠로스가 집에서 나온다.)

휠로스 아아, 나는 당신으로 인하여,

아버지여 당신으로 인하여 비참합니다.

나는 어찌 될 것인가? 무엇을 해야 하나? 아아!

노인 조용히 하시오, 아들이여, 야수의 마음을 가진

아버지의 거친 고통을 깨우지 않도록.   975

그는 쓰러졌지만 살아 있으니. 그러니 이를 악물고

당신 입을 통제하시오.

휠로스 무슨 말인가요, 노인이여? 저분이 살아 있나요?

노인 잠에 사로잡힌 자를 깨우지도 말고,

움직여 일으키지도 마시오,

오가는 무서운   980

질병을, 오 아들이여.

휠로스   하지만 불쌍한 나의 머리 위에

한없이 무거운 짐이 있습니다. 내 마음은 말하기를

갈망합니다.

헤라클레스 오, 제우스여,

내가 어느 땅에 왔는가? 어떤 인간들 가운데

그치지 않는 고통에 시달리면서   985

---

56) 헤라클레스가 조용하다는 뜻일 수도 있고, 그를 옮기는 사람들이 침묵하고 있
   다는 뜻일 수도 있다.

내가 누워 있는가? 아아, 나는 불행하도다!

다시 저 더러운 병이 물어뜯는구나. 아아.

노인　그대는 몰랐는가, 침묵으로 감정을 숨기고,

　　　그의 머리와 눈으로부터 잠을 흩어 놓지 않는 게　　　990

　　　얼마나 나은지?

휠로스　　　　　　　　이 재난을 보면서

　　　어떻게 가만히 있을 수가 있습니까.

헤라클레스　오 케나이온 제단의 기초여,

　　　어떠한 제사에 대해 어떠한 보답을

　　　이 불쌍한 저에게 이루신 겁니까, 오 제우스여.　　　995

　　　어떠한 수치를 내게 얹으신 건가요, 어떠한 것을?

　　　그것을 불운한 내가 눈으로 결코

　　　보지 않았더라면! 주문[57]도 통하지 않는

　　　이 광기의 꽃을 대면하지 않게끔!

　　　제우스를 빼면 어떤 가객이, 어떤 의술의　　　1000

　　　시행자가 있으랴, 이 재앙을

　　　누그러뜨릴 이가.

　　　그런 이라면 나는 멀리서 기적을 보듯 쳐다보리라.

　　　(좌 1)

　　　아아,

　　　나를 놓아두어라, 놓아두어라,

　　　불운한 나를 누워 있도록,　　　1005

　　　불운한 나를 놓아두어라!

---

57) 주술적인 노래는 전통적인 치료 방법 중의 하나이다.

어디에, 내 몸 어디에 손을 대느냐? 어디로 돌리느냐?
나를 죽이겠구나, 죽이겠어!
잠잠할 것까지 들쑤셨구나.
내게 달라붙었구나, 아아, 다시 그것이 기어가는구
나! 어디서 왔느냐, 오,   1010
온 희랍에서 가장 못된 인간들아! 내가 너희를 위해
바다에서 그리고 모든 숲에서 그리도 많이 정화해 주
었거늘[58]
불행한 내가 파멸했는데, 이제 이 병든 사람에게
누구 하나 불도, 자비로운 칼도 돌리지 않으려는 것
이냐?
아아,
증오스러운 삶에서 벗어나게, 내 머리를   1015
베어 줄 자 없는가? 아아, 아아.

노인   오, 이분의 아들이여, 내 힘으로 할 수 있는 건
다 했다오. 이제 당신이 맡으시오. 당신께는 나보다
도움이 되는 더 큰 힘이 준비되어 있으니.[59]

휠로스   손은 댑
니다만,   1020
이분이 삶의 괴로움을 잊도록 만들 방법은, 안으로
부터든 밖으로부터든
내겐 없습니다. 그런 것은 제우스께서 주시는 거지요.

---

58) 바다와 육지의 괴물들을 퇴치한 것을 말한다.
59) 원문이 불분명하여 제브의 제안을 따랐다.

헤라클레스 (우 1)

오, 아들아, 대체 어디에 있느냐?

이렇게, 이렇게 잡아,

나를, 나를 들어 다오.   1025

아아, 아으, 신이여,

다시 달려드는구나, 달려들어, 망할 놈의

맞설 길 없는 거친 질병이

나를 완전히 파멸시키려고.   1030

아아, 아아, 팔라스여, 이것이 다시 나를 해하고 있

습니다. 아아, 아들아,

씨를 준 아비를 불쌍히 여겨, 나무랄 데 없는 칼을

뽑아라,

나의 빗장뼈 아래를 쳐라. 나의 고통을 치유하도록,

신을 무시하는   1035

네 어미가 나를 분노하게 만든 그 고통을. 그녀가

나를 파멸시킨 것처럼,

그대로 똑같이, 그대로 똑같이 쓰러지는 것을 보았

으면! 오, 달콤한 하데스여,   1040

아아,

오, 한핏줄 제우스시여, 잠재우소서, 잠재우소서,

나를,

재빨리 날개 치는 운명으로 불쌍한 나를 소멸시켜서.

코로스 장 이토록 끔찍한 왕의 재난을 보니 소름이 끼치는

군요,

친구들이여, 그가 얼마나 대단한 사람인데 이런 고

통에 시달리고 있는지.　　　　　　　　　　　　　　1045

헤라클레스　오, 나는 진정 뜨거운 고통을 수없이 겪었으며

　　　말로만이 아니라 손과 등으로 견뎌 냈었다.

　　　하지만 제우스의 부인도,

　　　가증스러운 에우뤼스테우스도 결코 내게 이토록 끔

　　　찍한 짐은 지우지 않았다,

　　　겉 다르고 속 다른 얼굴을 한 오이네우스의 딸이　　　1050

　　　내 어깨에 얹은, 에리뉘스들이

　　　짠 이 그물 같은 것은! 이것 때문에 내가 죽어 가고

　　　있구나!

　　　이것은 내 옆구리에 달라붙어 가장 깊은 속살까지

　　　파먹었고, 허파의 숨길에 자리를 틀고는

　　　빨아 먹고 있구나. 이것은 벌써 내 신선한　　　　　1055

　　　피를 다 들이켰고, 나는 온몸이

　　　사그라졌다, 형언할 수 없는 이 족쇄에 패하여.

　　　전장의 창들도, 땅에서 태어난 거인들의

　　　군대도, 짐승의 힘도,

　　　희랍도, 혀 없는 땅[60]도, 내가 깨끗케 하느라　　　　1060

　　　갔던 그 어떤 땅도 이런 짓은 결코 하지 못했다.

　　　그런데 여자가, 타고나기로 사내 아닌 계집이,

　　　홀로 칼도 없이 나를 움켜쥐었구나.

　　　오, 아들아, 내게서 태어난 진정한 아들이 되어라.

　　　그리고 더 이상 어머니라는 이름을 존중하지 마라.　　1065

---

60) 희랍어를 사용하지 않는 지역.

널 낳은 여자를 네 손으로 직접 집에서 잡아내어,
내 손에 건네다오. 네가, 저 여인이 정당한 징벌을 당해
학대받을 때, 그 모습보다 이 나의 고통을
더 많이 괴로워하는지 어떤지 내가 분명히 알게끔.
가라, 오, 자녀여, 감행해라. 불쌍히 여겨라, 많은 이
들에게   1070
불쌍해 보일 나를, 마치 처녀처럼
울며 부르짖는 나를. 어느 누구 하나 결코 말할 수
없을 것이다, 이 사람이 이전에도 이렇게 울부짖는
걸 본 적 있다고는.
나는 항상 고통들을 신음 없이 좇았노라.
그런데 이제 이런 일로 인해 불행히도 나는 여자로
드러났구나.   1075
이제 가까이 다가와 아비 곁에 서라,
그리고 살펴보아라, 내가 어떤 재난으로 해서 이런
고통을
겪었는지, 내가 덮은 것을 벗겨 이것을 보여 줄 터이니.
보아라, 그대들 모두가 구경하여라, 불쌍한 몸을!
보시오, 이 불행한 자를, 내가 얼마나 동정받아 마땅
한 일을 당하고 있는지.   1080
아이아이, 나는 불운하구나.
아이아이.
이것이, 재앙의 발작이 방금 다시 나를 달구었소,
옆구리로 파고들어. 몸속을 파고드는 이 저주받을
질병은

내가 씨름하지 않고 쉬도록 놓아 주지 않을 모양이
구나!
오, 왕이신 하데스여, 나를 받으소서,   1085
오, 제우스의 번갯불이여, 치소서.
내리던지소서, 왕이여, 벼락의 창을
내리꽂으소서, 아버지여. 그것이 다시 돌아와 파먹
는구나!
끝까지 갔다, 쑤셨다! 오, 손이여, 손이여,
오, 등이여, 또 가슴이여, 오, 나의 팔들이여,   1090
너희는 그 팔이 아니었더냐?
네메아에 살던, 소치기들에게 원령 같았던
사자를,[61] 그 다가갈 수 없고 달랠 길 없는 존재를
힘으로 제압한 팔이? 또 레르네의 휘드라를,
그리고 두 형태를 지닌, 남과 섞여 살지 않는, 말 위
에 상체를 가진 짐승들[62]의   1095
군대를, 오만한데다 법도 없고 엄청난 힘을 가진 자
들을,
또 에뤼만토스의 짐승[63]을, 또 땅 아래
하데스의 머리 셋 달린 개, 맞서 싸울 수 없는 놀라
운 존재,

---

61) 헤라클레스의 노역 가운데 첫 번째가 네메아의 사자를 죽이는 것이었으며, 이
후 그는 그 사자의 가죽을 몸에 둘렀다.
62) 켄타우로스. 헤라클레스는 에뤼만토스의 멧돼지를 잡으러 가는 도중에 켄타
우로스들과 싸웠다.(아폴로도로스, 『도서관』 2권 5장 4절 참고.)
63) 멧돼지.

무서운 에키드나[64]가 낳은 것[65]을, 또 세상 끝
처소에 있는 황금 사과를 지키던 용[66]을 제압했던
것이?   1100
그 밖에도 수많은 고역들을 나는 맛보았으며,
누구도 내 손을 제압하고 승리의 기념물을 세우지
못했다.
한데 지금 이렇게 관절도 굽히지 못하고 갈가리 찢
긴 채
눈먼 재앙에 처량하게 파괴되었구나,
최고의 어머니에게서 태어났다 이름 알려진 자가,   1105
별들을 다스리는 제우스의 자손이라고 불리는 자가.
하지만 너희가 이것만큼은 똑바로 알지어다, 설사
내가 아무것도 아니라 해도,
전혀 움직이지 못한다 해도, 이 짓을 행한 여인은
이런 몸으로도 내가 제압하리라는 것을. 단지 다가
오게만 하여라,
내가 살아서도 죽어서도 악인들은 징벌하고야 말았
다는 걸   1110
그녀가 배워 모든 사람에게 알릴 수 있도록.
코로스장   오, 불행한 희랍이여! 만일 그 땅이 이 사람을
잃는다면,

---

64) 반인반수의 괴물로서 상반신은 여자이며 하반신은 뱀의 모습이다.
65) 머리 셋 달린 저승의 개 케르베로스.
66) 헤라클레스는 세상 끝에 있는 헤스페리데스의 정원에서 용을 죽이고 그것이
    지키던 황금 사과를 가져왔다.

내가 생각하기에, 그 고통은 얼마나 엄청날지!

힐로스   당신이 침묵하여 제게 대답할 기회를 주셨으니,
　　　　아버지, 편찮으시더라도 제 말을 들어 보세요.　　　　1115
　　　　허락하셔야 마땅한 것을 당신께 구하려는 거니까요.
　　　　제 말대로 하십시오, 마음속에 물어뜯기는 대로
　　　　그렇게 격하게 분노하지 마시고. 그러지 않으면, 당신
　　　　이 어떤 상황에서 복수를
　　　　즐기려 하시는지, 어떤 상황에 대해 공연히 괴로워
　　　　하시는지 알 수가 없을 테니까요.

헤라클레스   할 말만 해라. 내가 아픈지라,　　·　　　　1120
　　　　네가 아까부터 교묘하게 하는 말들 중 어느 것도 이
　　　　해하지 못하겠구나.

힐로스   저는 제 어머니가 지금 어떤 상태인지, 어떤 상황
　　　　에서
　　　　마음에 없는 잘못을 저질렀는지 말하려 합니다.

헤라클레스   오, 더할 수 없이 못된 자여, 그러니까 진정 다시,
　　　　아비를 죽인 어미 얘길 꺼낸 거냐, 나더러 들으라고?　　1125

힐로스   침묵하는 것이 합당치 않은 상황이기 때문에 그렇
　　　　습니다.

헤라클레스   물론 침묵하면 합당치 않지, 이전에 저질러진
　　　　잘못들에 대해서는.

힐로스   하지만 오늘 일어난 일에 대해서도 그렇게 말씀하
　　　　시게 될 것입니다.

헤라클레스   말해라. 하지만 조심해라, 못된 놈으로 드러나
　　　　지 않도록.

휠로스 말씀드리지요. 그분은 돌아가셨습니다, 방금 칼에
　　　　　베어서.　　　　　　　　　　　　　　　　　　　　1130

헤라클레스 누가 그랬느냐? 너는 진정 불행 가운데 기적
　　　　　　같은 소식을 전하는구나.

휠로스 자기 손으로 직접 그랬습니다, 남의 손에 의해서가
　　　　　아니라.

헤라클레스 아아, 그래 내 손에 마땅히 죽기 전에 말이냐?

휠로스 모든 것을 알게 되면 아버지의 감정도 돌아설 것입
　　　　　니다.

헤라클레스 재주 좋게 얘기를 시작했구나. 어쨌든 무슨 생
　　　　　　각인지 말해라.　　　　　　　　　　　　　　　1135

휠로스 어머니가 저지른 모든 일은 좋은 결과를 바라다가
　　　　　그렇게 된 것입니다.

헤라클레스 좋은 결과를 바랐다고? 오, 악한아, 네 아비를
　　　　　　죽이고서?

휠로스 당신께 사랑의 미약을 보내는 거라 생각하여 실수
　　　　　했던
　　　　　것입니다, 집 안에 들어온 처녀를 보고서요.

헤라클레스 그러면 트라키스인들 중 누가 그렇게 대단한
　　　　　　약을 제조했더냐?　　　　　　　　　　　　　1140

휠로스 옛날에 켄타우로스 넷소스가 어머니에게 말했다
　　　　　합니다,
　　　　　이 약물이 아버지를 사랑에 미쳐 타오르게 할 거라고.

헤라클레스 아아, 그렇구나. 불운한 나는 불쌍하게도 가는
　　　　　　구나.

나는 죽었구나, 죽었어. 내게 더 이상 빛은 없도다.

아아, 이제 내가 어떤 재난 중에 서 있는지 알겠노라.　　1145

가라, 오, 아들이여. 네게 아비는 더 이상 없으니까.

나를 위해, 너와 같은 피를 나눈 모든 씨를 불러라.

그리고 불운한 알크메네를 불러라, 헛되이

제우스의 아내가 된 분을. 나의 마지막 말을,

신탁들 중에 내가 아는 만큼을 듣도록.　　1150

휠로스　　하지만 아버지의 어머니도 여기 계시지 않고,

바닷가 티륀스[67]에 정착해 계십니다.

그리고 몇몇 아이들은 그분이 데려다 직접 키우고
계시며,

일부는 테베[68] 시내에 살고 있습니다.

하지만 여기 있는 만큼의 우리들은, 뭔가 행해야　　1155

한다면, 아버지, 귀 기울여 최선을 다해 돕겠습니다.

헤라클레스　　그러면 너는 네가 해야 할 일을 들어라. 내 아
들이라고 불리는 네가

어떠한 사나이인지 보여 줄 시점에 도달했다.

사실 내게는 옛날 내 아버지께 받은 예언이 있었다.

살아 숨 쉬는 자들 중 누구도 결코 나를 죽이지 못
할 것이며,　　1160

스러져 하데스의 거주자가 된 자가 그러리라는 것이
었다.

---

67) 헤라클레스가 이피토스를 죽이기 전에 살던 곳.

68) 서문에서 말한 것처럼 이 도시는 대개 복수형 이름 '테바이'로 불리지만, 여기
서는 단수 '테베'로 쓰였다. 시에서는 이따금 단수 '테베'로 쓰인다.

그런데 예언된 신의 뜻대로, 이 짐승 켄타우로스가
죽어서도 이렇게 살아 있는 나를 죽였구나.
이제 나는 밝히겠노라, 이러한 상황에 들어맞는
새로운 신탁을, 옛것과 일치하는 것을.   1165
그것들을 나는, 산속에 살며 땅바닥에서 자는
셀로이[69]들의 숲으로 들어가서 적어 두었다,
많은 혀를 가진 내 아버지의 참나무[70]에서 받았느니라.
그 나무는 나에게, 살아 있는 현재의 시간[71]에
내게 얹힌 괴로움들에서 해방될 거라고   1170
말했다. 그래서 나는 앞으로 잘살 것으로 생각했었지.
그런데 그건 결국 내가 죽는다는 것일 뿐이었구나.
죽은 자들에게는 더 이상 괴로움이 들러붙지 않으
니까.
이것이 이제 분명하게 실현되고 있으니, 아들아,
너는 다시 나의 동맹자가 되어야 한다.   1175
그리고 지체하여 내 입을 날카롭게 만들지 말 것이며,
스스로 굴복하여 협력하고, 최고의 법[72]이 옳다는
것을
깨닫고 아버지에게 복종해야 한다.

---

69) 도도네의 사제. 땅바닥에서 자고 발을 씻지 않는 것으로 유명하다. 이러한 관습은 땅과의 접촉을 계속 유지하고 그럼으로써 땅의 기운을 받기 위한 것으로 보인다.

70) 도도네에서는 참나무가 바람에 흔들리는 소리를 듣고 사제들이 신탁을 적어 주었다고 한다.

71) 과거는 죽은 시간, 현재는 살아 있는 시간, 미래는 태어나지 않은 시간으로 본다.

72) 부모에게 복종하라는 법.

힐로스 알겠습니다, 아버지. 얘기가 그렇게까지 진행된 것은
두렵습니다만, 결정하시는 대로 따르겠습니다.　　　1180

헤라클레스 우선 내게 오른손을 다오.

힐로스 왜 이렇게 지나칠 정도의 신뢰를 요구하시는 것인
지요?

헤라클레스 불복하지 말고, 얼른 손을 주지 못할까?

힐로스 여기 앞으로 내밉니다. 그리고 아무것도 되묻지 않
겠습니다.

헤라클레스 이제 나를 낳으신 제우스의 머리에 대고 맹세
해라.　　　1185

힐로스 진정 무엇을 하겠다고요? 이것은 말해 주셔야 합
니다.

헤라클레스 진정 내가 명한 것을 수행하겠다고.

힐로스 맹세합니다. 제우스를 증인으로 삼고서.

헤라클레스 만일 그것을 어길 경우에는 재앙을 당하겠다고
기원해라.

힐로스 당하지 않을 겁니다. 행할 테니까요. 하지만 그래
도 기원합니다.　　　1190

헤라클레스 그러면 지고하신 제우스의 오이테 언덕을 알고
있느냐?

힐로스 압니다. 제사 드리러 이미 많이 올라가 셨었지요.

헤라클레스 거기로 이제 나의 몸을 네가 직접, 그리고 네가
필요한 대로
친척들과 함께 들어 옮겨서,　　　1195
깊이 뿌리 박힌 참나무의 많은 가지를

베고, 또 그와 함께 많은 수컷[73] 야생 올리브를

잘라 내어, 나의 몸을 거기 던져 얹고,

소나무 횃불의 불길을 취하여 불 붙여야

한다.[74] 하지만 어떤 애곡도, 눈물도 거기 섞이지 않

도록 하고,

네가 나의 아들이라면 신음 없이 눈물 없이   1200

시행해라. 그렇지 않으면 내가 너를 기다리리라,

저 밑에서라도 영원히 무서운 저주를 주기 위해.

휠로스   아아, 아버지, 무슨 말씀이십니까? 어떤 일을 제게

하라는 말씀이신가요?

헤라클레스   해야 하는 일을 말했다. 하지 않으면, 너는 누

군가

다른 아비의 아들이 되고, 더 이상 내 아들이라고

불리지 않으리라.   1205

휠로스   아아, 진정 다시금, 어떤 일을 하라고 명하시는 겁

니까, 아버지?

당신을 죽인 자, 폭력을 가한 자가 되라고요?

헤라클레스   진실로 내 뜻은 그게 아니다. 오히려 내가 지금

당하는 질병의 치료자,

내 고통의 유일한 의사가 되라는 거다.

---

73) 보통 '굳은', '튼튼한'의 뜻으로 보지만, 옛사람들은 경작되는 올리브를 암컷으로 야생 올리브는 수컷으로 보았다는 설명이 있다. 후자를 따르면 제의적 의미가 포함될 수도 있다.

74) 참나무는 제우스의 나무이고, 야생 올리브는 헤라클레스가 처음 희랍 땅에 들여온 것이라 한다.

휠로스 하지만 아버지의 몸에 불을 붙인다고 어떻게 치유
       가 되겠습니까?   1210
헤라클레스 좋다, 이 일이 두렵다면 다른 것이라도 하여라.[75]
휠로스 운반하는 것까지는 아끼지 않겠습니다.
헤라클레스 그러면 앞서 말한 화장단 나무 채우는 일은?
휠로스 직접 손을 대지 않는 한에서는 하겠습니다.
       다른 일들은 할 것이고, 제 몫에 대해서는 마음 쓰
       실 일이 없을 겁니다.   1215
헤라클레스 좋다, 그 점에 대해서는 이걸로 충분하다. 그런
       데 내게
       다른 큰일에 덧붙여 작은 은혜가 될 일을 지시하겠다.
휠로스 진정 큰일이라 해도 행할 것입니다.
헤라클레스 에우뤼토스에게서 난 처녀를 아느냐?
휠로스 제가 추측하건대 이올레 말씀이시군요.   1220
헤라클레스 맞았다. 아들아, 내가 다음과 같은 일을 진정
       너에게 맡기겠노라. 네가 만일 경건하기를
       원한다면, 아버지께 했던 맹세를 기억하여,
       내 죽은 후 그녀를 아내로 삼고, 아비의 명을 따를
       지어다.
       인간들 중 다른 이가 결코, 내 옆구리 가까이에   1225
       누웠던 그녀를 네 대신 차지하지 못하게 하고,
       오 아들이여, 너 자신이 그 침상을 돌보아라.

---

75) 헤라클레스의 화장단에 불을 붙인 것은 보통 포이아스 또는 포이아스의 아들
   인 필록테테스로 되어 있다. 헤라클레스는 감사의 표시로 자기 활과 화살을 넘
   겨 주었고, 필록테테스는 그것을 갖고 트로이아 전쟁에 참여하게 된다.

복종하여라. 큰일에서는 내게 복종했으면서
작은 일에 불복종하는 것은 이전의 은혜를 망치는
것이니.

휠로스 아아, 병든 이에게 화를 내는 것은 할 짓이 못되지만,   1230
이런 생각을 하는 이를 또 누가 보고 견딜 수 있으랴?

헤라클레스 내가 시키는 일을 절대로 하지 않겠노라 선언
하는 것이로구나.

휠로스 그녀만이 내 어머니의 죽음에 공동의
책임이 있고, 또 아버지께서 지금 이런 일을 당한 것
에도 그러한데,
복수의 원령 때문에 성치 않은 사람이 아니라면,   1235
대체 누가 이런 일을 택하겠습니까? 오 아버지,
차라리 저도 죽는 게 이 크나큰 원수와 함께 사는
것보다 낫겠습니다.

헤라클레스 아비가 죽는데도 존경의 몫을 바치지 않을
모양이로구나. 하지만 너도 알다시피 내 말에 불복
하면
신들의 저주가 너를 기다릴 것이다.   1240

휠로스 아아, 제 생각에, 곧 당신이 얼마나 큰 병에 걸렸는
지 밝혀지게 될 것입니다.

헤라클레스 그래, 네가 나를 잠든 고통으로부터 흔들어 깨
우고 있다.

휠로스 불행하도다! 내가 얼마나 큰 곤경에 처해 있는지!

헤라클레스 널 낳은 아비의 말을 따르려 하지 않으니 그런
거다.

힐로스   하지만 제가 불경함을 배워야 하겠습니까, 아버지?   1245

헤라클레스   불경이 아니다, 네가 나의 마음을 즐겁게 한다면.

힐로스   그러면 아버지께선 이것을 정말 정당한 일로 보고,
          제게 명하시는 겁니까?

헤라클레스   그렇다. 나는 그에 대한 증인으로 신들을 부르
          노라.

힐로스   그러면 그대로 행하고, 거절치 않겠습니다, 당신이
          어떤 행동을 하는지 보도록
          신들을 부르면서요. 그러면 제가 당신께 복종하더라도   1250
          결코 악인으로 보이진 않을 테니까요, 아버지.

헤라클레스   이제야 제대로 된 말을 하는구나. 그런데 오,
          아들아, 이것들에 덧붙여
          은혜를 얼른 더해라. 몸을 찢는 고통이나 어떤 찌르는
          통증이 들이닥치기 전에 화장 장작 더미에 나를 얹
          어 다오.
          자, 너희도 서둘러라, 들어 올려라. 이것은,   1255
          이 사람의 최후는 고통의 끝이로다.

힐로스   당신의 뜻이 이루어지는 걸 진정 아무것도 막지
          못합니다,
          당신이 명하시고 강제하시니까요, 아버지.

헤라클레스   자 이제, 저 질병이 깨어 일어나기
          전에, 오 굳센 영혼이여, 돌들을 결합시키는   1260
          강철 이음쇠 같은 재갈을 입에 물고서,
          고함을 억눌러라. 내키는 일은 아니지만
          즐거움으로 끝나리니.

휠로스 들어 올려라, 동료들이여, 이 일에 대하여
　　　　내게는 크나큰 이해심을 베풀고,　　　　　　　　1265
　　　　지금 일어나는 일에 대한 신들의
　　　　크나큰 무심함을 보면서.
　　　　그들은 씨를 심고 아버지라
　　　　칭송받으면서도, 이 같은 고통을 내려다보고만 있도다.
　　　　실로 누구도 앞일을 내다보지 못하나,　　　　　　1270
　　　　지금의 일은 우리에게 슬픔이며,
　　　　저 신들께는 수치이고,
　　　　모든 인간 가운데 이 재앙을
　　　　견디고 있는 이에게는 더할 수 없는 괴로움이라.

코로스 처녀여, 그대도 집에 머물지 마라,　　　　　　1275
　　　　새로운 커다란 죽음들을 보았고,
　　　　처음 겪는 많은 고통들도 보았으니.
　　　　하지만 이들 중 어느 것도 제우스 아닌 것은 없도다.[76]

---

76) 모든 일에서 제우스의 통치하심이 드러난다는 뜻. '이 모든 것을 제우스 한 분
이 이루셨도다.'로 옮기자는 제안도 있다. 이 대사를 휠로스에게 배당하는 학자
도 있으나, 여기서 '처녀'가 (이 젊은이가 미워하는) 이올레일 가능성이 높고, 또
제우스에 대한 비난이 갑자기 사라졌기 때문에, 이것이 휠로스의 대사이기엔 문
제가 많다. 그래서 이 번역에서는 코로스의 대사로 보았다.

작품 해설

1. 희랍 비극 독자를 위한 일반적인 조언

이만한 부피의 책에는 세세한 해설을 붙이는 것보다 이 책을 어떤 식으로 읽으면 좋을지 정도만 간단히 얘기하는 것이 좋을 듯하다. 우선 작품을 읽을 때에는 단락을 나눠 가면서 읽기를 권한다. 이렇게 하면 머릿속에 전체 구조가 담긴 일종의 지도가 그려지기 때문에 '구조적인 아름다움'도 느낄 수 있고, 나중까지 전체 내용과 흐름을 잘 기억할 수 있다. 단락 나누기는 생각보다 아주 쉽다. 작품 자체에 아예 단락 표시가 되어 있기 때문이다. 모든 희랍 비극 작품에서 똑같이 대화 장면과 합창이 교대로 나온다. 그러니까 희랍 비극은 일종의 뮤지컬이라고 생각하면 된다.(사실 나는 뮤지컬의 원조가 희랍 비극이 아닐까 생각하고 있다.) 코로스가 노래하고 춤추는 사이에 관객은 그 앞에 일어난 장면의 의미를 생각하고, 다음에 벌어질 내용에 대해 준비할 수 있다.

작품 맨 앞에 나오는 것은 합창이 아닌 장면인데, 이를 '프롤로 고스(prologos)'라고 한다.(나로서는 아직 적당한 우리말 이름을 생각해 내지 못해서 더러 '도입부'라는 번역어를 쓰기도 하지만, 좀 약하다는 느낌이 든다.) 이 장면은 대화로 이루어지기도 하고 때로는 한 사람의 대사로만 이루어지기도 한다.

다음에는 합창이 나온다. 이 첫 합창은 코로스가 통로를 따라 무대 앞의 둥근 공간인 오르케스트라(orchestra)로 들어오면서 부르는 것이기 때문에 그 통로의 명칭을 따서 '파로도스(parodos)'라는 이름을 갖게 되었고, 우리말로는 등장(登場)하면서 부른다고 해서 흔히 '등장가'라고 부른다.

이어 대화 장면이 다시 나오는데, 이 장면 뒤에 다시 합창이 이어지기 때문에 이 대화 장면은 두 합창 사이에 끼인 셈이 된다. 그래서 이 부분은 '노래 사이에 끼인 것'이라는 뜻으로 '에페이소디온(epeisodion = epi(더하여) + eis(사이에 끼인) + odion(노래))'이라고 부르고, 우리말로는 '끼어 있는 대화'라는 뜻에서 일반적으로 '삽화(揷話)'라고 한다. 그 후에도 계속 대화 한 번, 합창 한 번 하는 식으로 번갈아 진행되기 때문에, 삽화들에도 '제1삽화', '제2삽화' 하는 식으로 이름을 붙인다.

첫 번째 삽화가 지난 뒤에 나오는 합창부터는 코로스가 오르케스트라에 자리를 잡고 부르게 되므로 '정립가(停立歌, stasimon)'라고 한다. 이것 역시 나오는 순서대로 '제1정립가', '제2정립가' 하는 식으로 부른다. 하지만 실제로 코로스는 가만히 서서[停立] 노래를 하는 것이 아니라, 춤추며 좌우로 움직이게 된다.

끝으로, 마지막 합창 후에 나오는 장면을 '엑소도스(exodos)'라고 부른다. 이것은 그다음에 나오는 합창이 없으므로 합창 사이에 끼어 있지 않고, 따라서 삽화가 아니다.

새로운 명칭들이 너무 많이 나와서 헷갈릴 수도 있겠으나, 합창과 대화가 번갈아 나온다는 것만 기억하고 나머지는 크게 신경 쓰지 않아도 된다.

이렇게 일단 큰 덩어리로 나뉜 부분들은 다시 세부적으로 나눌 수 있다. 합창들은 당초부터 나뉘어 있으니 별 문제가 없다. 합창 부분은 대개 두 연씩 운율의 짝이 맞게 되어 있는데, 그 짝들을 각각 '한쪽으로 돌기(strophe)', '반대쪽으로 돌기(antistrophe)'라고 부른다. 이것은 코로스가 오르케스트라에서 노래를 하면서 좌우로 움직이며 춤을 추기 때문이다.(그래서 원래대로 하자면 '합창단'이 아니라 '가무단'이 더 정확한 명칭이 되겠다.) 하지만 이 이름이 너무 길기 때문에 이 책에서는 천병희 교수의 제안에 따라 한쪽으로 돌아서며 부르는 연은 '좌 1', 반대쪽으로 돌아서며 부르는 연은 '우 1', 이런 식으로 표시하였다. 한편, 대화 장면은 대화를 주고받는 인물의 짝이 바뀌는 부분에서 나누면 된다.

여기까지 얘기한 것을 도식으로 다시 정리하면 이렇다.

1. 프롤로고스(대화 또는 독백)
2. 등장가(합창)
   3. 제1삽화(대화)
4. 제1정립가(합창)
   5. 제2삽화(대화)
6. 제2정립가(합창)
   7. 제3삽화(대화)

위에서는 일단 정립가가 네 번 나오는 것으로 해 놓았는데 반드시 그런 것은 아니다. 작품에 따라서는 세 번이나 다섯 번 나오기도 하고, 중간에 독창이나 애탄가(탄식의 노래), 신을 찬양하는 합창 등이 들어 있는 경우도 있다.

코로스는 보통 이상적인 관객으로 여겨지기도 하고, 앞 장면에 대해 해설하거나 논평하고 다음에 올 내용에 대해 예고하는 역할, 그리고 전체적인 분위기를 조성하는 역할을 하는 것으로 보기도 한다. 독자들도 합창의 전체적인 분위기를 살펴 각 합창이 그 부분에서 어떤 역할을 하는지 생각해 보기 바란다. 코로스를 구성하는 사람들의 신분도 중요한데, 남성 귀족으로 구성되어 있으면 대체로 보수적인 입장을 보이고, 여성들이나 노예들로 구성되어 있으면 대체로 희생자에게 동정적이고 기존 질서에 비판적인 경우가 많다.

아리스토텔레스는 『시학』에서 비극의 복잡한 구성을 이루는 요소로서 '알아보기(anagnorisis)'와 '급격한 반전(peripeteia)'를 꼽았다. 전자는 주로 한 인물이 다른 인물의 신분이나 그와의 관계에 얽힌 어떠한 진실을 알게 되는 것이고, 후자는 이로 인해 사건의 진행이 급격하게 반대 방향으로 바뀌는 것이다. 가령 낙관적으로 보이던 사태가 갑자기 불행한 쪽으로 치닫는 것이 후자의 예이다. 대개는 작품의 절정부에서 일어나는데, 작품을 읽을 때 이런 것들이 어느 부분에서 이루어지는지를 주목해서 읽으면 좋겠다. 그리고 되풀이하여 나타나는 요소들에 주의하고, 대립적인 개념과 인물, 구조적인 대칭성에도 주목하면 좀 더 재미있게 작품을 읽을 수 있다. 특히 작품 흐름의 중간부에서 어떤 사건이 이루어지고 어떤 대사가 놓이는지 주목하면 극 전체를 이해하는 데 도움이 되는 경우가 많다.

2. 각 작품을 읽을 때 주목할 점들

독서 경험이 풍부하고 자아가 강한 독자라면 작품에 대해 어떤 선입견이나 타인의 주장과 무관한 자신만의 인상을 갖고 싶을 것이고, 역자가 독서 방법에 대해 이래라저래라 간섭하는 것을 못마땅하게 생각할 수도 있다.(서문이 아니라 작품 뒤에 붙은 해설에 이런 내용을 쓴 것도 그 때문이다.) 한데 대개 고전으로 꼽히는 작품들의 경우에 혼자서는 이해하기 어려운 부분들이 많고, 고전이 될 만한 가치가 무엇인지 분명하게 잡히지 않는 경우도 종종 있다. 혹시라도 이 때문에 도움이 필요한 독자들이 있을지 모르니, 몇 가지만 이야기해 보겠다.

「오이디푸스 왕」은 독자들이 비교적 쉽게 수용할 수 있는 작품이다. 무엇보다도 산같이 우뚝한 인물인 주인공 오이디푸스가 운명의 비밀에 맞서 분투하는 모습이 독자들에게 깊은 인상을 주는 모양이다. 각 장면들도 버릴 것 하나 없이 역할과 의미가 분명하며, 합창도 전체적인 극의 흐름과 보조를 맞추고 있기 때문에 무리 없이 읽을 수 있다.

　그래도 조금만 덧붙이자면, 우선 이 작품이 일종의 수사극으로 짜여 있다는 점에 주목하기를 권한다. 오이디푸스는 과거에 스핑크스와 마주하게 되었을 때처럼 또다시 하나의 문제를 풀어야 하는 상황에 놓인 셈이다. 그런데 이번에는 문제 자체가 조금씩 변해 간다. 오이디푸스가 처음에 맞닥뜨린 문제는 '라이오스를 죽인 자는 누구인가?'였다. 그러다가 문제는 '내가 그 범인인가?'로 바뀌고, 결국 '나는 누구인가?'라는 문제로 귀결된다. 이 마지막 질문에 대해서는 여러 단계의 답이 주어질 수 있다. 우선 '라이오스와 이오카스테의 아들'이라는 답이 있을 수 있는데, 젊은 오이디푸스가 델포이에 찾아갔을 때 얻었더라면 좋았을 답이다. 다음으로 '아버지를 죽이고 어머니와 결혼한 자'라는 답은 극의 진행, 즉 이오카스테가 자살하고 오이디푸스가 스스로 눈을 찌른다는 진행을 위해 필요하다. 프로이트가 말하는 '오이디푸스 콤플렉스'가 바로 이 답에 중점을 둔 개념이다. 하지만 더 깊은 의미를 지닌 답도 가능하다. '인간'. 이것은 스핑크스가 요구했던 것과 같은 답이다. 하지만 이번에는 의미가 조금 다르다. 여기서 말하는 '인간'은 단순히 생물학적인 인간이 아니라, 어떤 한계를 지닌 존재라는 의미로 해석해야 할 것이다. '오이디푸스'라는 이름은 보통 '부은(oideo) 발(pous)'이라는 뜻을 가진 것으로 해석되는데, 이 이름을 달리 해석하여 '발(pous)로 재어 아는(oida) 사람'이라는 뜻으로 보는 학자들도 있다. 실제로 작품 속에서 오이디푸스는 계속 무언가를 재는 모습을 보인다. 예컨대 그는 아버지를 살해하는 운명을 피하기 위해 "별들을 보고 멀리서 거리를 재면서" 코린토스 땅을 피해 다녔다. 그는 라이오스 살해 사건을 수사하면서도 시간과 장소, 인물에 대해 끊임없이 묻고 재고 비교한다. 하지만 그렇게 측정을 거듭하고도 그는 예언된 운명을 피하지 못했다. 때문에 이 작품이 세계를 재고 따져 이성 아래에 두려는 인간의 시도에 대한 경고로 해석될 수도 있겠다. 한데 그럴 경우 이 작품은 인간이 아무리 노력해도 정해진 운명을 피할 수는 없다고 말하는 운명극이 되고 만다.

하지만 소포클레스가 작품에 진정 무엇을 담아내려 한 것인지는 오이디푸스가 진실을 밝히는 과정을 통해 알 수 있다. 그는 여러 사람들의 저항에 맞서 온갖 반대를 무릅쓰고 진실을 밝혀낸다. 그것이 곧 자신의 파멸로 이어진다 해도 개의치 않는다. 이는 어떤 운명이 좌지우지한 것이 아니라, 오로지 진실을 향한 오이디푸스의 굳은 의지가 이뤄 낸 것이다. 그가 자신의 두 눈을 찔러 스스로를 벌한 것도 마찬가지다. 그것은 "다른 누구의 손이 아니라 자기 손으로" 한 일이다. 한데 이러한 입장을 시인은 아주 작은 장치를 사용해서 슬그머니 밝히고 있다. 코린토스에서 온 사자가 한 말이 그 장치이다. 그는 자신이 "좋은 소식"을 전하면 뭔가 득을 얻지 않을까 해서 테바이로 왔다고 말한다. 개인적인 얘기를 하자면, 나는 학생 때 처음 이 작품을 읽으면서, 대체 이 구절이 왜 있는지에 대해 의문을 가졌다. 이 대사의 역할은 무엇일까? 시인은 코린토스의 사자가 이득을 밝히는 속된 인간이란 걸 드러내고 싶었던 걸까? 그 의미와 역할이 무엇인지 짐작하게 된 것은 세월이 한참 지난 다음이었다. 이 세상에서 일어나는 많은 일들이 이런 식으로, 그러니까 신의 손에 의해서가 아니라 인간들의 여러 의도와 계획이 얽혀서 이루어진다는 뜻이 그 안에 숨어 있었던 것이다. 놀랍지 않은가? 별 것 아닌 듯 보이는 작은 구절에 그런 의미를 숨겨 놓다니! 이런 식으로 소포클레스의 작품에서는 구절 구절 저마다 역할이 있다. 극의 마지막에 눈이 먼 오이디푸스가 나와서 크레온으로 하여금 자기 딸들을 데려오게 하고, 딸들의 앞날에 대해 탄식하다가 크레온의 제재를 받는 장면도 그러하다. 상당히 긴 분량이라 다소 지루하게 느끼는 독자들도 있을 것이고, 실제로 이 부분을 뺐으면 좋겠다고 하는 독자도 종종 있었다.(아닌 게 아니라 영화나 현대극으로 번안된 것을 보면 대체로 오이디푸스가 눈먼 채 대중 앞에 나타나는 데서 그가 길을 떠나는 장면으로 곧장 이어져 끝나는 경우가 많다.) 하지만 이 장면을 자세히 들여다보면, 우리는 오이디푸스가 '다시 살아나는' 것을 느낄 수 있다. 그는 크레온을 상대로 원하는 것을 집요하게 요구해서 결국 자신의 뜻을 관철한다. 진리를 향해 돌진하던 때의 힘과 끈기가 회복되고 있는 것이다. 따라서 이 마지막 장면 역시 「오이디푸스 왕」을 운명극으로 해석하는 입장에 대한 반박이 될 수 있다. 인간은 그저 운명에 종속된 존재가 아니라, 자기 의지를 가지고 스스로 삶을 이루어 나가는 주체라고.

오이디푸스의 운명과는 별개로, 이 작품은 지식 일반에 대한 반성을 촉구하기도 한다. '현명한' 오이디푸스가 그 현명함으로 지위와 권력을 얻었지만, (적어도 처음에는) 정작 자기가 누구인지는 알지 못했다는 점에서 그러하다. 결국 지식에는 두 종류가 있다고 해야 하지 않을까 싶다. 우선 세계를 차지하고 지배하기 위해 필요한 지식이 있다. 이것은 오이디푸스가 남부럽지 않게 갖고 있는 것이었다. 다음은 삶이 의미를 가지기 위해 필요한 지식, 아마도 자신에 대한 지식이라고 해야 할 것이다. 한데 우리의 주인공은 처음에는 이것을 갖지 못했던 듯하다. 이 작품은 오이디푸스의 추락을 통해 세계를 향한 지식만큼이나 자신을 아는 것이 중요하다는 사실을 우리로 하여금 돌이켜 깨닫게 한다.

여기까지 대체로 작품의 내용적인 의미에 대해 언급했는데, 형식적인 특징 중에서 주목할 만한 것으로 '극적 아이러니'를 꼽을 수 있다. 이것은 관객(혹은 독자)과 등장인물 간의 지식 격차에서 발생하는 효과로서, 대개는 등장인물이 자신도 모르게 진실을 발언하는 경우에 생긴다. 예컨대 오이디푸스가 라이오스 살해 사건을 "마치 내 아버지의 일인 양" 열심을 내어 조사하겠다고 말하는 대목에서 그는 라이오스가 실제 친아버지라는 사실을 모르고 있다. 진실을 아는 관객은 이런 대사를 들으면서 우려와 동정을 품게 된다. 아마도 이런 아이러니는 관객(혹은 독자)의 가슴속에, 아리스토텔레스가 강조했던 '공포와 연민'을 불러일으키는 중요한 장치였을 것이다.

그 밖에도 작품이 3분의 1정도 진행되었을 무렵에 이미 오이디푸스가 범인이라는 사실이 밝혀지는 점이라든지 라이오스 살해범의 숫자를 말할 때 단수와 복수를 번갈아 쓰며 혼란을 주는 점, 작품의 물리적인 중심에 오이디푸스와 이오카스테의 대화가 놓인 점 등에 주목하면 이 작품의 기법, 의미, 구조 등에 대해서 더 많은 생각거리를 얻을 수 있고, 더 깊은 즐거움을 맛볼 수 있을 것이다.

고대극 가운데 오늘날 가장 많이 상연되는 「안티고네」는 「오이디푸스 왕」보다 쉽게 읽히는 작품이다. 성격이 강한 안티고네와 크레온이 각각 세계의 양 극단(極端)을 대표하며 비교적 익숙한 대립 구도를 이루기 때문이다. 독자들은 이 작품에서 남성과 여성, 정치적 사고방식과 혈연적 사고방식, 이성과 감성, 올림포스와 저승 등의 대비를 볼 수 있다. 헤겔은 「안티고네」를 염두에 두고 '동등한 권리를 가진 두 원리의 충돌'이 비극의 핵심이라고 했지만, 오늘날에는 크레온으로 대변되는 국가의 명령이 안티고네가 지키려는 불문법만큼 정당성을 갖지는 못한다는 해석이 주류를 이룬다. 헤겔의 해석이 지나치게 국가주의적이었다는 것이다.

소포클레스의 초기 작품에 속하는 이 작품은 전반과 후반이 뚜렷하게 구별되는 '양분 구성'으로 되어 있다. 이 작품에서 크레온은 죽은 자를 저승으로 보내지 않고 산 자를 무덤에 가두는 두 가지 잘못을 저지르는데, 이 잘못들은 각각 전반과 후반의 주된 쟁점이 된다. 독자들은 크레온이 잘못을 바로잡는 과정에서 다시 어떤 실수를 저지르는지 주의해서 보기 바란다. 얼핏 봐서는 뭐가 문제인지도 알기 힘들 수 있으므로 조금만 귀띔을 하자면, 그가 자기 잘못을 인정한 다음에 어떤 일을 먼저 처리하는지 보기 바란다. 일의 우선순위만 제대로 잡았어도 파국은 없었을 것이다.

이 작품에도 많은 아이러니들이 보이는데, 일례로 크레온이 안티고네의 고집 센 성격을 묘사하는 구절들이 사실은 모두 크레온 자신의 아집과 관용 부재를 가리킨다는 것이다. 크레온이 안티고네를 산 것도 죽은 것도 아닌 상태로 가둬 두려 했다가 마지막에 가서는 오히려 그 자신이 산 것도 죽은 것도 아닌 채로 홀로 이승에 남겨지는 것이 이런 아이러니의 절정이라 할 수 있겠다.

한편, 이 작품에서는 처음 두 번의 합창이 유명하니 이를 눈여겨보는 것이 좋겠다. 적군이 물러가는 것을 기뻐하는 내용의 등장가는 오늘날에도 새해를 맞이하는 행사에서 자주 인용되는 구절이며, "무서운 것 많지만, 사람보다 더 무서운 것은 없도다."라는 말로 시작하는 첫 정립가도 '인간 찬양의 합창'으로 널리 알려진 것이다.

또 안티고네를 잡아오는 파수꾼은 비극에 이따금 등장하는 '우스운 인물'의 전형이 되었고, 그가 보고하는 작은 기적(폴뤼네이케스의 시신이 흙먼지로 덮인 것)과 그에 대한 코로스장의 반응("어쩌면 이 일은 정말로 신께서 하신 것일지도 모른다고, 아까부터 속에서 그런 생각이 듭니다.")은 신들이 어느 쪽을 지지하는지를 보여 주는 것이라고 해석할 수 있다.

다음에 설명할 두 작품은 「안티고네」와 마찬가지로 소포클레스의 초기작인데, 앞의 작품들에 비해 그 진가를 금방 알아내기가 쉽지 않을 것이라고 생각된다.

우선 「아이아스」는 포르티시모(fortissimo, 매우 강하게)로 시작하는 작품으로, 이야기 구성법에 관심 있는 독자들에게 좋은 자료가 될 것이다. 주인공 아이아스가 광기에 빠지게 된 경위는 지나간 것으로 되어 있으며, 주인공이 이미 광란에 빠져 사고를 저지른 상태에서 작품이 시작된다. 그는 곧 제정신을 찾고 자살을 결심하며, 작품 중반에 가면 자결하여 무대에서 사라진다. 그러니까 이 작품의 전반부는 한 위대한 인물이 스스로 큰일을 저질렀음을 깨닫고 어떻게 행동하는지를 보여 주는 데 집중하고 있다. 주인공인 아이아스는 굽힐 줄 모르는 '영웅적 기질'을 보여 주는 대표적인 인물로, 세계를 자신에게 맞출 수 없다면 자신을 소멸시키는 쪽을 택한다. 후반부는 그의 장례 문제를 놓고 인물들이 다투는 내용으로, 별다른 사건 없이 논쟁만 계속되고 있어서 도대체 이 부분의 역할이 무엇인가 의문이 들 수도 있다. 하지만 이 부분은 '패자'인 아이아스에 비하여 '승자' 격인 인물들이 얼마나 편협

하고 보잘 것 없는 자들인지 보여 주고 이를 통해 아이아스의 영웅적 기질을 돋보이게 하고 있기 때문에 겉보기처럼 의미 없는 것은 아니다. 그리고 이 후반부에는 여러 인물이 차례로 등장하기 때문에 전반부에 비해 좀 번잡스럽다는 인상을 줄 수도 있는데, 전반부를 꽉 채우던 큰 인물 하나가 사라진 만큼 균형을 맞추기 위해 후반부에 자잘한 인물이 여럿 등장한 것이라고 생각하면 될 것이다. 이러한 전반부와 후반부를 통일된 전체로 이어 주는 장치가 있으니, 바로 무대 위에 계속 놓여 있는 아이아스의 시신이다. 그는 살아서나 죽어서나, 무대에서나 관객의 관심에서나 중심적인 위치를 차지하는 것이다.

세부적으로는 작품의 첫머리에 나오는 "항상"이라는 말에 주목할 필요가 있다. 비슷한 의미의 '늘', '언제나', '계속', '결코' 같은 말들은, 인간이면서도 신과 같이(이 작품 첫 줄의 "항상"은 아테네의 행동을 묘사하는 것이다.) 변치 않는 일관성을 추구했던 영웅 아이아스의 특성을 보여 주는 것이다. 그는 모든 것이 시간 속에서 변한다는 것을 인정하지 않는다. 심지어 그가 자결하기 위해 모래 속에 묻는 칼마저도 꼿꼿하게 서 있는 것으로 그려진다. 그런 그가 따르는 행동 준칙은 기독교가 보편화되기 이전 시대에 어디서나 통용되던 원칙, 즉 '친구에게는 달콤하게 적에게는 쓰라리게'였다. 그는 자기 적들에게 항상 적으로 남아 어떻게든 피해를 입히려 한다. 그와 대비되는 인물이 오뒷세우스다. 그는 모든 것이 시간 속에서 변하며, 이전에 친구였던 사람이 적이 될 수도 있고 그 반대의 변화도 가능하다는 것을 안다. 그는 인간이 그림자일 뿐이라는 것을 의식하고 있다. 그래서 그는 죽은 자 앞에 염치를 지키고 동료들에게도 관용을 설득한다. 작품의 후반부에서 오뒷세우스가 이렇게 너그럽고 합리적인 인물로 나오는 것은 구식 영웅의 '전락' 뒤에 일종의 '부활'이 이루어짐을 보여 준다는 점에서 중요하다. 인류의 정신이 새로운 덕목을 갖추고 다시 일어서고 있는 것이다.

「트라키스 여인들」역시 양분 구성으로 되어 있지만, 정확하게 가운데서 나뉘지는 않는다. 전체의 약 3분의 2까지는 데이아네이라가 중심인물로 되어 있고, 헤라클레스는 그 뒤에야 중심인물로 등장하는 것이다. 이 작품에 등장하는 헤라클레스 역시 '영웅적 기질'을 보여 주는 인물로, 직접적인 등장은 계속 미뤄지지만 부재 중에도 계속해서 자신의 존재를 느끼게 하는 힘을 갖고 있다. 이 작품은 극히 남성적인 남자와 극히 여성적인 여자가 부부로 살면서 서로 선의를 가지고 있었음에도 그 남성성과 여성성이 충돌하여 발생하는 비극을 그리고 있다. 독자들은 작품을 읽으며 남성과 여성의 세계가 어떻게 다른지에 대해 생각하게 될 것이다. 이 작품에서는 부부가 서로 만나는 장면이 끝까지 나오지 않는데, 아마도 두 인물을 한 배우가 연기하여 물리적으로 불가능하기도 했겠지만, 서로 엇갈리는 남녀의 세계를 그리려는 작자의 의도가 더 크게 작용하지 않았나 생각된다.

우리가 먼저 만나게 되는 인물은 데이아네이라다. 극히 여성적인 성격의 그녀는 평생을 걱정과 두려움 속에 살았으며 자신이 주도적으로 어떤 일을 해 본 적이 없다. 남편에게서 오랫동안 아무 소식이 없었을 때도 그저 걱정만 할 뿐, 소식을 알아보러 누굴 보낸다는 생각조차 하지 못한다. 남편에게 아들을 보내는 것도 누군가의 조언을 듣고 나서야 내릴 수 있는 결정이었다.(유모가 조언해 주는 짧은 장면에 담긴 의미가 이것이다.) 이렇게 스스로 결단을 내리지 못하는 인물이기 때문에, 그녀가 거의 생애 처음으로 어떤 결정을 했을 때, 우리는 그 결정이 잘못되리라는 것을 예감할 수 있다. 결국 그녀의 결정은 남편과 자신의 파멸을 불러온다.

일반적으로 독자들은 등장인물 중 하나와 자신을 동일시하는 경향이 있고 그 대상이 주인공일 경우가 많은데, 이 작품에서는 주인공 헤라클레스가 매우 혐오스러운 인물로 그려져 동일시하기가 좀 어려울 듯하다. 그는 동정심도 없고 자기중심적이며, 거의 야수에 가까운 인물이다. 언제나 상대에게 명령하고, 아들을 독립된 개체가 아니라 자신의 연장선상에 있는 어떤 것으로 생각한다. 아들에게 "설사 내가 죽을 때 네가 함께 죽어야 한다 해도" 자기 곁으로 오라고 하는 대목이나, 자기 애인이었던 이올레와 결혼하라고 요구하는 대목에서 그런 특성이 두드러진다. 하지만 이러한 헤라클레스를 우리가 혐오스럽게 생각하는 것과 달리 옛 사람들은 그가 수많은 괴물을 제거하고 이 세계에 평화와 안전을 가져다 준 위인이자 온갖 고난을 견디고 결국 신이 된 위대한 존재라고 생각한다. 작품 안에서 누구 하나 그를 비난하지 않는 것만 보아도 알 수 있다. 이런 가운데 그의 위대함을 보여 주는 장면도 있으니, 어쩌면 독자들이 지루하게 여길 수 있는 마지막 부분이다. 고통이 다시 찾아오기 전에 헤라클레스가 용기 있게 죽음을 향해 나아가자고 동료들을 격려하는 이 장면은, 자기에게 부과된 임무를 다하기 위해 평생을 인고해 온 영웅의 마지막 '위업'을 보여 주는 듯하다.

세부적으로는 데이아네이라가 자결하는 장면에서 에로스를 강조하여 침상에 대한 언급을 많이 하고 그녀가 반쯤 알몸을 드러

낸 채 칼로 옆구리를 찌르는 대목이 성(性)적인 해석을 불러일으
킨다는 것과 남성성의 대명사라고 할 수 있는 헤라클레스가 종국
에는 여자처럼 소리를 지르며 죽게 되고 스스로 자신의 '여성화'를
느낀다는 것에 주목하면 좋다. 사실 헤라클레스의 여성화는 그가
옴팔레에게서 종살이하는 대목에서부터 시작되었다고 볼 수 있
다. 마지막 부분에 헤라클레스가 아들에게 내리는 지시, 즉 자기
를 산 채로 태우고 이올레와 결혼하라는 것은 약화된 형태나마
'아버지를 죽이고, 어머니와 결혼하는' 꼴을 취하고 있어서, 오이디
푸스의 사례에서와 같이 심리학적 해석의 여지를 남기고 있다.

조언이라고 몇 가지 꼽아 봤지만, 결국 해석은 독자의 몫이다.
그동안 있어 왔던 해석들과 겨룰 만한, 자신만의 좋은 해석을 찾
아내 벗들과 나누고 다른 작품들을 읽어 내는 데도 널리 활용하
기를 바란다.

2009년 8월
강대진

작가 연보

기원전 496년 또는 495년	아테나이 근교 콜로노스에서 출생.
기원전 468년	비극 경연 대회에서 처음 우승.
기원전 440년대 후반(?)	「아이아스」, 「트라키스 여인들」, 「안티고네」 상연.(세 작품의 순서는 학자마다 다르게 보는데, 대개는 「안티고네」가 셋 중 가장 늦은 것으로 봄.)
기원전 443년~442년	델로스 동맹의 재무관 역임.
기원전 441/440년*	사모스 반란 진압을 위한 10인의 장

---

* 아테나이력(曆), 더 정확히 말해 앗티케력에서는 새해가 여름에 시작된다. 때문에 앗티케력의 어떤 해를 오늘날의 그레고리력으로 환산하면 두 해에 걸쳐 있게 되는 것이다. 예컨대, 소포클레스가 기원전 441/440년에 장군으로 선출되었다고 하면, 기원전 441년 여름부터 440년 여름 사이에 선출되었다는 뜻이다. 사건이 일어난 계절까지는 정확히 알 수 없으므로 이 책에서는 기간을 나타내는 ~와 구별되도록 /로 시점을 표시한 것이다.

군 중 하나로 선출.

기원전 425년(?)	「오이디푸스 왕」 상연.
기원전 420년 또는 419년	에피다우로스로부터 의술의 신 아스클레피오스를 아테나이로 맞이하는 일을 주관.
기원전 413년	시칠리아 원정 실패 후 10인의 조언자(symbouloi) 중 하나로 활동.
기원전 410년(?)	「엘렉트라」 상연.
기원전 409년	「필록테테스」로 비극 경연 대회에서 우승.
기원전 406/405년	아테나이에서 사망
기원전 401년	「콜로노스의 오이디푸스」가 손자인 소포클레스에 의해 상연되어 비극 경연 대회에서 우승.

세계문학전집 **217**

오이디푸스 왕

1판 1쇄 펴냄 2009년 8월 21일
1판 36쇄 펴냄 2024년 3월 20일

지은이 소포클레스
옮긴이 강대진
발행인 박근섭, 박상준
펴낸곳 (주)민음사

출판등록 1966. 5. 19. (제 16-490호)
서울특별시 강남구 도산대로1길 62(신사동) 강남출판문화센터 5층 (우편번호 06027)
대표전화 02-515-2000 팩시밀리 02-515-2007
www.minumsa.com

ISBN 978-89-374-6217-7 04800
ISBN 978-89-374-6000-5 (세트)

* 잘못 만들어진 책은 구입처에서 교환해 드립니다.

민음사 세계문학전집

세계문학전집 목록

세계문학전집은 계속 간행됩니다.